THÉO

LES CLECANIENS – TOME 1

THÉO

LES CLECANIENS – TOME 1

VICTORIA AVELINE

— Deux heures du matin, gémit Jade.

Elle devait se lever pour aller travailler six heures plus tard.

— Pourquoi est-ce que je m'inflige ça ? murmura-t-elle.

Ça n'avait jamais été facile pour Jade de s'endormir. Elle enviait les gens qui étaient capables de s'allonger et de sombrer au pays des rêves en quelques minutes. Chaque fois qu'*elle* essayait de dormir, son corps fatigué était en désaccord avec son esprit actif.

En tant que paysagiste, Jade pouvait dormir et travailler à des heures indues. Son bureau à domicile était particulièrement propice à la créativité – elle s'en était assurée –, et c'était là qu'elle réalisait la majorité de ses œuvres, plutôt que dans un bureau étouffant. Il était rare qu'elle doive sortir de chez elle et s'aventurer dans le monde, et cela lui convenait très bien.

Le lendemain, elle devait rencontrer un client particulièrement riche qui voulait que la cour de sa maison au bord d'un lac ressemble à un authentique jardin japonais. Trouver des plantes ressemblant à celles du climat tempéré du Japon, mais capables de survivre au climat subtropical humide de la Caroline du Sud serait un défi pour le moins intéressant.

En regardant la montagne de croquis à moitié terminés et les tasses de café froid sur son bureau, elle fronça les sourcils.

Elle éteignit la télé et effectua les quelques pas qui la séparaient de sa petite cuisine. Alors qu'elle rinçait son verre de vin, elle vit un éclair lumineux à travers la fenêtre au-dessus de son évier.

Étrange. Il ne pleuvait pas. Elle tendit l'oreille, mais rien ne vint.

Les éclairs n'étaient pas rares en Caroline du Sud. Celui qu'elle avait vu était proche cependant. Suffisamment pour qu'elle puisse entendre le tonnerre, normalement.

Elle haussa les épaules, posa son verre et se dirigea vers sa chambre.

BANG !

Le corps de Jade se raidit.

BANG ! BANG !

Sa panique initiale face au bruit sourd fut remplacée par de l'agacement.

— Foutue porte, grommela-t-elle.

Depuis des semaines, le loquet de sa porte-moustiquaire était cassé. Si elle ne s'assurait pas de la fermer correctement, la porte finissait par s'ouvrir et osciller dans son cadre à cause du vent.

Plus d'une fois au cours des derniers jours, elle avait été réveillée en sursaut par ce bruit sourd et répétitif.

En fermant la porte-moustiquaire, elle regarda la rangée d'arbres à la limite de sa propriété. Aucun autre éclair n'illuminait le ciel, mais l'air nocturne était chaud et humide. Peut-être qu'une tempête était bien en route.

Du coin de l'œil, elle vit du mouvement dans l'obscurité. Un faible bruissement retentit à l'extérieur. Elle tendit l'oreille. Un animal quelconque, probablement.

Se penchant sur sa gauche, elle alluma la lumière du porche dans l'intention de faire fuir l'intrus à fourrure.

À la place, elle tomba sur une créature reptilienne de taille humaine qui se tenait dans son jardin.

Jade poussa un cri d'horreur et claqua la porte. Elle la verrouilla et s'en éloigna à la hâte. Son talon s'accrocha au tapis de l'entrée et elle tomba à la renverse, brassant l'air avec les bras.

Un visage hideux et recouvert d'écailles apparut à la fenêtre de son porche. Les yeux rouge sang de la créature balayèrent la pièce avant de se fixer sur elle. Jade se retrouva paralysée par la peur alors qu'elle regardait le visage disparaître.

Reprenant le contrôle de son corps, elle se précipita vers son téléphone portable posé sur le canapé du salon. Un grand fracas retentit derrière elle juste avant que quelque chose de grand et de lourd ne vienne heurter son dos. Elle était allongée sur le sol, face contre terre, coincée sous ce qu'elle réalisait maintenant être sa propre porte.

Jade griffa le sol, essayant de ramper pour s'en extirper. En un instant, le poids disparut et trois énormes doigts glacés lui agrippèrent l'épaule, essayant de la retourner.

Jade se mit à donner des coups de pied dans la direction de la créature. Son genou heurta quelque chose de dur, et elle poussa un cri de douleur. La dernière chose dont elle se souvint avant que tout ne devienne noir, ce fut d'un sifflement assourdissant et d'une fine brume projetée sur son visage.

Cela faisait environ quatre jours que Jade avait été enlevée. Dans l'ensemble, elle devait bien admettre que, jusque-là, l'expérience avait été ennuyeuse.

Au début, elle avait été terrifiée, hurlant dans sa cellule jusqu'à ce que les monstres reptiliens l'assomment avec le spray somnifère qu'ils avaient à la ceinture. Quand elle s'était suffisamment calmée pour examiner son environnement, elle avait compris où elle était.

Des lumières clignotantes et un doux bourdonnement émanaient d'une dalle argentée près de l'endroit où les monstres étaient assis. Ils étaient tous deux installés face à un grand écran de verre sur lequel d'étranges symboles apparaissaient et disparaissaient sans cesse. Jade avait regardé assez de films de science-fiction pour savoir que ce devait être un vaisseau spatial. Rien sur Terre ne pourrait ressembler à cela, à moins que la NASA n'ait décidé de construire une salle ultraréaliste reproduisant les enlèvements par des extraterrestres.

Dès que Jade avait compris qu'elle avait été enlevée par des extraterrestres et non par des monstres terriens et qu'elle se trouvait sur un vaisseau spatial et non dans un repaire reptilien sur Terre, ses hurlements et sa panique aveugle avaient repris de plus belle.

En y repensant, Jade se dit que les deux premiers jours passés sur ce vaisseau avaient consisté à sombrer dans une dépression totale, puis à se remettre de cette dépression. Les deux jours suivants, elle les avait passés assise dans une cellule, à recevoir occasionnellement de la nourriture qu'elle refusait de manger.

Sa « cellule » ressemblait à une pièce chichement meublée avec un mur en moins. Il y avait des toilettes et un lavabo dans un coin et un petit lit à l'opposé. Les trois murs métalliques gris foncé étaient froids et nus. Le dernier côté de la pièce semblait vide, mais Jade avait découvert qu'il y avait en fait un champ de force transparent et impénétrable qui lui barrait la sortie.

Quand elle avait repris conscience, la première fois, elle avait essayé de s'échapper par cette ouverture. Au lieu de pouvoir sortir dans le couloir, elle avait été arrêtée par une barrière invisible et solide.

Chaque fois que les extraterrestres décidaient de lui donner ce qu'elle supposait être de la nourriture, ils appuyaient sur un bouton à leur ceinture et faisaient glisser un plateau dans l'air.

Jade avait essayé de passer la barrière à chaque fois qu'ils lui donnaient à manger, mais il semblait qu'on ne pouvait la traverser que de l'extérieur.

Pendant les premiers jours à bord, Jade avait refusé de manger. Au début, elle était tellement pétrifiée par ce qu'ils lui feraient que, entre deux sanglots et des marmonnements hystériques, elle vomissait de la bile dans ses petites toilettes.

Après avoir compris que se dissoudre en pleurs ne l'aiderait pas, elle avait décidé d'arrêter de se morfondre et de se concentrer uniquement sur ce qu'elle pouvait accomplir minute après minute.

Chaque fois qu'elle ressentait le besoin de réfléchir aux circonstances, elle éteignait son cerveau en beuglant n'importe quelle chanson répétitive et ennuyeuse qui lui passait par la tête.

À présent, elle était assise par terre, les jambes croisées, regardant distraitement son plateau de nourriture et d'eau que les aliens avaient poussé vers elle un peu plus tôt.

Elle sourit en regardant le tas de pâtée verte sur le plateau. L'une de ses seules amies, Annie – une végane pure et dure – avait essayé une fois de lui faire manger quelque chose qui y ressemblait. Elle n'avait cessé de vanter les mérites de ce super aliment à base d'algues, mais Jade, têtue, avait refusé d'y goûter.

Elle ferma les yeux en sentant les larmes monter. Elle ne reverrait jamais Annie.

Ne pense pas à ça ! Ne pense pas à ça ! Les yeux de Jade s'ouvrirent et elle commença à chanter le refrain agaçant d'une ballade rythmée des années 80.

L'un des extraterrestres reptiliens passa devant sa cellule et siffla de manière agressive. Elle recula dans le coin de sa petite chambre et arrêta de chanter à voix haute. Au lieu de cela, elle fredonna l'air et regarda la créature.

Aucun des deux aliens verts ne semblait apprécier ses tentatives de ne pas penser. Dès qu'elle commençait à chanter, ils se précipitaient vers elle et la fixaient de leurs yeux qui n'étaient que deux fentes jusqu'à ce qu'elle s'arrête.

Elle savait qu'éviter la réalité n'était pas l'idée la plus intelligente ou la plus mature à long terme. Elle savait que faire face était une approche plus saine, mais Jade était à deux doigts de craquer. Elle savait aussi par expérience que faire semblant de ne pas avoir peur et de ne pas être affectée l'aiderait à rester saine d'esprit.

La créature émit un nouveau sifflement par-dessus son épaule et la deuxième la rejoignit. L'un des extraterrestres désigna d'une longue griffe pointue son plateau plein de substance gluante verte.

Plus elle passait du temps à observer ces aliens, plus elle avait l'impression de pouvoir déchiffrer leurs humeurs. Lorsqu'ils étaient frustrés ou peut-être en colère, comme c'était le cas à cet instant, elle avait remarqué que leur sifflement devenait bref et que de la salive s'échappait de leur langue à chaque mot.

Chaque fois qu'ils récupéraient son plateau de nourriture plein, ils utilisaient ce sifflement rude et leurs longues et larges queues allaient et venaient.

On dirait qu'ils commencent à être agacés par ma grève de la faim, pensa-t-elle en les regardant siffler tout en faisant des gestes vers son plateau.

Le plus petit des deux s'éloigna. Lorsqu'il revint dans sa cellule un moment plus tard et qu'elle vit ce qu'il avait récupéré, elle sentit tout son sang quitter son visage. La créature désignait sa nourriture d'une main munie de griffes et tenait un long tube transparent dans l'autre. Elle souleva le tube un peu plus haut et Jade comprit ce que voulait dire la créature. Elle pouvait soit manger toute seule, soit être nourrie de force.

Les deux lézards attendaient en silence devant sa cellule. À l'idée d'être maintenue au sol et d'être alimentée de force par un tube, elle sentit la peur la gagner. À contrecœur, elle décida que garder les aliens à distance était plus important pour elle qu'une possible intoxication alimentaire.

Elle s'approcha timidement de son plateau et utilisa son index pour récupérer une petite quantité de substance gluante. En fermant les yeux, elle en prit une bouchée. Une sueur froide se répandit sur sa peau, et elle essaya de garder sa respiration régulière en attendant une réaction. Voyant que sa gorge n'enflait pas, elle commença à se détendre.

Elle soupira de soulagement lorsqu'elle vit que les deux aliens étaient partis, apparemment satisfaits par sa petite bouchée de nourriture.

Son estomac gronda douloureusement, et elle termina le reste de la bouillie. Bien que d'apparence atroce, son goût n'était pas si terrible que ça. L'aliment était doux et étonnamment rassasiant. L'eau, cependant, était croupie et laissa un goût métallique sur sa langue.

Jade s'adossa contre son petit lit de camp et se demanda pour la millième fois pourquoi on l'avait enlevée.

À part pour la nourrir et passer de temps à autre devant sa cellule pour la surveiller, les aliens l'avaient laissée tranquille.

Quel est le but de tout ça ? Jade réfléchit à nouveau. Depuis qu'elle avait repris connaissance, ils ne l'avaient pas touchée et n'avaient pas fait d'expériences sur elle, mais l'avaient nourrie et maintenue en bonne santé. Il devait bien y avoir une raison pour qu'ils l'aient enlevée.

Les explications qui lui traversaient l'esprit étaient terrifiantes. Elle était sûre d'une chose : ce qu'ils avaient prévu de lui faire, ou de lui faire subir, se produirait lorsqu'ils atteindraient leur destination.

Où aurions-nous pu aller en l'espace de quelques jours ?

Elle renifla. De qui se moquait-elle ? Jade avait passé sa vie à dessiner des jardins et à se couper du monde. Comment pensait-elle pouvoir déterminer la distance parcourue par un vaisseau spatial en quelques jours ?

Soudain, Jade sentit l'épuisement et l'abattement la gagner. Elle s'assit sur son lit, contre le mur de sa cellule. Elle finit par s'endormir, bercée par le doux bourdonnement et les vibrations du vaisseau.

***

Une douleur aiguë dans son oreille réveilla Jade en sursaut. Au moment où sa vision s'éclaircissait, elle remarqua qu'un alien reptilien reculait à travers le champ de force. Elle se précipita vers lui en espérant pouvoir traverser, comme lui.

Bam ! Elle fonça dans le mur et rebondit, tombant sur son lit. Se frottant l'oreille, elle cria à l'alien, qui la fixait toujours depuis l'extérieur de la cellule :

— Qu'est-ce que tu as fait à mon oreille, espèce de fils de pute à écailles ?!

Au lieu de répondre, l'alien émit un sifflement grave et s'éloigna.

***

Jade était sur ce stupide vaisseau depuis plus d'une semaine au moins. Hormis son réveil douloureux quelques jours plus tôt, peu de choses avaient changé.

De sa cellule, elle pouvait observer l'endroit où les deux aliens étaient assis. *Ça doit être de là qu'ils conduisent ce truc.*

En les regardant manier les commandes à tour de rôle ces derniers jours, elle avait appris certaines choses. D'abord, elle était presque sûre qu'on allait la vendre. Un des extraterrestres, qu'elle avait commencé à appeler la Chose 1, était revenu avec un appareil. Plus tard, elle avait pu voir une photo d'elle-même sur l'écran de contrôle et les avait entendus parler avec quelqu'un qui n'était pas à bord du vaisseau.

Son cœur s'était mis à tambouriner dans sa poitrine quand elle avait cherché à savoir ce que l'acheteur ferait d'elle. Que lui voulait-on ? Était-elle une sorte de friandise pour les extraterrestres ? L'exposeraient-ils comme un homard et la feraient-ils bouillir vivante ? Jade avait passé une bonne demi-heure à osciller dans un coin après avoir eu cette pensée.

La deuxième chose qu'elle avait comprise, c'était qu'ils se rapprochaient de leur destination. L'alien numéro deux, alias la Chose 2, avait jeté une robe ample qui ressemblait à un sac avec des trous pour les bras dans sa cellule ce jour-là.

Sautant sur la moindre occasion de défier ses ravisseurs, elle avait refusé de l'enfiler. Le tissu gris du vêtement était épais et lui avait rappelé celui d'une combinaison de plongée. L'avantage flagrant de la robe était qu'elle était propre. En reniflant ses vêtements sales, elle s'était demandé si elle n'était pas stupide de mener cette bataille.

Après avoir finalement accepté de boire l'eau qu'ils lui fournissaient, Jade avait été déçue de découvrir que le petit évier dans le coin distribuait une sorte de mousse nettoyante. La mousse avait dissous la saleté sur ses mains, et elle l'avait utilisée pour se nettoyer du mieux qu'elle avait pu, mais le pyjama qu'elle portait n'avait pas eu le droit à la même attention, et l'odeur commençait à la gêner. Son combat pour conserver ses vêtements sales avait été de courte durée.

La Chose 2 lui avait sifflé dessus et avait fait baisser la température de sa cellule de façon progressive. Très vite, elle avait été obligée de porter la robe pour ne pas mourir de froid.

La dernière chose qu'elle avait apprise, et la plus troublante, était qu'elle était presque sûre de ne pas être la seule captive sur ce vaisseau. Elle avait remarqué que la Chose 1 portait plusieurs robes grises quand elle lui avait jeté la sienne. Elle avait également remarqué que les aliens portaient plus d'un plateau de nourriture lorsqu'ils lui apportaient son repas.

Elle avait pensé que l'autre plateau était pour eux. *Même les lézards doivent manger, non ?* Elle avait abandonné cette idée lorsqu'elle avait surpris l'un d'entre eux en train d'avaler en marchant un petit animal à deux têtes qui couinait. Après avoir vu ça, c'était difficile d'imaginer qu'eux aussi mangeaient la substance verte qu'ils lui avaient servie.

La console se mit à biper, attirant l'attention de Jade. Les Choses 1 et 2 se levèrent et se dirigèrent vers sa cellule. Avant qu'elle ait pu comprendre ce qu'ils faisaient, les aliens désactivèrent le champ de force et la traînèrent hors de sa cellule, tandis qu'elle criait et se débattait.

Ils saisirent chacun un de ses bras et l'escortèrent ou la portèrent à moitié dans le couloir. Leurs mains étaient rugueuses et écailleuses, mais aussi froides et humides, ce qui fit grimacer Jade.

Elle était enfin hors de sa cellule, et tout ce qu'elle voulait, c'était y retourner. L'air du vaisseau était étouffant et sentait le fruit pourri. Jade commença à transpirer. Le métal chaud du sol brûlait ses pieds nus.

— D'où venez-vous ? Du soleil ? haleta-t-elle en essayant d'échapper à leurs mains gluantes.

Au bout du couloir se trouvait un groupe de trois grandes structures en forme d'œuf. Lorsqu'ils s'approchèrent, un panneau arrondi s'ouvrit sur l'un des œufs, révélant un petit compartiment avec un seul siège. Dès qu'elle comprit ce qu'ils voulaient faire d'elle, elle commença à se débattre frénétiquement.

— Pas question que vous me mettiez dans ce truc toute seule. Je ne sais pas piloter un vaisseau spatial, une capsule spatiale, un œuf spatial, peu importe ce que c'est !

Ignorant ses protestations, la Chose 1 la souleva sur son épaule et la porta jusqu'à la capsule, la lâchant à l'intérieur. Jade eut le souffle coupé. Petit à petit, la porte de la capsule se referma jusqu'à ce qu'elle soit scellée.

Elle regarda avec horreur par le hublot les lézards taper quelque chose sur un panneau de contrôle sur le mur qu'elle n'avait pas remarqué auparavant.

La capsule commença à reculer, s'éloignant des deux aliens reptiliens. Elle devinait ce que ça signifiait.

— Merde ! Et merde ! Merde !

En désespoir de cause, elle scruta chaque centimètre carré de la capsule à la recherche d'une issue, mais l'intérieur était vide, à l'exception du siège solitaire. Elle était sur le point d'être projetée dans l'espace vers une destination inconnue.

— Bon… soupira-t-elle en regardant dans sa main le petit pulvérisateur de somnifère qu'elle avait récupéré au cours de la lutte. Espérons que ce spray fonctionne sur tout.

Si Jade s'était déjà demandé si elle n'était pas passée à côté d'une carrière d'astronaute, elle avait maintenant sa réponse. Voler à travers l'espace dans un œuf était terrifiant. Elle souffrait à la fois d'une claustrophobie intense et d'agoraphobie.

Lorsqu'une imposante planète apparut, sa panique s'intensifia. Elle avait pu respirer sur le vaisseau, et son bon sens lui disait qu'ils ne l'auraient pas gardée en vie aussi longtemps pour l'envoyer sur une planète où elle ne pourrait pas respirer, ou une planète dont la gravité était si forte qu'elle serait écrasée comme une crêpe.

C'était logique. Malheureusement, à ce moment-là, la logique n'était pas aux commandes. Plus la capsule se rapprochait de la planète, plus sa respiration devenait rapide jusqu'à ce qu'elle commence à hyperventiler. Quand la capsule atteignit l'atmosphère, sa vision devint noire.

***

Des insectes gazouillaient tout autour de Jade et une brise froide soufflait, la faisant frissonner. Quand elle ouvrit les yeux, elle vit qu'elle était toujours dans sa capsule, mais que la porte était ouverte.

Les yeux écarquillés, elle prit une profonde inspiration et la retint. Un moment s'écoula avant qu'elle ne se réprimande. *Ne sois pas stupide, Jade. Tu serais déjà morte si tu ne pouvais pas respirer.* Elle expira et regarda à l'extérieur de la capsule.

Elle était dans une clairière au milieu d'une forêt dense. Il faisait nuit, mais le clair de lune éclairait les environs. Quand elle sortit de la capsule, elle comprit pourquoi elle était si lumineuse. *Deux putains de lunes.*

Jade observa la clairière, s'étonnant de voir que tout était à la fois familier et étonnamment différent. La lumière vive de deux lunes, plutôt qu'une, éclairait une sombre forêt. Dans l'ensemble, elle n'avait rien de remarquable. Les troncs ressemblaient à du bois et les arbres étaient très grands, mais rien d'extraordinaire. Les feuilles, cependant, étaient différentes de tout ce qu'elle avait déjà vu. Elles étaient très grandes et rondes. On aurait dit des nénuphars géants. Le feuillage épais créait une canopée anormalement dense qui bloquait presque toute la lumière.

Des insectes bourdonnaient autour d'elle, mais ces bruits n'étaient pas normaux. Quelque chose dans le rythme inhabituel des bruissements et des cliquetis qui l'entouraient l'effrayait.

Au moins, la température est normale. Jade se souvenait de la chaleur intense du vaisseau spatial.

Secouant la tête d'un air incrédule, elle fit le tour de la capsule et tenta de faire le point sur sa situation. *Que faire maintenant ? J'ai eu un accident ou quoi ? J'ai dévié de ma trajectoire ? Pourquoi les Choses 1 et 2 m'auraient-elles larguée au beau milieu de la forêt ?*

Elle entendit un léger bruissement à sa droite et se figea. *Le spray ! Où est le spray ?* Le petit cylindre n'était plus dans ses mains. *J'ai dû le laisser tomber quand je me suis évanouie.*

Comme le bruissement devenait plus fort, elle se précipita vers la capsule, cherchant le petit pulvérisateur. Ses mouvements devinrent plus désespérés lorsque le bruissement se transforma en un bruit de pas doux sur le sol élastique.

Là ! Elle trouva le tube à la dernière seconde. Elle entendait les pas derrière elle et elle pouvait sentir une présence dans son dos. Elle pulvérisa aveuglément le spray derrière son épaule en se précipitant vers les bois. Avant d'atteindre les arbres, elle entendit le bruit satisfaisant d'un corps heurtant le sol.

Le cœur battant, elle courut à toutes jambes. La forêt était dense et presque noire. Elle poursuivit sa course effrénée, trébuchant sur des branches mortes et glissant sur une substance gluante qu'elle ne put identifier, mais elle ne s'arrêta pas.

Son instinct lui disait que la personne ou la chose qui se trouvait là-bas avait fait en sorte qu'elle arrive de nuit, loin de la civilisation et donc de toute autre personne. Quelles que soient ses motivations, Jade doutait qu'elles soient nobles.

Elle n'avait aucune idée du temps qu'elle avait passé à courir quand elle remarqua que les arbres commençaient à se raréfier. Ses poumons la brûlaient, mais elle les força, ainsi que ses jambes tremblantes, à poursuivre leur effort. Les arbres continuèrent à s'éclaircir jusqu'à ce qu'ils disparaissent totalement.

Jade s'arrêta. Au loin, elle pouvait distinguer la silhouette d'une ville éclairée par les imposantes lunes. Il n'y avait pas de gratte-ciel ou d'entrepôts gris et austères, mais plutôt de grandes tours pointues qui n'auraient pas dépareillé sur un château médiéval.

À sa droite, le sol s'inclinait et s'aplanissait pour former un grand champ. Sur sa gauche se trouvait un chemin escarpé parsemé de buissons et de rochers. Passer par le champ serait certainement plus facile, mais elle serait exposée si son poursuivant se rapprochait. La traversée de la colline serait plus longue, mais il y avait de quoi se cacher.

Pour quiconque ne connaissait pas Jade, le champ aurait semblé être l'option la plus attrayante. Elle décida de choisir le terrain le plus accidenté, pensant que si son kidnappeur potentiel la suivait, il supposerait qu'elle avait choisi le terrain plat. Gardant la ville en vue, elle commença à grimper. Si elle continuait à ce rythme, il ne lui faudrait probablement que quelques heures pour arriver à destination.

Les yeux rivés sur l'horizon, elle s'arrêta brusquement. *Et si c'était pire là-bas qu'ici ?* Elle se rendait peut-être directement dans la gueule du loup.

Une chose était certaine. La créature qu'elle fuyait avait orchestré son enlèvement. Elle avait attendu qu'elle arrive seule. Pourquoi ? Elle espérait que c'était parce que le kidnapping était contraire aux règles, même sur une planète étrangère.

Jade tomba à genoux, des larmes chaudes coulant sur ses joues. *Des aliens,* pensa-t-elle amèrement. L'univers entier de Jade s'effondrait.

C'était une planète étrangère. Même si elle pouvait trouver d'autres êtres vivants, pourrait-elle leur faire comprendre ce qui lui était arrivé ? Elle n'était qu'une minuscule humaine venant d'un monde qui ne s'était encore jamais aventuré si loin dans l'espace. Pourquoi se soucieraient-ils d'elle ?

À présent qu'elle était seule, les événements des dernières semaines rattrapaient Jade. Sa vie sur Terre avait été très solitaire. Elle n'avait pas de famille, très peu de bons amis et avait tendance à rester seule.

Elle cacha sa tête entre ses mains et pleura doucement, essayant de ne pas faire de bruit. *Personne ne se souciera que je sois partie. Est-ce qu'ils remarqueront au moins que j'ai été enlevée ?*

Bien sûr, son employeur avait dû être surpris de ne pas la voir. Il avait probablement essayé de la contacter quand elle avait manqué le rendez-vous avec ce client quelques jours plus tôt. Sans nouvelles d'elle depuis au moins une semaine, elle espérait qu'il aurait appelé la police.

Sa maison présentait des traces d'effraction. Elle étouffa un rire sans humour à travers ses larmes. Elle était très probablement considérée comme une personne disparue à l'heure qu'il était.

Jade réalisa que sa carte d'identité professionnelle serait la seule photo d'elle que ses collègues auraient. Bizarrement, imaginer sa triste photo de travail sur un rapport de personne disparue la fit pleurer de plus belle. Comment avait-elle pu se couper du monde à ce point ?

Jade chassa ses larmes. Bon sang, son existence n'avait peut-être pas été la meilleure, mais c'était la sienne. Elle avait une maison et une carrière, et si elle revenait sur Terre, elle se jurait de faire plus d'efforts pour laisser les gens entrer dans sa vie.

D'une manière ou d'une autre, elle ferait comprendre à ces aliens ce qui lui était arrivé. Elle était même prête à le mimer si nécessaire. Celui qui l'avait enlevée ne s'en tirerait pas comme ça.

Elle commença à marcher vers la ville, laissant sa colère froide la motiver. Si ce qu'ils faisaient était illégal, elle trouverait quelqu'un pour l'aider à les attraper et les punir.

—Est-ce que cette ville est un putain de mirage ? s'écria Jade entre deux respirations haletantes.

Cela faisait presque deux jours qu'elle marchait en direction des flèches de la ville et elle s'en était à peine rapprochée. Ces flèches devaient être bien plus massives qu'elle ne le pensait.

Jade était épuisée, déshydratée et avait découvert des coupures et des contusions sur tout son corps suite à sa poussée d'adrénaline dans la forêt.

La veille, elle avait trouvé quelques ruisseaux, mais s'était abstenue de boire quoi que ce soit, dans le doute. Quelques heures après le début de sa randonnée, ce matin-là, elle avait réalisé que pour continuer à avancer vers la ville insaisissable à l'horizon, il lui serait nécessaire de boire.

Vers midi, alors que Jade était prête à aspirer l'humidité de la prochaine flaque d'eau boueuse sur laquelle elle tomberait, elle arriva à un petit ruisseau qui descendait la colline. Sans hésiter, elle s'accroupit près du cours d'eau et avala quelques gorgées à même ses mains. Jade profita de cette pause momentanée pour observer les petites plantes frisées près du bord du ruisseau.

Lorsqu'elle était enfant, sa tante l'emmenait dans les bois derrière sa maison et lui apprenait quelles plantes pouvaient être mangées, lesquelles étaient toxiques et lesquelles pouvaient être utilisées à d'autres fins. En Caroline du Sud, Jade aurait pu chercher de la nourriture et survivre dans les bois pendant des mois.

La petite plante qu'elle était en train d'examiner avait des feuilles pelucheuses qui s'enroulaient sur elles-mêmes lorsque ses doigts s'approchaient.

Jade laissa échapper un cri de panique et retira sa main. Elle regarda les petites feuilles se déployer une fois de plus. *Ce n'est pas comme à la maison. Tu ne sais pas à quoi ressemblent les plantes comestibles ici. N'essaie pas.*

La voix de sa tante résonnait dans son esprit, scandant sa phrase préférée pendant qu'elle apprenait à Jade à chercher de la nourriture : « *Dans le doute, abstiens-toi* ».

Cette phrase rappela à Jade que si elle n'était pas sûre de la nature d'une plante, elle ne devait en aucun cas la mettre dans sa bouche. Même sur Terre, la ciguë, plante très toxique, était souvent confondue avec le persil.

Qu'est-ce qu'elle ne donnerait pas pour de la gelée verte !

Une vague de tristesse la frappa en pensant à sa tante. *Elle saurait quoi faire.*

Se rapprochant du bord de la colline, Jade s'assit sur une pierre plate de couleur lavande. Dos au ruisseau, elle contempla le magnifique paysage tentaculaire. *Au moins, j'ai une vue imprenable,* pensa-t-elle en attendant de ressentir les effets secondaires néfastes de l'eau.

La colline descendait vers une vallée qui s'étendait sur des kilomètres avant de disparaître dans une autre forêt dense. Une rivière luisante serpentait à travers les herbes aux couleurs vives de la vallée jusqu'à disparaître à son tour dans les bois. Des montagnes étroites et escarpées s'élevaient de travers à l'horizon, s'avançant dans le ciel selon un angle peu naturel.

Le soleil au-dessus d'elle était légèrement plus petit et plus orangé que celui de sa planète d'origine, projetant une lumière chaude sur tout le paysage.

— Waouh, fut tout ce que Jade put dire.

Jusque-là, elle avait été effrayée et en colère d'avoir été transportée contre son gré sur une planète étrangère.

Assise seule et admirant le paysage magnifique qui s'offrait à elle, elle prit le temps de réfléchir à la beauté de cet endroit. Elle était peut-être temporairement bloquée sur une planète étrangère, mais elle devait admettre que c'était douloureusement beau et surréaliste.

Du coin de l'œil, elle repéra du mouvement et roula derrière un grand buisson.

À une trentaine de mètres de là, un objet rond et argenté flottait lentement dans une zone étroite et dégagée de la vallée. Son cœur fit un bond. *Ça ressemble à une route !*

La grande boule argentée devait faire plus de trois mètres de haut, mais sa surface étincelante était si réfléchissante qu'elle avait failli ne pas la voir. Si elle avait raison et que c'était une route, il serait logique que la balle soit une sorte de véhicule.

La fatigue menaçait de la submerger tandis qu'elle observait l'objet flottant. Si elle ne mangeait rien ou ne buvait pas davantage, elle n'arriverait jamais en ville. Faire du stop serait sa meilleure chance de survie.

L'indécision la gagnait, et elle oscillait sur ses talons, essayant de choisir entre poursuivre l'objet en mouvement ou rester cachée. S'il était vrai que l'objet pouvait être un véhicule, ce pouvait être un million d'autres choses qu'elle n'aurait jamais envisagées.

Même si c'était un véhicule, elle n'avait aucune idée du genre de créature qu'elle trouverait à l'intérieur. Et si l'alien qui avait essayé de la récupérer dans la forêt se trouvait dans ce véhicule à présent ? Elle n'était pas restée assez longtemps pour bien voir son ravisseur, elle avait seulement entendu ses pas. Elle n'aurait aucun moyen de le reconnaître, à moins qu'il ne s'agisse de la seule créature à deux pieds de cette planète.

Le véhicule ne venait pas de la même direction que la forêt dont elle s'était échappée, mais cela ne signifiait pas grand-chose.

Jetant un coup d'œil à ses pieds nus et couverts d'ampoules, elle décida qu'elle devait prendre ce risque. Sa peur fit se retourner dans son estomac la petite quantité d'eau qu'elle avait ingurgitée.

Le spray de somnifère serré dans sa main, elle se força à descendre la colline en trottinant pour intercepter le véhicule volant. Comme elle s'en rapprochait, il commença à se déplacer plus rapidement. *Je ne vais pas y arriver*, pensa-t-elle en suppliant ses jambes de prendre de la vitesse. *J'y suis presque.*

La boule argentée se déplaçait trop vite pour qu'elle puisse l'atteindre à temps à pied. Réfléchissant rapidement, elle jeta son spray aussi fort qu'elle le put.

Ping ! Il frappa le côté de la balle au passage, mais l'objet argenté ne ralentit pas. Elle sprinta, agitant ses bras au-dessus de sa tête.

Alors qu'elle pensait que la balle allait disparaître au sommet d'une colline, elle s'arrêta.

Jade tomba à genoux et faillit pleurer de soulagement lorsque la grosse boule se mit à se déplacer lentement vers elle. De la sueur froide perlait sur son front et des taches dansaient devant ses yeux. Elle allait s'évanouir à nouveau.

Faites que ces extraterrestres soient accueillants, pensa-t-elle en s'écroulant par terre.

Jade en avait vraiment assez de s'évanouir et de se réveiller dans des endroits inconnus. Cette fois, lorsqu'elle ouvrit les yeux, elle se retrouva allongée sur un long canapé.

Scrutant mentalement son corps, elle ne remarqua pas de douleurs particulières. Étrange. La dernière chose dont elle se souvenait était d'avoir couru après une boule argentée en mouvement. Elle avait écopé de nombreux bleus au passage et elle avait poussé ses muscles au maximum. Elle n'aurait pas dû être capable de bouger sans douleur, mais elle n'en ressentait aucune. Comment était-ce possible ? Était-elle morte ?

Se redressant, elle examina la pièce plus attentivement. Il y avait un grand bureau devant une baie vitrée en face d'elle. Ce meuble, combiné au canapé, donnait l'impression d'être chez un thérapeute. Elle savait de quoi elle parlait. Elle en avait fréquenté suffisamment.

Par la fenêtre, on pouvait voir des flèches argentées scintillantes s'élever dans le ciel. En s'approchant de la fenêtre, elle examina les flèches de plus près. Des boules rondes flottantes, comme celle qu'elle avait poursuivie, se rassemblaient près de sa base et elle pouvait voir de très petites silhouettes entrer et sortir des capsules.

Jade recula de quelques pas et étudia le mur contre lequel elle venait de se plaquer. Elle remarqua qu'il était légèrement incurvé. *Je dois être dans un de ces étranges gratte-ciel.*

Jade ressentit un élan de bonheur et de fierté à l'idée que ses suppositions étaient correctes. La boule ronde était un véhicule, et ce qui était dedans l'avait emmenée là où elle voulait aller.

Elle fit un bond de près d'un mètre en l'air quand la porte à sa gauche s'ouvrit. Une grande femme d'âge moyen entra, et Jade se réfugia derrière l'accoudoir du canapé.

Une femme ? Jade se redressa, oubliant sa peur. L'être en face d'elle ressemblait à une humaine.

Jade se recroquevilla derrière l'accoudoir et observa la femme plus en détail. *Elle n'est pas vraiment humaine.* Cette extraterrestre était plus grande que la plupart des femmes humaines et était absolument magnifique. Elle se déplaçait avec une grâce surnaturelle. Jade n'avait rien vu de semblable auparavant. Une combinaison fluide de couleur crème qui soulignait sa taille ondulait avec élégance lorsqu'elle se déplaçait.

La femme lui jeta un regard en entrant dans la petite pièce.

— Oh, bien, vous êtes réveillée.

Elle adressa à Jade un bref sourire, puis alla s'asseoir au petit bureau.

Jade cligna des yeux, essayant de forcer son cerveau à rattraper son retard. Était-elle en train de faire une attaque, ou cette femme parlait-elle anglais ? Comment était-ce possible ?

— Vous me comprenez ? demanda-t-elle calmement à Jade.

Toujours accroupie derrière l'accoudoir du canapé, Jade acquiesça.

La femme avait un visage affable – étranger, mais amical. Ses yeux étaient un peu trop grands pour être humains, mais ils lui donnaient un air doux et sympathique. De longs cheveux noirs descendaient dans son dos et lorsqu'elle les glissa derrière son oreille, Jade remarqua que cette dernière était pointue en haut et en bas.

— Bien ! s'exclama-t-elle, exhibant des canines allongées. Pourriez-vous parler pour que je puisse voir si je vous comprends ?

Jade ouvrit la bouche pour parler, mais ne trouva rien à dire. C'était tellement surréaliste.

— Dites simplement « bonjour » et donnez-moi votre nom, proposa la femme.

D'une voix chevrotante, Jade dit :

— Bonjour, je m'appelle Jade.

— Mince, ça ne s'est pas traduit.

La femme fronça les sourcils, visiblement déçue.

— Nous espérions que grâce au traducteur installé dans votre oreille, nous aurions compris votre langue.

Jade écarquilla les yeux et toucha son oreille. C'était donc ça que les aliens lézards avaient fait. Ils lui avaient implanté un traducteur. Si c'était le cas, c'était incroyable. Quand la femme parlait, Jade entendait les mots instantanément. On aurait même dit que sa bouche les formait.

— Je peux voir à votre expression que vous l'ignoriez.

Elle dit cela plus comme une question que comme une déclaration.

Si j'ai un traducteur, pourquoi je ne comprenais pas le peuple lézard ?

— Je vais vous poser quelques questions et essayer d'expliquer certaines choses si je peux. J'aimerais que vous hochiez la tête pour dire oui.

La femme fit un signe de tête pour illustrer ses propos.

— Et secouez la tête pour dire non.

Elle secoua la tête.

Jade acquiesça brièvement pour montrer qu'elle avait compris. La femme parut satisfaite.

— Vous êtes sur une autre planète.

Elle marqua une pause.

— Saviez-vous qu'il y avait de la vie sur d'autres planètes que la vôtre ?

Jade secoua la tête vigoureusement.

— C'est ce que je pensais.

Elle laissa échapper un soupir.

— Mon nom est Meya. Nous sommes sur une planète appelée Clecania, dans une ville appelée Tremanta. Je suis une Clecanienne.

La regardant d'un air grave, elle dit :

— Je suis vraiment désolée de ce qui vous est arrivé. Votre planète est très probablement considérée comme une planète de classe 4, et vous en extraire est contraire à la loi. Pas seulement la loi de ce monde, mais la loi de la plupart des mondes dans cette partie de l'univers. Vous comprenez jusqu'ici ?

La tête de Jade se mit à tourner.

— Vous aviez quelques blessures quand on vous a amenée chez nous. Je vous ai administré une légère injection pour soulager la douleur, mais je ne peux pas vous guérir complètement ou vous nourrir tant que nous ne connaissons pas votre espèce. Avez-vous vu qui vous a enlevée ?

Hochement de tête.

— Ils sont toujours là ?

Jade ne savait pas comment répondre. Les lézards étaient partis, mais celui qui les avait engagés était toujours là. Elle acquiesça, puis secoua également la tête.

— Oui et non ? demanda Meya. Hmm. Je dois scanner le traducteur dans votre oreille pour savoir dans quelle langue il traduit.

Elle brandit un petit appareil semblable à un scanner de prix.

La femme n'avait rien fait à Jade jusqu'à présent. Et si elle l'avait vraiment voulu, Jade soupçonnait que Meya aurait pu scanner son traducteur pendant qu'elle dormait. Au lieu de cela, la femme avait attendu et demandé sa permission, ce qui en disait long.

Jade hocha la tête. La femme se leva et commença à marcher lentement vers elle comme si Jade était un animal apeuré qu'elle ne voulait pas effrayer.

Elle pouvait l'imaginer en train de dire :

— *Tout doux.*

Jade fronça les sourcils. Elle était une humaine, pas un âne, mais comparé à une espèce aussi avancée que celle-ci, elle pourrait tout aussi bien l'être.

Jade tourna la tête pour permettre à Meya d'accéder à son oreille. L'appareil émit un léger bourdonnement. Meya retourna à son bureau, étudiant un petit écran sur l'appareil.

— L'anglais. Une langue terrienne, dit-elle en lisant l'écran.

— *Terrienne ?*

Jade sentit les poils de sa nuque se dresser à ce mot. Seul un alien appellerait un humain comme ça.

Levant les yeux vers Jade, Meya dit :

— La bonne nouvelle, c'est que les langues terriennes ont été documentées dans les archives interplanétaires, donc nous devrions pouvoir mettre à jour nos traducteurs pour pouvoir vous comprendre. La mauvaise nouvelle, c'est que la localisation de la mise à jour peut prendre un certain temps. Je n'ai jamais entendu parler d'un Terrien auparavant.

Meya baissa les yeux sur son appareil.

— Vous venez d'une zone de l'espace très reculée.

Meya observa Jade studieusement.

— C'est étrange comme nous nous ressemblons. Nos espèces, je veux dire.

Elle commença à étudier Jade, se parlant plus à elle-même qu'à la jeune femme.

— C'est incroyable qu'une espèce de planète de classe 4 ait pu évoluer de façon si similaire.

Elle pencha la tête et sourit.

— J'espère que vous pourrez nous en dire plus sur votre espèce pendant que vous serez ici. En attendant, je vais apprendre ce que je peux sur les humains et voir jusqu'où je peux aller en matière de guérison avant un scanner complet de votre corps. Je vérifierai également quels aliments et boissons simples vous pouvez consommer. J'aimerais réunir les dirigeants de la ville pour que vous puissiez nous raconter ce qui vous est arrivé et pour que nous puissions décider de ce que nous allons faire de vous.

— Qu'allez-vous faire de moi ? Renvoyez-moi chez moi !

La panique et la peur envahirent Jade, et elle commença à déblatérer ses arguments, mais se souvint que Meya ne pouvait pas la comprendre. Elle se tut avec colère.

— Je suis désolée, je n'ai pas compris, dit Meya, l'inquiétude se lisant sur son visage. Ce doit être frustrant, mais ce sera beaucoup plus facile après la mise à jour de nos traducteurs.

Meya se leva pour partir.

— Ça ne vous dérange pas d'attendre ici jusqu'à ce que j'organise la rencontre ?

Jade soupira de frustration, mais acquiesça.

Meya sourit.

— Très bien, je reviens dans quelques minutes avec quelque chose à manger.

Jade laissa sa tête retomber sur le canapé après le départ de Meya. Ne pas pouvoir communiquer était plus frustrant que ce qu'elle avait prévu.

Meya n'avait pas parlé de la ramener chez elle. Elle savait de quelle espèce était Jade et il était clair qu'elle savait aussi où se trouvait la Terre, pourtant elle n'avait quand même pas parlé de la ramener.

J'espère que ces extraterrestres savent ce qu'ils font parce qu'une fois qu'ils me comprendront, ils vont en prendre plein les oreilles.

La réunion. La plus bizarre. De tous les temps.

Meya était revenue, lui avait donné une pâte beige à manger qui avait fait regretter à Jade la substance verte, et lui avait fait passer un dispositif rappelant un sabre laser sur le corps, puis elle l'avait escortée dans un couloir sinueux jusqu'à cette pièce.

En chemin, Meya avait informé Jade qu'ils avaient localisé le programme contenant les langues terriennes. Elle lui avait expliqué que les participants à la réunion étaient en train de mettre à jour leurs traducteurs et que ceux-ci devraient être opérationnels lors de leur arrivée dans la salle de réunion.

Comment une pièce, à des années-lumière de la Terre, dans un bâtiment ressemblant à une flèche de château, pouvait-elle ressembler à toutes les autres salles de réunion ennuyeuses dans lesquelles elle s'était rendue ? C'était vraiment époustouflant.

Une longue table rectangulaire occupait la majeure partie de la pièce, des chaises noires foncées étaient alignées de part et d'autre et deux chaises légèrement plus grandes que les autres étaient placées en bout de table. Lorsque Jade entra, six personnes étaient déjà assises et attendaient.

Meya fit signe à Jade de s'asseoir en bout de table, puis se déplaça pour s'installer à sa droite.

Jade examina les autres personnes présentes dans la pièce. Il y avait deux femmes assises sur le côté gauche de la table. Elles étaient toutes deux très belles et la regardaient avec intérêt.

La femme à droite était très pâle et mince. Ses longs cheveux vert écume avaient été tressés de manière complexe avec des fils d'or et pendaient sur son épaule délicate. Ce qui ressortait le plus chez cette femme, c'étaient ses grands yeux. Ils étaient plus inclinés que la normale et ses iris étaient d'un rouge brillant, presque incandescent.

La femme à côté d'elle était différente, mais pas moins belle. Ses cheveux étaient très courts et étaient d'un blond éclatant. Sa peau bronzée brillait d'or dans la lumière, et Jade pouvait voir des marques géométriques dorées le long de ses bras nus.

Meya se pencha vers Jade et chuchota :

— Leurs noms sont Wiye et Treanne. Elles vous ont trouvée errant dans les collines et vous ont ramenée ici.

— Merci ! balbutia Jade, choquée et honteuse de ne pas avoir essayé de demander des nouvelles de ses sauveurs jusqu'à présent.

Les deux femmes ne dirent rien, mais lui adressèrent un large sourire.

Meya se tourna pour jeter un coup d'œil à un écran holographique près du mur, puis se pencha à nouveau vers Jade.

— Les traducteurs ne sont pas encore tout à fait à jour.

Jade examina les autres personnes présentes dans la pièce pendant ce temps. Juste à sa gauche, un petit homme âgé lui fit un signe de la main. Il semblait ravi de sa présence. Jade ne savait pas quoi faire d'autre, alors elle lui adressa un demi-sourire nerveux et détourna le regard.

Sur le côté droit de la table, près de Meya, étaient assis deux hommes. Ils étaient tous deux grands et musclés. Le plus jeune des deux avait des cheveux bruns sableux striés de blond. Quand il lui sourit, dévoilant des dents blanches et régulières, une fossette apparut sur sa joue.

Si Jade s'était demandé si elle était susceptible de trouver un extraterrestre attirant, elle avait sa réponse. Il était plus beau que n'importe quel homme qu'elle avait vu dans sa vie. Il aurait pu courir torse nu sur une plage d'Australie avant de fendre les vagues sur une planche de surf.

Des motifs doré clair couraient sur ses bras, son cou et une partie de son visage. Ils s'enroulaient délicatement autour de ses traits bien dessinés.

Jade sentit ses cheveux se dresser sur sa nuque. Elle détourna son attention du surfeur et surprit l'autre homme qui la fixait de ses yeux sombres. Elle supposait que des tatouages discrets étaient également présents sur son corps, mais sa chemise à manches longues et ses cheveux bruns tombant sur ses épaules ne lui permettaient de voir qu'une seule marque incurvée qui remontait le long de sa joue.

Il la regardait d'un air renfrogné. Son profond froncement de sourcils contrastait fortement avec le sourire à fossettes du jeune homme à côté de lui. Il semblait presque en colère contre elle, et elle se demanda si le surfeur et lui étaient ensemble.

Elle détourna rapidement le regard. *Il est tout à toi !*

La dernière personne dans la pièce, une femme âgée, était assise juste en face de Jade. Elle était vêtue d'une veste lavande à col montant, assortie au violet pâle de ses yeux. Elle était raide, le menton relevé, ses cheveux blancs bouclant sur ses épaules. Tout, de sa posture royale à ses yeux intelligents, indiquait à Jade que c'était elle qui dirigeait.

Sans faillir, Meya se concentra sur elle et attendit que la femme fasse un lent signe de tête avant de parler.

— Je crois que nous avons tous été mis au courant de la situation.

Elle regarda chacun d'entre eux et attendit leurs hochements de tête. Elle s'adressa ensuite à Jade.

— Nos traducteurs ont bien été mis à jour. Pouvez-vous s'il vous plaît dire quelque chose pour que nous soyons sûrs ?

— Euh… bonjour. Je m'appelle Jade, récita-t-elle, ne sachant pas quoi dire d'autre.

Meya sourit.

— Bonjour, Jade. C'est un plaisir de vous rencontrer.

Toute la bravade de Jade s'évanouit. Elle avait imaginé ce qu'allaient endurer ces gens lorsqu'ils comprendraient enfin ce qu'elle dirait. Mais assise devant un groupe d'extraterrestres qui la dévisageaient tous, elle ne put qu'afficher un faible sourire.

Se tournant, Meya s'adressa au groupe.

— Jade a été enlevée de son monde natal et s'est retrouvée sur Clecania. Nous devons veiller à ce que des mesures soient prises pour réparer cette erreur, mais l'objectif principal de notre réunion d'aujourd'hui est de décider où Jade doit aller maintenant.

Meya marqua une pause pendant un moment, puis poursuivit :

— Je vais laisser Jade nous expliquer ce qui lui est arrivé, et ensuite nous discuterons de ce que nous devons faire.

Meya se tut et tous les regards se concentrèrent sur Jade.

Jade s'était attendue à devoir raconter ce qui s'était passé, mais elle pensait que ce serait à un officier de police, en tête à tête. Elle n'avait jamais aimé parler en public.

— Euh… eh bien, commença-t-elle en tremblant.

Meya lui adressa un signe de tête encourageant. Prenant une profonde inspiration, elle décrivit tout ce qui s'était passé.

L'audience l'écouta attentivement, en silence, jusqu'à ce qu'elle arrive à la partie où elle avait été abordée dans les bois.

— Avez-vous vu cet être ? demanda l'une des femmes, la colère gravée sur son visage.

— Non. Il faisait sombre, j'ai pulvérisé du spray derrière moi et j'ai couru. Je ne pourrais pas vous dire si c'était un homme ou une femme. Je ne sais même pas si c'était un Clecanien ou une autre espèce.

La jolie femme s'adossa à son siège et réfléchit à la question.

— C'est bien la formulation que je dois utiliser, au fait ? demanda Jade, réalisant que même sur Terre, la notion de genre était plus complexe que l'opposition entre *homme* et *femme*. Vous ressemblez beaucoup aux humains et je continue à penser à vous et à me référer à vous comme à des personnes, des hommes ou des femmes, mais… vous ne l'êtes pas.

Jade jeta un coup d'œil autour d'elle.

— Y a-t-il un autre terme que je devrais utiliser ?

L'homme âgé affable à sa gauche se pencha vers elle.

— Votre traducteur se base sur le contexte aussi bien que sur les mots pour traduire. Vous pouvez employer un mot qui désigne spécifiquement un humain, mais si votre intention est de vous adresser à un groupe, le mot est traduit par le mot que nous utiliserions pour ce groupe.

— Waouh.

Elle jeta un coup d'œil nerveux autour d'elle.

— Vous avez une technologie vraiment avancée ici.

Elle se souvint d'une question à laquelle elle avait pensé plus tôt au sujet du traducteur.

— Je ne pouvais pas les comprendre. Le peuple lézard, précisa-t-elle.

— Ceux qui vous ont enlevée ? demanda Treanne, la femme blonde, l'inquiétude se lisant sur son visage. Je ne sais pas qui vous a enlevée, mais je sais que votre traducteur ne comprenait que les langues parlées sur cette planète. Ils n'ont probablement pas importé les leurs afin de vous empêcher d'entendre des informations sensibles.

L'homme aux yeux sombres, toujours aussi renfrogné, l'interrompit :

— La loi intergalactique dit qu'elle doit rester sur Clecania pour une période d'un an. *Notre* loi dit qu'un étranger doit être mis sous protection et surveillé par un résident pendant un an. Si ma compréhension de la loi est correcte, dit-il avec sarcasme, comme s'il savait déjà qu'elle l'était, nous *savons* quoi faire d'elle. Tout ce que nous devons décider aujourd'hui, c'est avec quel résident elle sera placée.

Décidément, elle n'aimait pas ce type. Pas du tout. Suggérerait-il qu'ils la forcent à vivre chez un alien ?

— Pourquoi un an ? intervint-elle.

— Un an permet d'apprendre à une espèce de classe 4 ce qu'il y a à savoir sur l'univers, répondit la jolie femme aux cheveux vert pâle d'une voix mélodieuse.

— Pas tout, évidemment, gloussa la femme assise à côté d'elle. Juste assez pour que vous puissiez survivre loin de la seule planète que vous avez connue. Nous sommes tenus de vous aider à construire une nouvelle vie loin de la Terre.

— Avant que la loi ne soit promulguée, les espèces de classe 4 étaient livrées à elles-mêmes et devaient se débrouiller pour survivre, ajouta tristement Meya. Il y avait de nombreux abus. C'était barbare.

Avant que Jade puisse redemander pourquoi on ne pouvait pas la renvoyer tout simplement sur Terre, la femme aux cheveux verts prit la parole :

— À qui pensez-vous pour la surveiller, Xoris ? demanda-t-elle à l'homme en colère qui avait suggéré qu'on s'occupe d'elle comme d'une criminelle.

Il fronça les sourcils et la regarda froidement.

— L'un de nous pourrait l'accueillir, je suppose.

Mettant la main sur son cœur, le jeune homme se pencha vers Jade et dit dans un grondement :

— Je serais honoré de vous protéger.

Il lui adressa un sourire ravageur qui lui fit presque oublier sa situation. Elle ricana et rougit.

— Tu n'es jamais chez toi, Kadion, grogna Xoris. Comment comptes-tu la protéger alors que tu combats en permanence les intrus de Tagion dans le nord ? Ella ira chez moi.

— Non ! lâcha Jade, attirant l'attention de tous. Je veux dire…

Elle chercha un argument convaincant, mais n'en trouva pas.

— Je ne veux pas partir avec un inconnu et être « surveillée » comme une criminelle. J'ai été amenée ici contre ma volonté par quelqu'un *d'ici* !

— Oui, et vous leur avez échappé, dit froidement Xoris. Cela signifie qu'ils voudront vous récupérer. Vous êtes ici à présent, ce qui signifie que nous sommes responsables de vous.

En haussant les sourcils, il demanda :

— Préféreriez-vous être livrée à vous-même sur cette planète étrangère, dont vous ne savez rien ? La personne qui vous a enlevée pourrait s'approcher de vous dans la rue, vous assommer et vous récupérer, et vous n'auriez même pas le temps de crier.

Perdant son sang-froid, elle s'écria :

— Je préférerais que vous me renvoyiez chez moi !

— Assez ! dit fermement la femme en bout de table.

Tout le monde se tut.

— Jeune fille, commença-t-elle en s'adressant à Jade, nous ne pouvons malheureusement pas vous renvoyer sur votre planète d'origine. C'est contraire non seulement à nos lois, mais aussi aux lois intergalactiques qui maintiennent la paix dans nos mondes. Il a été décidé il y a longtemps que les planètes de classe 4 devaient être autorisées à évoluer et à explorer l'univers à leur propre rythme. Nous ne nous dévoilons pas à elles, et si pour une raison quelconque un individu comme vous est enlevé, vous ne pouvez pas rentrer. Il serait illégal pour nous de poser le pied sur votre planète ou même de voler près de votre atmosphère.

— Mais…

Jade se tut devant l'expression sévère de la femme. *Mieux vaut ne pas énerver la reine des abeilles.*

La femme poursuivit :

— Vous resterez ici pendant un an et vous vivrez avec un résident, mais vous aurez aussi votre mot à dire sur l'identité de cette personne.

Elle lança un regard sévère à Xoris et Kadion.

— Je vous demanderai seulement de vivre avec un Clecanien pendant trois mois. Après cela, vous pourrez choisir où habiter sur notre planète. Au bout d'un an, vous pourrez quitter Clecania si vous le souhaitez, mais nous n'enfreindrons pas la loi en vous renvoyant sur Terre.

La mâchoire de Jade se décrocha devant l'injustice de la situation.

— Heureusement pour vous, nous avons une cérémonie d'accouplement prévue demain. Il me semble que Zikas n'a pas de femelle à accompagner pour ce cycle.

Elle haussa les sourcils en regardant le petit homme à côté de Jade.

Zikas eut un grand sourire.

— Vous avez raison, Madame.

— Alors, c'est réglé, dit-elle en se levant de son siège. Zikas, restez avec Jade et préparez-la pour demain. Avec les autres, nous allons élaborer un plan pour attraper les criminels qui l'ont amenée ici.

Avant que Jade ait pu dire quoi que ce soit, ils étaient partis. Se tournant vers l'homme nommé Zikas, elle demanda :

— Que vient-il de se passer ?

Il sourit et répondit :

— Vous allez devenir une épouse !

— Une quoi ? s'écria-t-elle, faisant grimacer Zikas.

— La reine vous a offert un très bon compromis. Vous pourrez choisir votre mari, et vous deviendrez une épouse.

— Dans quel monde est-ce un compromis ?

Oh oui, pensa-t-elle. *Ce monde.*

— Je ne veux pas être mariée !

Jade commença à faire les cent pas. Ce n'était pas possible. Elle n'allait pas devenir la femme au foyer d'un alien.

— Notre reine est très sage, dit Zikas d'un ton implorant en la suivant dans la pièce. Elle n'aurait pas décrété cela sans avoir passé en revue toutes les possibilités.

Elle devait sortir de là. Elle devait s'enfuir.

Son regard se posa sur la porte qu'elle avait franchie. Elle se souvint qu'il y avait un long couloir de l'autre côté. Il devait forcément mener à une série d'ascenseurs, d'escaliers ou autre. Elle n'avait qu'à s'enfuir à nouveau.

Jade se retourna et fit les cent pas en s'éloignant, essayant d'entraîner Zikas loin de la porte. Il était plus petit qu'elle, mais beaucoup plus costaud. Elle était persuadée que, même en étant plus âgé, il pourrait l'arrêter s'il le voulait. Elle sentit tout son corps bourdonner d'appréhension.

Quand elle atteignit le mur du fond, elle pivota et sprinta. Elle passa la porte avant que Zikas ait compris qu'elle s'enfuyait.

Alors qu'elle dévalait le couloir, elle l'entendit crier derrière elle. Elle brandit le poing en l'air, folle de joie, quand elle en atteignit l'extrémité et trouva un escalier. En regardant par-dessus la rampe, elle devina qu'ils devaient être au moins au trentième étage.

L'escalier qu'elle descendait en courant n'était pas comme ceux des grands bâtiments qu'elle connaissait. C'était un escalier en spirale. Un escalier en colimaçon incroyablement long et large.

Au bout d'un moment, Jade perdit le compte des étages qu'elle avait descendus. Descendant de plus en plus bas, elle commença à avoir des vertiges. Jade s'arrêta un moment pour se reprendre. Elle regarda par-dessus la rambarde une fois de plus.

Il ne restait que quelques étages. Elle recommença à courir. Devant elle, une porte s'ouvrit à la volée et un homme costaud en uniforme en sortit.

Elle ne ralentit pas le rythme. Le seul moyen d'échapper à un tel homme était de le prendre par surprise.

Quand il la repéra, il leva les mains, paumes vers l'extérieur, dans un geste qui disait *stop*. Il écarquilla les yeux en voyant qu'elle ne semblait pas vouloir ralentir.

Quand elle fut à portée de bras, il tendit les mains, espérant l'attraper par la taille.

Mauvaise idée, mon pote. Toujours protéger son visage.

Serrant le poing comme son père lui avait appris quand elle était jeune, elle le frappa de toutes ses forces. Son coup était maladroit, mais elle réussit à le toucher à l'œil. Il laissa échapper un glapissement de douleur et trébucha contre le mur. Elle en profita pour le dépasser en courant. Elle y était presque, il ne restait qu'un étage.

Soudain, les escaliers sous elle bougèrent, la déséquilibrant presque. Une fois le choc passé, elle vit qu'ils montaient en spirale. Elle continua à essayer de courir jusqu'au rez-de-chaussée, mais c'était inutile.

Elle était sur un escalator circulaire géant, et il n'y avait aucun moyen pour elle d'en sortir. Chaque porte qu'elle essayait d'ouvrir pendant son ascension restait fermée.

En se retournant, elle vit le garde, fou de rage, qui se tenait dans l'embrasure d'une porte avec ce qui ressemblait à une télécommande à la main. Son œil gauche commençait déjà à gonfler et à se fermer.

C'est reparti !

Elle commença à sprinter pour remonter les marches, espérant pouvoir le dépasser une fois de plus. Il fut trop rapide pour elle cette fois. Il l'attrapa par la taille si fort que l'air quitta ses poumons. La soulevant dans les airs, il la plaqua contre lui. Il l'entoura fermement, maintenant ses bras de chaque côté de son corps.

Elle commença à se débattre, mais il la serra fort et, dans un glapissement de douleur, elle arrêta de gesticuler. Il entra dans l'escalator de l'enfer et s'immobilisa pendant qu'ils montaient.

Jade reconnut la porte qu'elle avait franchie quand ils passèrent devant. Au lieu de l'emprunter, ils continuèrent à monter de plus en plus haut.

Finalement, l'escalator s'arrêta. Le type qui la portait entra dans un couloir et la mit sur ses pieds devant lui, bloquant la sortie.

— Bouge, grogna-t-il en la poussant en avant.

Elle trébucha dans le couloir, l'homme dans le dos. *C'est probablement trop tard pour l'amadouer, mais je vais quand même essayer.*

Affichant un sourire sur son visage, elle lui fit face.

— Vous savez, vous pourriez juste me laisser partir. Je vous en serais très reconnaissante.

Il fronça les sourcils et croisa les bras sur son torse.

— Mon traducteur n'a pas été mis à jour.

Ses épaules s'affaissèrent.

— D'après votre ton, je devine que vous me demandez de vous libérer.

Elle lui fit un signe de tête plein d'espoir.

Se penchant, il grogna :

— Peut-être que si vous me l'aviez demandé gentiment tout à l'heure au lieu de me frapper au visage, on aurait pu trouver un arrangement.

Il regarda ses seins avec insistance.

Elle soupira de frustration et tourna les talons pour retourner dans le couloir. Ce serait plus sûr que de rester là avec lui.

Elle l'entendit glousser en la suivant.

— Cette vue est très bien aussi.

Elle lui lança un regard noir par-dessus son épaule.

Zikas apparut par la porte ouverte.

— Ah, parfait, vous êtes de retour !

Son sourire faiblit lorsqu'il vit de quoi ils avaient l'air.

— Est-ce… Est-ce que tout va bien, Nedas ?

— C'est… fit Nedas en désignant Jade avec colère, un petit guarsil sauvage.

Un guarsil ? On ne lui fournit aucune traduction directe.

— Elle m'a frappé à l'œil quand j'ai essayé de l'arrêter !

— C'est lui qui a essayé de m'arrêter, répliqua-t-elle.

Se raclant la gorge et essayant d'adopter un ton impérieux, Zikas dit :

— Eh bien, n'essayez plus rien de ce genre, Jade. Des gardes seront postés autour de vous à tout moment maintenant pour s'assurer que vous ne vous enfuyiez pas.

Jetant un nouveau regard à l'œil de Nedas, il ajouta :

— Et ils seront prévenus de votre tempérament. Merci de l'avoir récupérée, dit Zikas à Nedas en faisant passer Jade par la porte ouverte.

Nedas grogna.

Une fois la porte fermée, Zikas observa Jade pendant un moment.

Se sentant irritable, elle lança :

— Quoi ? Vous vous attendiez à ce que je roule sur le dos et que je fasse ce que vous me disiez de faire ?

D'un ton égal, Zikas dit :

— Demain, vous participerez à une cérémonie d'accouplement. Elle se déroule en trois étapes : l'observation, le choix et le test. Un garde vous escortera à l'observation dans la matinée. Là, vous observerez un groupe de mâles et choisirez ceux qui vous plaisent le plus.

— Certainement pas, siffla Jade entre ses dents serrées.

— Cela arrivera, que vous le vouliez ou non, dit fermement Zikas. Je suis désolé que vous ne soyez pas plus ouverte à cette idée.

Zikas se dirigea vers la porte pour partir.

— Dormez un peu. Si vous n'y arrivez pas, alors je vous implore de réfléchir à votre situation. Même si vous vous échappiez, vous ne pourriez compter que sur vous pour survivre seule sur une planète étrangère.

— Mais je serais libre, rétorqua Jade.

— Vous serez libre dans un an, que vous vous échappiez ou non. Vous pouvez passer l'année dans la nature où vous mourrez de faim, de froid et serez attaquée par des animaux que vous n'avez jamais vus. Ou vous pouvez nous faire confiance pour vous traiter correctement. Vous passeriez l'année à être nourrie, abritée et protégée de ceux qui ont essayé de vous enlever en premier lieu.

Il lui jeta un regard implorant.

— Nous ne sommes pas si mauvais. Nous n'avons rien fait pour vous nuire jusqu'à présent et nous ne le ferons pas.

Puis il partit.

La colère brûlait toujours au plus profond de Jade, mais les paroles calmes et logiques de Zikas l'avaient réduite à des braises incandescentes plutôt qu'au brasier qu'elle avait été.

Surveillée en permanence ?

Curieuse, elle ouvrit la porte de sa chambre et trouva Nedas qui lui bloquait le passage. Son tempérament lui avait valu une surveillance constante. Formidable.

En lui faisant un doigt d'honneur, elle lui claqua la porte au nez, faisant disparaître son visage confus.

8

Jade regardait à travers un mur de verre. Elle avait été traînée jusque-là, puis installée, assez énergiquement, à l'extrémité droite de la longue pièce par son garde bourru, Nedas. À sa gauche, une vingtaine de belles jeunes femmes regardaient également à travers la vitre. Certaines discutaient debout en groupe, tandis que d'autres étaient seules, attendant… quelque chose.

Jade regarda autour d'elle, scrutant la pièce à la recherche d'une porte, mais à la place, elle rencontra deux yeux furieux, dont l'un était rouge et gonflé, qui la fixaient. Il était évident, d'après son attitude et son regard inébranlable, que son travail consistait à la surveiller et à s'assurer qu'elle n'essayait pas de s'échapper. Elle désigna son œil et fit une moue sarcastique. Son air renfrogné s'accentua.

Zikas avait raison. La nuit précédente, elle avait veillé de longues heures, réfléchissant à sa situation. Elle s'était remémoré son voyage vers la ville après avoir atterri dans la capsule. Cela avait été éreintant.

Quand elle s'était enfin détendue et avait inspecté sa chambre, elle avait trouvé de la nourriture. Elle avait espéré reconnaître des produits frais – ainsi, si elle s'échappait, elle pourrait se nourrir sans risquer une intoxication alimentaire. La bouillie verte que lui avaient servie les aliens reptiliens l'accueillit à la place.

Jade détestait l'admettre, mais elle n'aurait aucun moyen de se débrouiller seule dehors. Elle se serait leurée en pensant y arriver. Même la petite chambre confortable dans laquelle Zikas l'avait laissée avait été difficile à appréhender.

L'utilité de la cuvette ronde avait été évidente, mais cela avait été plus complexe pour l'unité de nettoyage. En observant la pièce d'un blanc immaculé, elle n'avait pas repéré de boutons ou de commandes d'aucune sorte. Après avoir erré dans la petite pièce et cherché un indice d'un boîtier de contrôle de l'unité, elle s'était dit que les commandes étaient peut-être situées à l'intérieur de la porte.

La porte s'était ouverte automatiquement lorsqu'elle s'était approchée, mais lorsqu'elle était entrée dans l'unité et que la porte s'était refermée, de la mousse avait jailli du plafond et l'avait recouverte. Apparemment, le simple fait d'être à l'intérieur de la pièce suffisait à l'activer.

Elle avait attendu que toute la mousse nettoyante ait disparu pour enfiler à nouveau la robe sac, laide, mais très propre. Que n'aurait-elle pas donné pour être de retour dans sa petite maison et prendre un bain chaud. La mousse nettoyante faisait le travail, mais elle était loin d'être aussi relaxante que l'eau chaude.

Sa nuit avait été tout à fait décevante, et son humeur avait empiré lorsque Nedas était entré dans sa chambre sans y être invité ce matin-là et l'avait traînée jusque-là.

Jade observa les femmes qu'elle voyait s'agiter. Toutes avaient des traits humains, mais aussi des caractéristiques étranges qui indiquaient clairement qu'elles étaient des extraterrestres. Ce que Jade ne comprenait pas, c'était s'il s'agissait d'espèces différentes ou de races différentes de la même espèce.

Certaines femmes avaient la peau pâle avec des marques fines et brillantes sur tout le corps. D'autres avaient des cornes ou des queues. Une femme hypnotisante dans le coin avait une peau bleu nuit presque translucide et brillait de l'intérieur. Ses yeux dorés croisèrent ceux de Jade, et cette dernière détourna rapidement le regard, se sentant gênée d'avoir été surprise en train de la fixer.

Jade jeta un coup d'œil à la combinaison violette flottante que Nedas lui avait jetée ce matin-là avant de la conduire jusque-là. Elle lui allait bien, mais en comparaison de la beauté extraordinaire des extraterrestres réunies dans la pièce, elle se sentait ordinaire. *Peut-être que personne ne voudra m'épouser !* pensa-t-elle avec espoir.

Une fois de plus, Jade jeta un coup d'œil à la porte. Elle se sentait si frustrée qu'elle aurait pu crier. Ça ne pouvait pas être sa seule option.

Ce n'était pas parce que Jade avait décidé de ne pas s'enfuir qu'elle devait se marier. Elle pourrait peut-être les convaincre de la laisser dans une chambre pendant trois mois, avant de trouver une petite cabane dans les bois où elle serait seule pour le reste de l'année. En sécurité, elle éviterait ainsi d'être dans les pattes de tout le monde.

La prochaine fois qu'elle verrait Zikas, elle essaierait de le convaincre.

Soudain, les lumières de la pièce se tamisèrent et l'autre côté de la vitre s'éclaira. Tous les bavardages cessèrent et tout le monde se retourna vers le couloir gris et uni de l'autre côté de la vitre. Jade voyait à présent qu'il se poursuivait dans les deux sens.

Les autres femmes de la pièce regardaient toutes du côté droit avec impatience. Sentant la curiosité la gagner, elle fit de même. Elle venait de réussir à repérer une porte à quelques mètres dans le couloir quand elle s'ouvrit.

Un grand et bel homme sortit par la porte et vint se placer presque directement en face d'elle. Instinctivement, elle fit un pas en arrière, mais elle remarqua ensuite que l'homme ne la regardait pas. En fait, il ne semblait pas que ses yeux étaient concentrés sur quoi que ce soit. Elle agita la main devant la vitre. Il ne réagit pas. Avec un petit rire, Jade réalisa que ce devait être une sorte de salle d'observation à sens unique.

Voilà donc l'observation.

Zikas lui avait expliqué qu'elle verrait un groupe de mâles, mais elle n'avait pas compris que de beaux aliens défileraient devant elle tels des candidats d'un concours de beauté. Apparemment, sur cette planète, les femmes choisissaient leur partenaire en le reluquant anonymement. Après une seconde de délibération, Jade se dit qu'elle était pour.

Ce n'était pas parce qu'elle n'avait pas l'intention de se marier qu'elle ne pouvait pas traiter quelques beaux aliens comme des objets. *À Rome, fais comme les Romains.*

L'homme qui se tenait devant elle était magnifique. Il mesurait environ 1,80 m, il était maigre et musclé. Ses cheveux blond pâle étaient courts, striés d'argent et ébouriffés un peu trop parfaitement. Le haut blanc ample et sans manches qu'il portait semblait presque vaporeux et scintillait dans la faible lumière. Un pantalon blanc flottant renforçait le côté « naturellement beau sans faire d'efforts ». Ses yeux bleus glacés étaient rivés droit devant lui, et bien qu'il semble détendu, Jade remarqua qu'il ne cessait de serrer et de desserrer sa mâchoire.

Si ce type était sur Terre, ce serait un bourreau des cœurs, mais elle aurait juré qu'il était… nerveux ?

En s'approchant de la vitre, Jade remarqua que les marques légères et chatoyantes qu'elle avait vues sur quelques aliens étaient également présentes sur cet homme. Les marques luminescentes s'enroulaient le long de ses bras, de ses mains et de son cou. C'était comme si quelqu'un avait tatoué tout son corps avec de l'encre faite d'opales écrasées. Sa peau était si pâle que, de loin et dans une pièce sombre, elle doutait qu'elle ait pu voir les marques.

Alors qu'elle se perdait dans ses pensées, cherchant à estimer quelle étendue de son corps ces marques couvraient, il commença à bouger. Le regard de Jade le suivit alors qu'il faisait quelques pas vers la gauche, puis s'arrêtait pour se tenir à nouveau immobile devant la vitre.

Quand elle se retourna, un autre bel homme se tenait devant elle. Ce nouvel homme avait décidé de ne pas s'embarrasser d'une chemise. Jade n'eut pas de mal à comprendre pourquoi. Le haut de son corps semblait avoir été sculpté dans le marbre. Comme des veines de quartz scintillant, ses marques se détachaient magnifiquement sur son teint plus foncé.

Comme elle l'avait soupçonné, ces marques étranges couraient sur toute sa poitrine exposée. Leurs motifs étaient légèrement différents de ceux du premier homme, mais suffisamment proches pour que Jade pense qu'il s'agissait d'un trait de l'espèce plutôt que d'une simple préférence personnelle.

Très vite, l'homme torse nu s'éloigna et fut remplacé par un autre beau spécimen. Jade les observa tous d'un air appréciateur, mais ne put s'empêcher de s'ennuyer au bout d'un moment. Elle réussit à trouver une chaise dans un coin et s'y installa.

Combien d'hommes allaient encore défiler ? Ils commençaient tous à se ressembler au bout d'un moment, pensa-t-elle en observant le type en face d'elle.

Alors qu'il s'éloignait, un nouvel homme apparut. Jade le remarqua et se redressa. Bien qu'il ne soit pas aussi beau que les autres au sens traditionnel du terme, il était clairement attirant.

Jade supposait qu'il était conscient qu'il y avait des tonnes d'hommes séduisants avec qui rivaliser, car il semblait essayer de se démarquer par d'autres moyens. Sa tenue, pour commencer, était ridiculement opulente. D'épaisses bagues en or surmontées de pierres précieuses ornaient chacun de ses doigts. Un gilet vert émeraude, brodé de fils, de perles et de boutons dorés, était croisé et ceinturé à sa taille étroite. Diverses pierres précieuses et bandes d'or étaient éparpillées dans ses cheveux noirs ébouriffés qui lui arrivaient aux épaules. Sur la partie inférieure de son corps, il portait un pantalon serré en cuir noir et de hautes bottes noires. Sa simple chemise noire boutonnée aurait été banale par rapport au reste de sa tenue extravagante, sauf qu'il l'avait déboutonnée juste assez pour exhiber sa poitrine bronzée et ses nombreux colliers en or.

Alors qu'elle le regardait sourire de façon malicieuse à travers la vitre, dévoilant des dents blanches parfaites, Jade ne put s'empêcher de sourire. Dans l'ensemble, sa tenue le faisait ressembler à un pirate riche, tapageur, coureur de jupons et sexy. Sans même lui parler, elle savait qu'il était le genre de type qui pouvait charmer n'importe quelle femme.

— Je dois rester loin de toi. Tu as l'air trop tentant, marmonna Jade dans son souffle alors qu'il s'éloignait.

Quand un autre homme, beau, mais fade, vint se poster devant elle, elle aurait presque aimé que le pirate sexy revienne. Des gloussements venant de sa gauche lui indiquèrent que sa tenue et sa bravade effrontée avaient suscité l'effet désiré.

Vingt autres minutes s'écoulèrent à un rythme incroyablement lent. Jade envisageait d'essayer de faire une sieste quand elle entendit un petit cri craintif de l'une des femmes les plus proches d'elle. Elle leva les yeux et vit l'homme le plus costaud qu'elle ait jamais vu.

Lentement, elle s'approcha de la vitre pour le regarder. À l'exception du pirate, tous les autres hommes auraient pu être décrits comme beaux ou séduisants. Jade doutait fortement que quelqu'un ait jamais qualifié *cet* homme-*là* de beau, cependant.

Alors que la plupart des autres hommes avaient la peau pâle avec des marques claires et brillantes, cet homme avait la peau profondément bronzée et ses marques étaient d'un noir d'encre. Les motifs sombres couvraient sa peau d'une manière beaucoup plus prononcée que les autres également. Ce n'étaient pas de délicats tatouages en forme de vigne. C'étaient plus des motifs tribaux tels que l'on en voyait dans le Pacifique Sud. Le noir foncé de ses marques était assorti à la couleur de ses cheveux.

Il se tenait debout, la tête baissée, de sorte que son visage était dans l'ombre. Jade aurait aimé qu'il lève la tête pour pouvoir voir ses yeux.

Comme s'il avait lu dans ses pensées, il releva la tête. Si elle n'avait pas compris que c'était impossible, elle aurait pu croire qu'il la regardait. Des cils sombres encadraient les plus beaux yeux qu'elle ait jamais vus. Ils étaient d'un vert anormalement clair, moucheté d'or chaud, et offraient un contraste frappant avec le reste de son apparence rude.

Ses lèvres semblaient être pleines et douces alors qu'elles étaient, pour l'heure, amincies en une ligne sévère.

Jade n'était pas petite, mais cet homme la dépassait très nettement. Il devait faire plus d'un mètre quatre-vingt, au moins. Ses biceps massifs étaient bien dessinés et le tissu soyeux de sa simple chemise noire était tendu sur sa large poitrine. Elle avait raison. L'adjectif *beau* ne lui convenait pas. *Dieu de la guerre dévastateur et sexy* semblait plus approprié.

Jade continua à le regarder alors qu'il se dirigeait vers les autres femmes. Pendant un moment, elle ne comprit pas ce qu'il se passait. Son attention se détourna de l'homme grand, ténébreux et sexy pour se porter sur les femmes qui le regardaient. La moitié des femmes semblaient terrifiées, l'autre moitié avait l'air… dégoûtées ?

Qu'est-ce que j'ignore sur lui ? Ce doit être un enfoiré. Dommage.

Jade était tellement occupée à réfléchir à ce qu'elle avait vu qu'elle ne remarqua pas que le dernier homme avait quitté le couloir jusqu'à ce que Zikas apparaisse devant elle.

— Avez-vous vu un mâle qui vous a plu ? demanda-t-il en haussant ses sourcils gris.

Était-ce jamais arrivé ?

— Je n'ai pas vu d'humains donc… non, mentit Jade. Pouvez-vous me ramener maintenant, s'il vous plaît ?

L'expression pleine d'espoir que Zikas arborait une seconde plus tôt s'évanouit. Il la regarda d'un air triste et lui dit :

— Je suis désolé, mais non, vous ne pouvez pas rentrer chez vous. Vous devez choisir au moins un de ces mâles.

— Que se passe-t-il si je refuse ?

— Je serai obligé de choisir pour vous.

Sa colère augmentant, Jade se retourna et regarda Zikas.

— Et que se passera-t-il alors ? Hein ? Que se passera-t-il si vous choisissez, mais que je refuse ? Il va me traîner chez lui ? S'imposer à moi ? M'enfermer ? Quel genre de planète merdique force les femmes enlevées à épouser des aliens étranges ?

Crier sur Zikas n'eut pas l'effet escompté par Jade. Il lui sourit.

— Asseyez-vous, s'il vous plaît, dit-il en faisant un geste vers sa chaise. Je vous en prie, laissez-moi essayer de vous expliquer.

Qu'est-ce qui fait qu'il est si difficile de se mettre en colère contre les hommes âgés aimables ? pensa Jade en essayant de décider si elle devait lui tenir tête ou s'asseoir et écouter. Finalement, elle s'assit, concluant qu'il valait mieux gagner du temps que d'affronter ce qui allait suivre.

— Votre planète est une planète de classe 4. Cela signifie que ses habitants ignorent que la vie existe sur d'autres planètes et que leur technologie n'est pas encore assez avancée pour s'aventurer en dehors de leur propre galaxie, expliqua calmement Zikas. Il est interdit aux citoyens des planètes de classe 1, 2 ou 3, ou à leurs habitants, de contacter ou d'interférer avec ces planètes.

— Je ne sais pas si vous avez remarqué, mais…

Zikas leva la main pour lui intimer le silence. Jade se renfonça sur sa chaise, croisant ses bras sur sa poitrine en signe de protestation silencieuse.

— Il y en a toujours qui veulent enfreindre les lois. Alors, bien sûr, nous nous retrouvons occasionnellement dans des situations comme celle-ci. Il y a longtemps, la Fédération de supervision de la galaxie et l'Alliance intergalactique ont signé un traité, le Traité de sanctuaire planétaire, qui décrit ce que nous devons faire dans ces cas-là. Toute espèce qui sauve ou rencontre un être d'une planète de classe 4 est responsable de son bien-être pendant une période d'un an. Nous sommes également tenus de signaler les espèces qui se sont montrées sur la planète en question, ce que nous ferons dès que nous saurons qui vous a enlevée.

— La dernière fois que j'ai vérifié, le *bien-être* n'incluait pas le mariage forcé, dit Jade.

— Eh bien, c'est une loi propre à Clecania, soupira Zikas. Comme vous l'avez peut-être remarqué, les mâles clecaniens sont vingt fois plus nombreux que les femelles.

— Ne m'en parlez pas, commenta Jade, feignant le désintérêt.

— Ça n'a pas toujours été le cas. Auparavant, il y avait un nombre égal de mâles et de femelles. Je crois que la séduction et le mariage étaient très similaires à ceux de la Terre – si ce que j'ai lu est exact, bien sûr.

Agacée par sa propre curiosité, Jade demanda :

— Que s'est-il passé ? Pourquoi est-ce que ça a changé ?

— Il y a environ 300 ans, il y a eu une épidémie. On ne sait pas comment ça a commencé. Certains pensent que des espèces ennemies ont contaminé l'eau d'une manière ou d'une autre, mais nous n'avons trouvé aucune preuve de cela. Certains accusent leurs dieux.

Zikas haussa les épaules.

— Ils pensent que nous sommes punis pour avoir endommagé irrémédiablement notre planète d'origine, également appelée Clecania. Quoi qu'il en soit, la maladie a fini par tuer environ vingt pour cent de nos mâles et soixante-dix pour cent des femelles clecaniennes. Jeunes et moins jeunes.

Jade se pencha en avant et mit sa main sur sa bouche. *C'est un miracle que cette planète soit fonctionnelle. Si soixante-dix pour cent des femmes de la Terre étaient éliminées, je n'imagine même pas ce qui se passerait. Guerres, esclavage, viols. On se détruirait en l'espace de quelques décennies.* Elle leva les yeux vers Zikas, lui faisant signe de continuer.

— Après un certain temps et après avoir été certains que la maladie avait disparu, les gens ont commencé à essayer de mener à nouveau une vie normale. Ils savaient tous qu'avoir plus d'enfants, surtout des filles, était une priorité, et ils ont donc fait ce qu'ils pouvaient pour assurer l'avenir de notre espèce.

Les yeux de Zikas devinrent tristes.

— Mais les accouplements ont diminué ainsi que les conceptions.

— Les accouplements ? Les gens ne faisaient plus l'amour ?

Zikas la regarda d'un air perplexe.

— Non, je parle de l'*accouplement*. Deux êtres qui sont attirés l'un par l'autre et restent ensemble pour toujours. Les humains n'ont pas de partenaires ?

— Je suppose que si. On appelle juste ça se marier.

— Le mariage et l'accouplement sont deux choses différentes ici. Le mariage est courant, l'accouplement ne l'est pas. On ne peut le choisir. C'est une bénédiction.

Un sourire rêveur apparut sur son visage.

— Lorsqu'un Clecanien rencontre une personne qui pourrait se révéler être son véritable partenaire, il le *ressent*. Il change et son corps s'éveille d'une manière inédite.

Il regarda le sol, son expression rêveuse disparaissant.

— Aucun accouplement n'a été constaté depuis 150 ans.

Jade fronça les sourcils. Son ton était si mélancolique. Elle se dit que, même si Zikas était un psychopathe qui essayait de la vendre à un extraterrestre, c'était aussi un homme romantique décrivant quelque chose qu'il aurait toujours souhaité vivre et qu'il ne connaîtrait jamais.

— Comment savoir qu'on a trouvé son partenaire et qu'on n'est pas simplement attiré par quelqu'un ?

Il leva les yeux vers elle.

— Lorsqu'un Clecanien rencontre son véritable partenaire, des marques apparaissent sur son corps et les deux individus deviennent plus forts et plus rapides afin de mieux se protéger mutuellement et protéger leur progéniture.

Ce qu'il lui disait ressemblait à un conte de fées. … *puis le prince rompit la malédiction avec un baiser d'amour sincère.* Elle n'aurait pas été surprise de voir de petits oiseaux perchés sur son épaule.

Jade ne croyait pas du tout aux âmes sœurs, et le fait que les Clecaniens aient « cessé » de trouver les leurs lui prouvait bien qu'il s'agissait d'un conte de bonne femme destiné à rendre leur situation actuelle plus supportable.

Zikas s'éclaircit la gorge précipitamment. Il avait dû remarquer que Jade était restée indifférente à ses paroles.

— Bref… il a toujours été beaucoup plus facile pour un couple accouplé de concevoir qu'un couple non accouplé. Le taux de réussite de la conception d'un couple non accouplé a tellement chuté que nous avons dû nous adapter.

— Pourquoi les couples accouplés conçoivent-ils plus facilement ? Vous n'avez pas été capable d'utiliser l'insémination artificielle ou de faire grandir des bébés dans des tubes à essai ? demanda Jade, réfléchissant à d'autres façons d'avoir un enfant.

— Personne ne sait avec certitude comment ou pourquoi l'accouplement fonctionne, juste qu'il fonctionne. Alors que certaines races sur notre planète croient que les couples accouplés sont liés spirituellement, les plus scientifiques d'entre nous ont continué à étudier les couples accouplés afin de trouver une raison tangible. Maintenant que les véritables partenaires sont devenus si rares, il nous est difficile de continuer nos recherches. En ce qui concerne l'insémination artificielle, nous avons essayé, mais la conception naturelle continue de donner les meilleurs résultats. L'insémination artificielle peut être utilisée si le couple ne peut pas concevoir par lui-même, mais malheureusement il est rare que les couples qui ne peuvent pas concevoir restent ensemble très longtemps.

Jade manqua de s'étrangler.

— C'est ridicule ! Et si deux femmes ou deux hommes veulent être ensemble ? Vous me dites qu'ils devraient quitter leur compagnon et coucher avec quelqu'un du sexe opposé juste pour avoir un enfant ?

Zikas la regarda avec tristesse.

— À une époque, ce n'était pas le cas, mais vous devez comprendre que, d'une certaine manière, nous avons changé de cap. La menace d'extinction a fait évoluer nos priorités. Les femelles, les mâles et ceux qui ne s'identifient ni à l'un ni à l'autre sont libres d'être avec qui ils veulent, mais la plupart de nos citoyens comprennent que la pérennité de notre espèce est notre priorité absolue. Je connais de nombreuses Clecaniennes qui choisissent de se marier afin de procréer, mais qui retournent chez elles auprès de leur compagne après leur mariage.

Jade se leva et commença à faire les cent pas. Elle commençait à ressentir un élan de compassion pour leur culture. *Logée, nourrie, blanchie pour être une épouse. De la prostitution forcée !* Voilà ce qu'il offrait. Elle devait absolument s'en souvenir et ne pas se faire avoir par le vieil homme affable qui essayait de jouer sur sa corde sensible.

— L'infertilité n'est pas notre plus gros problème, cependant.

— Comment cela peut-il ne pas être le plus gros problème ? demanda Jade en pinçant les lèvres.

— Lorsque les femelles tombent enceintes et donnent naissance à un enfant, quatre-vingts pour cent des bébés sont des mâles, déclara Zikas, l'air désespéré. Trouver une autre espèce compatible avec nous serait une découverte inestimable. Une découverte que nous espérons faire depuis des centaines d'années. Une espèce qui pourrait sauver notre peuple de l'extinction. Sur ces mots, il plongea ses yeux dans ceux de Jade avec un profond sérieux.

Cette dernière écarquilla les yeux en réalisant ce que ce type attendait d'elle.

— Oh non ! Je vois où vous voulez en venir, et je suis vraiment désolée pour vous et votre peuple, mais je ne vais pas avoir de bébés aliens ! Si les films de science-fiction m'ont appris quelque chose, c'est de ne pas tomber enceinte d'un alien. Quand il décide de sortir, c'est à coups de griffes…

— Jade.

— … et il ressemble à un cafard ou à un coléoptère pieuvre…

— Jade.

— … et si vous avez *de la chance*, il vous laisse tranquille et ne vous mange pas toute crue après sa naissance ! Mais la plupart des…

— Jade !

— *Quoi ?*

La rage bouillonnait dans ses tripes. Tant de choses lui étaient arrivées au cours de la semaine. De toute sa vie, elle n'avait jamais ressenti le besoin d'avoir un enfant. Ce n'était pas quelque chose qui l'intéressait beaucoup. Et à peine débarquée sur cette planète étrangère, on lui demandait – non, on lui imposait – d'en avoir. On lui intimait de choisir un type à épouser et de porter son bébé extraterrestre.

— Je ne comprends pas ce dont vous parlez. Laissez-moi finir, s'il vous plaît. Personne ne vous forcera à avoir un enfant.

Fronçant les sourcils, elle fit un geste d'impatience à Zikas pour qu'il s'explique.

— Vous devez comprendre que les femelles sont la chose la plus précieuse sur cette planète. Les femelles sont chéries… adorées, même. Elles peuvent créer la vie ! Plus d'une fois !

Zikas ajouta, l'air exaspéré :

— Sur Terre, le mariage signifie que vous restez avec la même personne pour toujours, n'est-ce pas ?

— C'est censé être le cas, dit Jade. Ça ne veut pas dire que tout le monde va jusqu'au bout, cependant.

— Eh bien, ici, un mariage ne doit durer que trois mois. L'accouplement est éternel, mais le mariage est plus une…

Zikas scrutait le plafond, essayant de trouver les bons mots.

— Une étape.

— Quoi ?

Confusion et colère se disputaient à présent la place. Jade lui lança un regard suspicieux.

— À combien de temps sur Terre correspondent trois mois ici ?

Pour autant que Jade le sache, trois mois pourraient signifier trente ans à Clecania.

Zikas se tapota l'oreille.

— Le traducteur prend le temps que j'ai indiqué et le traduit en se basant sur les informations de votre planète. La durée du mariage est équivalente à trois mois en temps terrestre.

— Pourquoi trois mois ? demanda Jade en plaçant ses mains sur ses hanches.

— Les Clecaniennes ont estimé que c'était une période assez longue pour évaluer si le mâle qu'elles ont choisi est digne d'élever un enfant.

Zikas se rapprocha.

— Je n'essaie pas de vous duper, Jade. Vous devez comprendre que sur notre planète, les femelles peuvent faire ce qu'elles veulent. Choisir d'épouser qui elles veulent. Elles choisissent également si elles veulent avoir des relations sexuelles avec leur mari pendant leur mariage ou non. Lorsqu'une femelle choisit un mâle à épouser, elle lui offre une opportunité, pas un droit. Il fera tout ce qu'il peut pour rendre son épouse heureuse. C'est le travail d'un mari de satisfaire son épouse dans tous les domaines. S'il le fait, elle peut alors *choisir* d'avoir des relations sexuelles avec lui. Si elle veut passer plus de temps avec le mâle, elle peut choisir de prolonger son mariage ou d'aller vivre ailleurs. Souvent, les femelles choisissent de vivre dans le Temple de la Perle avec d'autres femelles non mariées.

Jade regarda Zikas, bouche bée.

Il poursuivit :

— Si un mâle a fait quelque chose pour blesser une femelle de quelque manière que ce soit, la femelle a le droit de le punir.

— Alors…

— Et la raison pour laquelle nous avons une loi qui oblige les femelles des planètes de classe 4 à se marier, ajouta rapidement Zikas, c'est parce que nous voulons que toutes les femelles qui ont pu être amenées ici dans des circonstances très désagréables comprennent nos coutumes et leur donnent une chance. Nous voulons leur montrer, ainsi qu'à vous, à quel point vous serez adorée ici. Les créateurs de cette loi croyaient, tout comme moi, que si vous expérimentez à quel point la vie peut être agréable sur Clecania, vous et les femelles comme vous pourriez bien décider de ne pas partir après un an.

Zikas vint se poster en face de Jade alors qu'elle réfléchissait à tout ce qu'il lui avait dit. Finalement, elle le regarda et lui demanda :

— Je dois donc choisir n'importe lequel de ces types pour me marier avec lui.

— Tant qu'il n'a pas été choisi par quelqu'un d'autre. Dans ce cas, ce sera au mâle de choisir qui sera son épouse, répondit joyeusement Zikas, sentant que Jade semblait se faire à l'idée.

— Hum hum. Et la personne que j'épouserai, dit-elle en haussant les sourcils, n'aura pas le droit de me violer, de me battre, de m'enfermer, etc.

— N'importe lequel de ces comportements entraînerait très probablement la mort du mâle, déclara Zikas, bondissant presque sur sa chaise.

— Et il fera tout ce que je veux ? Avec joie ? Sans rien obtenir en retour ?

— Eh bien, vous vivrez dans sa maison en retour, dit Zikas, la confusion gravée sur son visage. Dans une chambre séparée, bien sûr ! ajouta-t-il rapidement.

— Je n'ai même pas à dormir dans le même lit que lui ?

— C'est votre choix, mais il serait très irrégulier pour un mari et son épouse de dormir dans la même pièce, dit-il en secouant la tête distraitement.

— Oh.

Jade vacilla à ce moment-là. C'était tellement éloigné de tout ce qu'elle connaissait. Elle pouvait choisir n'importe lequel des beaux gosses qu'elle venait de voir, les laisser la couvrir d'adoration pendant quelques mois, avoir sa propre chambre et son propre lit pour dormir, et ensuite s'en aller ?

— Comment les hommes se sentent-ils à l'idée de faire tout ça ? demanda Jade, sachant que si les rôles étaient inversés, elle se rebellerait.

Zikas fronça les sourcils devant sa question.

— Que voulez-vous dire ?

— J'ai du mal à imaginer que tous les hommes veuillent s'occuper en permanence d'une femme. N'est-ce pas un peu cruel de les utiliser comme ça ?

Zikas semblait toujours confus, mais sourit distraitement.

— Si un mâle est incapable de s'intéresser sexuellement aux femelles, il est dispensé de se marier, sauf s'il souhaite essayer d'avoir un enfant. Je ne vois pas d'autres circonstances dans lesquelles un mâle ne serait pas heureux d'être choisi pour un mariage.

Elle avait beau se creuser la tête, elle ne trouvait pas d'inconvénients à cet arrangement. Les hommes s'occuperaient volontiers d'elle, selon Zikas. Elle n'aurait même pas besoin de faire l'amour avec eux. Elle sourit intérieurement. *Mais je le pourrais.* Deux semaines plus tôt, Jade avait fait sa piqûre contraceptive. Cela signifiait qu'elle était protégée pendant trois mois.

Faire l'amour pendant quelques mois avec un beau mec, puis partir ? Tout ça pourrait finir par être des vacances d'enfer. Il y avait juste un problème éventuel.

— Zikas, que se passera-t-il dans trois mois si je ne veux plus être mariée ? Je devrais me remarier avec quelqu'un d'autre parce que je suis humaine ?

Elle observa son visage à la recherche d'un éventuel signe de duplicité.

— Non. Vous pourrez soit vivre au Temple de la Perle avec d'autres femelles célibataires et faire ce que vous voulez, soit vous remarier. Nous exigeons seulement que vous rencontriez quelqu'un chaque semaine afin d'en apprendre davantage sur les rouages de notre monde.

— La reine m'a dit que je pourrais vivre ailleurs sur la planète. C'est bien ça ?

Jade n'aimait pas l'idée de dormir avec un groupe de femmes extraterrestres pendant des mois.

— Vous pourriez, mais je vous le déconseille jusqu'à ce que vous soyez plus coutumière de notre peuple et de notre planète.

C'était ce qu'on allait voir.

— Et puis dans un an, je pourrai quitter Clecania ?

Zikas eut l'air déçu et dit :

— Oui, mais comme je vous l'ai déjà dit, vous ne pourrez pas retourner sur Terre. Tout vaisseau spatial qui s'y poserait ou même s'en approcherait enfreindrait le Traité de sanctuaire planétaire dont je vous ai parlé.

— Bien sûr. Je voulais dire juste quitter cette planète.

Je trouverai bien un groupe sans scrupules pour me reprendre de toute façon. L'esprit de Jade se rebellait à l'idée de ne jamais retourner sur Terre. Elle trouverait bien un moyen. Si quelqu'un avait réussi à l'enlever de la Terre, alors il lui serait forcément possible d'y retourner.

Zikas acquiesça solennellement et inclina la tête vers elle.

Elle savait qu'il attendait sa décision. Se comporterait-elle comme une tête de mule et devrait-on la traîner à chaque étape du chemin ? Ou allait-elle lui faciliter la vie et faire ce qu'il demandait ?

Jade se rappela que si elle ne choisissait pas un homme, Zikas le ferait pour elle.

Une image de ce guerrier tatoué apparut dans son esprit. Il était peu probable que Zikas le choisisse pour elle. Il supposerait probablement qu'elle aurait aussi peur de lui que les autres femmes. Si elle voulait rentrer chez elle avec M. Bombe sexuelle, elle devrait le choisir elle-même.

— Très bien, je suis partante alors.

Zikas poussa un soupir de soulagement. Il jeta un coup d'œil derrière lui à Nedas, qui la regardait toujours avec insistance depuis la sortie.

— Si je peux vous faire confiance pour ne pas vous enfuir à nouveau, je renverrai votre garde.

Jade acquiesça rapidement, soulagée de ne plus avoir à être surveillée par un rugbyman en colère.

— Merveilleux ! Nous ferions mieux de nous dépêcher, s'exclama Zikas en s'éloignant, faisant signe à Jade de le suivre.

Quand ils atteignirent la porte, il dit quelque chose à voix basse à Nedas. Le garde amer la dévisagea un moment avant de hocher la tête et de s'éloigner.

Se tournant vers Jade, Zikas poursuivit rapidement :

— Bien, maintenant, vous devez choisir trois à cinq mâles qui vous plaisent. Je vous donnerai leur dossier, et cela vous apprendra tout ce que vous devez savoir sur leurs capacités.

Zikas fit sortir Jade de la salle d'observation dans laquelle ils se trouvaient et l'emmena dans un couloir bien plus richement décoré qu'elle ne l'aurait cru.

J'étais un peu en colère, je suppose, pensa-t-elle en admirant à présent son environnement. Les murs d'un magenta profond faisaient ressortir le parquet en bois foncé. Le long du mur, des lampes dorées en forme de grandes créatures volantes étaient allumées.

Quelque chose que Zikas avait dit plus tôt se fraya un chemin dans son esprit :

— Leurs capacités ? Est-ce que je vais me marier avec un des X-Men ?

Zikas ne lui prêtait pas beaucoup d'attention lorsqu'il répondit :

— Oui. Quoi ? Non. Je ne sais pas ce que c'est. Je vais tout vous expliquer pendant que vous vous préparez.

Le fait que Jade ait finalement cédé et accepté d'aller jusqu'au bout de ce mariage semblait le réjouir.

— J'ai hâte de voir qui vous allez choisir.

Zikas s'arrêta soudain pour la regarder.

— Je serais plus qu'heureux de faire quelques suggestions ou de vous donner quelques informations sur les mâles. Je connais la plupart d'entre eux depuis qu'ils sont enfants.

— Euh. Très bien, merci. Je vais probablement vous prendre au mot.

Zikas continua à marcher d'un pas rapide dans le couloir jusqu'à ce qu'il atteigne une grande porte en bois arquée. Il fit face à Jade, et avec un sourire, demanda :

— Prête ?

9

— Prête pour quoi ?

— Pour choisir les mâles, bien sûr ! dit Zikas en la guidant vers la grande porte.

— Je dois faire ça maintenant ? demanda Jade, étonnée.

À l'intérieur se trouvait une pièce similaire à celle qu'elle venait de quitter. Le mur du fond était entièrement fait de verre et les mêmes femmes qu'elle avait vues plus tôt s'agitaient. Chaque femme, cependant, était à présent accompagnée d'un homme ou d'une femme plus âgé. Ils parlaient tous entre eux avec excitation.

Lorsqu'elle entra dans la pièce, tous les regards se braquèrent sur elle. La plupart la dévisageaient d'un air curieux, puis détournaient les yeux. Certaines des femmes lui adressèrent de petits sourires ou des hochements de tête. Jade fit de son mieux pour sourire poliment en retour, mais elle avait du mal à cacher l'inquiétude qu'elle ressentait.

Plus tôt dans la journée, ses actes avaient été présidés par la colère et l'indignation. À présent qu'elle n'était plus à deux doigts d'arracher les yeux de quelqu'un, nervosité et peur remontaient à la surface.

Je suis dans une pièce remplie d'extraterrestres, pensa Jade, laissant cette information s'imprimer dans son esprit. *Je suis sur le point d'épouser un alien ! Je fais confiance à un vieil alien pour me dire la vérité sur ce qui va se passer avec ce type ! Qu'est-ce que je fais ici ?*

Alors que Jade se préparait à faire demi-tour et à s'enfuir, une très jolie femme dans une robe bleu pâle s'avança vers elle. Elle était grande et avait une démarche aérienne. Lorsqu'elle marchait, le tissu de sa robe flottait délicatement autour de ses jambes et la lumière dansait sur ses marques iridescentes. L'effet était hypnotisant. Un sourire chaleureux se dessina sur les lèvres de la femme lorsqu'elle s'approcha, et Jade se détendit.

— Bonjour, dit la femme, regardant Jade avec ses beaux yeux pervenche. Mon nom est Asivva. Quel est le tien ?

— Je m'appelle Jade, répondit-elle, ayant l'impression de ne pas arriver à la cheville de la femme.

— C'est un plaisir de te rencontrer, Jade.

— Le plaisir est parta…

Les yeux de Jade s'élargirent sous le choc.

— Attendez, vous m'avez comprise ! Comment est-ce possible ?

Asivva éclata de rire.

— Je suis membre de l'Alliance intergalactique, et quand j'ai appris qu'une femelle de classe 4 avait été trouvée, j'ai fait en sorte de mettre à jour mon traducteur pour pouvoir te parler. Je suppose que tu dois te sentir perdue et nerveuse. Je voulais m'assurer que tu allais bien. Et j'ai pensé que tu serais plus à l'aise de parler avec une autre femelle.

Asivva regarda Zikas avec insistance.

Zikas salua rapidement Asivva et Jade et s'approcha d'un autre homme plus âgé près de la fenêtre.

— Oh. C'est très gentil de votre part. Oui, je n'avais pas réalisé à quel point j'étais nerveuse jusqu'à ce que j'entre ici, dit Jade en balayant à nouveau la pièce du regard.

— Le premier mariage est toujours éprouvant pour les nerfs, mais on finit par s'y habituer. Au bout d'un certain temps, certaines les attendent même avec impatience, déclara Asivva avec nonchalance.

— Vous aussi, vous vous mariez ce soir ?

— Oh, non. Je suis juste là pour toi. Je suis actuellement dans le quatrième mois de mon mariage. J'ai décidé de le prolonger de trois mois supplémentaires.

Asivva sourit.

— Tu es très belle, Jade. Je n'ai pas rencontré beaucoup de personnes avec cette couleur de cheveux auparavant. On dirait qu'ils sont faits de feu.

— Oh, merci, mais ce n'est rien comparé à vous.

Jade regarda la femme à l'allure de statue, s'émerveillant de la façon dont ses marques scintillaient lorsqu'elle bougeait. Incapable de se retenir, Jade demanda :

— Est-ce que tous les Clecaniens ont ces marques ?

Asivva jeta un coup d'œil à sa main comme si elle les avait oubliées.

— Non. Seuls ceux d'entre nous qui ont des ancêtres lignas.

Jade la regarda, espérant qu'elle continuerait. *Ce sont des extraterrestres ! Comment ai-je pu me retenir de poser toutes ces questions ?*

Le coin de la bouche d'Asivva se plissa.

— La plupart des Lignas vivent dans la ville où tu te trouves actuellement, Tremanta. C'est pour ça que tu as pu voir des marques sur beaucoup d'entre nous.

Donc, le beau salaud sur lequel Jade fantasmait n'était pas un Ligna.

— À quoi ressemblent les Clecaniens d'ailleurs ?

— Il y a tellement de variantes qu'il serait difficile de toutes les citer, fit Asivva avec un long soupir. Les Mastanas ont des crocs pointus et une peau plus foncée. Ceux qui vivent dans les montagnes, appelés Pesque, sont beaucoup plus petits, mais ont une voix forte qui porte à des kilomètres. De beaux Clecaniens ailés vivent dans des structures construites en haut des falaises au-dessus de la mer. Il existe de nombreuses races de Clecaniens, toutes avec des ancêtres et des rituels différents. La cérémonie de mariage est très différente dans d'autres régions de Clecania, par exemple.

Asivva se pencha vers elle de manière conspiratrice et chuchota :

— Estime-toi heureuse de ne pas épouser un Rotun. Ils choisissent leurs femelles en luttant contre elles. Les épouses potentielles des mâles Tuvasta, quant à elles, sont pourchassées, et celui qui attrape la femelle devient son mari. Ils ont des cornes.

Jade était abasourdie. Il lui faudrait probablement rester plus d'un an pour apprendre à connaître toutes ces races.

Asivva gloussa devant l'expression stupéfaite de Jade.

— Je suppose que la plupart des humains se ressemblent ?

Jade parvint tout juste à hocher la tête en signe d'assentiment. Partout sur la planète, les humains avaient des cultures très différentes, mais les médias et l'accès aux technologies faisaient que la mondialisation culturelle et sociale s'accélérait chaque année.

Jade était stupéfaite et confuse de voir qu'une civilisation si avancée pouvait non seulement comporter autant de races physiquement différentes, mais aussi conserver son identité propre.

— Oui, notre ancienne planète était vaste. De nombreuses races se vantaient de leurs dons et de leur culture. Lorsque nos ancêtres se sont installés sur cette planète, ils ont cherché à se séparer à nouveau plutôt qu'à se rassembler. Peut-être voulaient-ils préserver un semblant de leur ancienne vie en restant séparés et en gardant leurs propres traditions.

Haussant faiblement les épaules, Asivva regarda Jade.

— Nous sommes arrivés dans un monde nouveau, mais nous nous sommes accrochés à nos vieux préjugés. Essaie d'être meilleure que nous.

Les sourcils de Jade se rapprochèrent. Elle n'avait rien contre aucune race.

— Que voulez-vous dire ?

— J'ai lu ce que je pouvais sur ton espèce, et je vois les problèmes qui peuvent se poser si l'on n'a pas l'esprit ouvert. Nos méthodes peuvent te sembler étranges, mais cela ne veut pas dire qu'elles sont mauvaises. Essaie de t'en souvenir.

Jade était elle une de ces personnes qui méprisaient les autres cultures ? Il y avait un terme pour ça. Elle l'avait appris dans un cours d'anthropologie, longtemps auparavant. *L'ethnocentrisme.* Juger les autres cultures à l'aune de sa propre culture.

— Tu as apprécié l'observation ? demanda Asivva, tirant Jade de ses pensées.

— Euh. Oui. En quelque sorte, dit Jade, décontenancée par cette question soudaine. Peut-être pas autant que d'autres.

Elle repensa aux femmes souriantes qui avaient gloussé en regardant le pirate sexy.

Asivva continua à l'observer pendant un moment. Jade pouvait presque sentir son regard analytique parcourir son corps, l'évaluer. Elle gigota nerveusement. Puis, comme si Asivva était arrivée à une conclusion, elle dit :

— Si tu veux bien m'excuser, je dois aller parler à quelqu'un pour te trouver des vêtements. Ton mari a peut-être des habits qui t'attendent, mais par précaution, je vais te fournir quelques articles à ta taille jusqu'à ce que tu puisses choisir les tiens.

— Oh. Merci beaucoup.

— Tout le plaisir est pour moi.

Asivva lui adressa un signe de tête royal et se dirigea vers la porte.

Alors que Jade la suivait du regard, elle fut surprise par une voix dans son oreille.

— N'est-elle pas merveilleuse ?

Jade se retourna pour constater que Zikas était revenu. Elle gloussa en disant :

— C'est sûr que c'est quelqu'un !

Les lumières de la pièce diminuèrent.

— Le choix est sur le point de commencer, dit Zikas, son excitation étant palpable. Venez à la fenêtre. Prenez ça aussi.

Il tendit à Jade un petit bloc de papier et un stylo incrusté de rubis.

— Les mâles vont tenir des numéros. Lorsque vous aurez fait votre choix, il vous suffira d'indiquer leurs numéros ici. Je sais que vous ne connaissez pas ces chiffres, alors faites de votre mieux pour recopier les symboles, d'accord ?

— D'accord.

— Je serai derrière, près du mur, si vous avez besoin de moi.

Zikas lui serra l'épaule et s'éloigna.

Un par un, les hommes arrivèrent comme ils l'avaient fait auparavant, sauf que cette fois, ils tenaient des symboles sur de petites cartes blanches. Après s'être arrêtés devant le miroir sans tain suffisamment longtemps pour que les femmes puissent noter leur numéro, ils s'adossèrent au mur et attendirent.

Rapidement, le dernier homme présenta son numéro et rejoignit le groupe en attente. Tous les hommes s'inclinèrent et partirent. Jade avait fait de son mieux pour copier ses trois choix, mais les chiffres clecaniens étaient beaucoup plus détaillés que ceux auxquels elle était habituée. Avec un peu de chance, Zikas serait capable de comprendre ce qu'elle avait voulu dessiner.

Jade referma le bloc-notes et se dirigea vers Zikas.

— Très bien, à présent, allons dans votre chambre pour discuter de vos choix ! dit Zikas avec joie.

— Zikas, auriez-vous de l'alcool par hasard ? J'aurais vraiment besoin d'un verre, dit Jade.

— Oh, nous en avons, mais je suis désolé, nous ne pouvons pas vous en servir pour l'instant.

— Quoi ? Pourquoi pas ? dit-elle, à deux doigts de geindre.

Personne n'aime les pleurnichards !

Zikas lui attrapa doucement le coude et la guida hors de la pièce et dans le couloir une fois de plus.

— Parce que vous n'avez pas encore reçu votre autorisation de sortie dans notre monde.

— Qu'est-ce que…

Devinant sa question avant qu'elle ait fini de la poser, Zikas expliqua :

— Juste après avoir parlé de vos choix et avoir annoncé aux mâles en question qu'ils passeront à la phase de test, je vais vous emmener chez le médecin. Ils vous feront passer divers examens et soigneront toutes vos blessures ou problèmes de santé qu'ils sont capables de guérir. Comme vous êtes d'un autre monde, ils doivent également procéder à une vérification croisée de tous les ingrédients et matériaux avec lesquels vous êtes susceptible d'entrer en contact, afin de s'assurer que leur composition chimique ne vous provoquera aucune réaction. Il ne serait pas souhaitable que, lors de votre première nuit en tant qu'épouse de Clecanien, vous mouriez en ingérant un aliment toxique pour vous.

Jade déglutit en réalisant qu'elle n'avait pas pensé à tout cela.

— Je n'ai plus soif, tout à coup.

— Nous y sommes ! dit Zikas en désignant une porte bordeaux foncé.

La pièce sur laquelle elle donnait semblait avoir été façonnée d'après le spa d'un ancien palais indien. Jade voyait de toutes parts des tissus et des coussins incrustés de pierres précieuses. Le canapé en face d'elle était particulièrement rembourré et cossu. Elle se demandait si elle allait pouvoir demander à son nouveau mari, quel qu'il soit, de le ramener à la maison avec eux.

À sa droite, Jade aperçut un énorme bain en pierre immergé. De la vapeur s'élevait de l'eau en volutes et de belles fleurs violettes semblables à des nénuphars flottaient à la surface. Jade regarda avec envie la baignoire.

— C'est pour prendre des bains ? Je ne pensais pas que vous connaissiez ce concept avec votre mousse bizarre.

— Notre planète est considérée comme une planète de classe 2, car nous vivons encore de manière un peu archaïque par rapport aux planètes de classe 1. L'unité de nettoyage est utile si vous voulez vous nettoyer rapidement, mais prendre un bain chaud est un luxe que nous ne voyons pas la nécessité de remplacer.

Jade avait remarqué que beaucoup de choses qu'elle aurait supposé être automatisées sur une planète extraterrestre ne l'étaient pas. La plupart des portes qu'elle avait utilisées, par exemple, étaient des portes normales. Il fallait les pousser pour les ouvrir. Les vêtements, bien que n'étant pas taillés comme elle en avait l'habitude, étaient étonnamment similaires à ceux de la Terre. On lui avait même fourni une culotte épaisse, mais malheureusement pas de soutien-gorge.

Le style de la ville et des bâtiments ne correspondait pas non plus à ses idées préconçues sur l'architecture extraterrestre. Dans son esprit, les décorations d'une culture avancée devaient être minimalistes et géométriques. En regardant la pièce décorée et colorée, elle réalisa qu'elle avait eu tort.

Une partie d'elle se détendit. C'était peut-être une planète extraterrestre, mais cette pièce était suffisamment proche de chez elle pour qu'elle s'y sente bien.

Dans le coin le plus à gauche de la pièce, Jade repéra Asivva. Elle fouillait dans un portant de vêtements et était si absorbée par sa tâche qu'elle ne les entendit pas entrer.

— Asivva. Est-ce que tout est en ordre ? lança Zikas en marchant rapidement vers elle.

Asivva leva les yeux et sourit.

— Absolument. Je suis impatiente de savoir qui elle a choisi.

Asivva se dirigea vers le canapé et fit signe à Jade de la rejoindre.

Alors que Jade s'asseyait à côté d'Asivva, Zikas récupéra une énorme boîte bleu céruléen dans un meuble près de l'entrée. Il s'assit ensuite dans un imposant fauteuil en face de Jade et tapa dans ses mains.

— Le suspense a assez duré ! Qui avez-vous choisi ?

Jade ouvrit son carnet de notes et le tendit à Zikas. Il le saisit avec empressement.

Si elle se souvenait bien, c'était le numéro que le pirate sexy avait brandi. Elle n'avait pas l'intention de le choisir au final, mais il avait l'air d'être un type intéressant. Elle ne pouvait résister à l'envie d'en apprendre plus sur lui.

— Ooh, Fejo. Bon choix. Il est très charmant et drôle.

Asivva fit un signe de tête approbateur.

Zikas sortit un grand dossier de la boîte bleue et le tendit à Jade.

— Il semble aussi qu'il n'ait jamais été marié. Il sera très désireux de vous faire plaisir, dit Zikas avec un clin d'œil.

— Qui est le suivant ? la pressa Asivva.

Zikas passa à la page suivante et haussa les épaules.

— Athnu. C'est le favori des femelles cette année, je crois. Si vous le voulez vraiment, je ne doute pas qu'il vous choisira, mais je ne vous le recommanderai pas.

— Pourquoi pas ?

Jade fronça les sourcils en revoyant l'homme magnifique qui était entré dans le couloir en premier.

— Eh bien, il est très beau, donc toutes les femmes l'apprécient.

Zikas s'interrompit, réfléchissant à la suite.

— Je dirai juste qu'il passe beaucoup de temps à s'assurer qu'il est attirant, et si tout ce que vous voulez, c'est le regarder, vous aurez un mariage très heureux.

Jade et Asivva échangèrent des regards amusés, puis se mirent à rire.

Zikas rougit. Il ajouta d'un air penaud :

— Vous me semblez être le genre de femelle qui préfère engager la conversation de temps en temps.

— C'est bien vrai, et j'apprécie votre honnêteté. Écartons-le dans ce cas, dit Jade en froissant le numéro d'Athnu.

— Je pense que ce serait mieux.

Asivva sourit.

Jade gloussa et sentit une partie de la tension disparaître. Ces aliens n'étaient pas si mauvais. Si elle était honnête avec elle-même, elle devait avouer que c'était le contact le plus humain qu'elle ait connu depuis longtemps, même s'il s'agissait de non-humains. Elle ne se souvenait pas de la dernière fois où elle s'était détendue avec un groupe de personnes et avait ri.

— Très bien, le dernier sur votre liste est…

Alors que Zikas étudiait la dernière page, son visage se décomposa et il leva les yeux vers Jade, clairement confus.

— Êtes-vous certaine d'avoir recopié ce numéro correctement ?

— Pourquoi, qui est-ce ? intervint Asivva.

Zikas lui tendit silencieusement le papier, et le sourire sur son visage s'effaça également.

— Quoi ? Qu'est-ce qui ne va pas chez lui ? demanda Jade en les regardant successivement.

Et merde. Elle savait que l'homme sexy avec les tatouages noirs était trop beau pour être vrai. Ce devait être un type affreux. C'était pour cela que les femmes agissaient comme ça devant lui. *Alors, va pour le pirate sexy !*

— Rien, rien. Il s'appelle Théo. Asivva et moi le connaissons depuis toujours. C'est un très bon mâle, marmonna Zikas en échangeant un regard complice avec Asivva.

— L'un des meilleurs que je connaisse, convint Asivva.

— Alors, quel est le problème ? demanda Jade, déconcertée.

Devant les visages ahuris de ses deux nouvelles connaissances, elle se souvint de l'étrange réaction que cet homme avait suscitée lors de l'observation. Théo, qu'elle avait surnommé « dieu de la guerre dévastateur et sexy », avait paru effrayer et dégoûter les femmes présentes dans la salle. La réaction que son choix suscitait chez Asivva et Zikas était différente, mais non moins étrange.

— Certaines femmes ont réagi bizarrement devant lui aussi lors de l'observation, mais je n'ai pas compris pourquoi. Est-ce qu'il me manque une information ? Il est cruel ? Il me ferait du mal ? Certaines des femmes semblaient avoir peur de lui.

Un éclair de colère traversa le visage d'Asivva quand elle dit :

— Il ne ferait jamais de mal à une femelle.

— Alors, je répète : quel est le problème ? Qu'est-ce que vous me cachez ?

Zikas et Asivva regardèrent tous deux Jade d'un air perplexe. Asivva voulut dire quelque chose, mais se ravisa.

Zikas fut le premier à prendre la parole :

— Vous êtes une très belle femelle. Vous pourriez avoir tous les mâles que vous voudriez. Nous sommes juste confus quant à la raison pour laquelle vous avez choisi Théo.

— Je ne suis pas sûre de vous suivre, dit Jade d'un ton perplexe. Je sais qu'il est un peu rude sur les bords, mais j'ai trouvé que c'était le gars le plus attirant. Je n'ai choisi les deux autres que comme solution de secours au cas où il ne voudrait pas de moi.

Asivva renifla et plaqua immédiatement ses mains sur sa bouche.

— La plupart des femelles trouvent ses cicatrices peu attrayantes, expliqua Zikas. Il n'a jamais été choisi, et je ne pense pas qu'il ait jamais espéré être choisi. Il ne sera pas prêt pour une épouse.

Asivva tourna la tête vers Zikas.

— En effet, il ne s'attend pas à ce que quelqu'un le choisisse. Il ne vient que parce qu'on l'y oblige. Normalement, il part immédiatement après le choix.

Zikas se leva brusquement et s'adressa à Jade.

— Êtes-vous sûre de vouloir épouser Théo ?

— Eh bien, je le pensais, mais maintenant j'ai des doutes !

— Nous avons tous les deux été choqués par ce choix, dit Zikas en regardant Jade d'un air grave. Mais si vous êtes patiente, Jade, vous verrez qu'il existe probablement peu de mâles aussi bons que Théo.

— Avant de donner à Zikas ton choix final, ajouta rapidement Asivva, tu dois savoir que Théo n'a pas eu besoin ou envie d'impressionner une femelle depuis longtemps. Il est très probable qu'il n'ait pas la moindre idée de la façon de se comporter avec toi, la prévint-elle. Cela étant dit, je pense que tu devrais tenter ta chance avec lui.

— Très bien, je vous fais confiance à tous les deux, mais si ça tourne mal, ce sera de votre faute, dit Jade en se mordillant la lèvre inférieure.

Zikas fouilla nerveusement dans la boîte. Il remit un fin dossier à Asivva et s'éloigna vers la porte.

— Je vais aller transmettre la bonne nouvelle à Théo et Fejo. Asivva, en mon absence, pourrais-tu expliquer à Jade les informations contenues dans ces dossiers ? Après avoir passé en revue leur contenu, il faudrait l'accompagner chez le médecin, puis l'aider à se préparer pour le test.

— Bonne chance pour parler à Théo.

Asivva jeta un bref coup d'œil à Jade.

— Il aime bien prendre un verre ou deux après les cérémonies.

Alors que Zikas sortait de la pièce, Jade l'entendit laisser échapper un long gémissement.

Pfiuu, une autre journée de cérémonie terminée, pensa Théo en s'écroulant sur son canapé. *Combien de fois encore vais-je devoir en subir ? C'est humiliant de se tenir là et d'être jugé.*

— C'est inutile, grogna-t-il dans son salon vide.

Une fois par an, tous les hommes éligibles au mariage à Tremanta étaient tenus par la loi de participer à une cérémonie. En prenant une nouvelle gorgée de sa boisson préférée, la mott, il examina son environnement, laissant le confort de sa maison l'apaiser.

Théo avait méticuleusement choisi chaque objet de sa demeure. Les visiteurs, qui n'étaient pas nombreux, étaient toujours surpris lorsqu'ils voyaient l'intérieur pour la première fois.

Ils devaient imaginer que son mobilier refléterait ce qu'ils voyaient quand ils le regardaient. Ils s'attendaient à trouver des pièces remplies de meubles inconfortables, monochromes et aux arêtes tranchantes, accompagnés de sols en pierre froide et de murs noirs nus.

En fait, Théo aimait l'exact opposé. Tous ses sièges étaient rembourrés et moelleux. Le sol était recouvert de grandes feuilles de Saquen vert foncé et laqué. Des tapis pelucheux étaient posés sur le sol naturel, donnant un petit côté cosy à son intérieur. Presque chaque pièce de sa maison contenait une cheminée et un éclairage tamisé. La combinaison de ces deux sources lumineuses conférait à chaque pièce une atmosphère chaleureuse.

Chaque fois que Théo perdait son sang-froid, ce qui arrivait souvent, la chaleur et le confort de sa maison le calmaient.

Depuis qu'il avait quitté l'école à l'âge de vingt ans, Théo avait passé sa vie, comme de nombreux Clecaniens de Tremanta, à travailler pour le gouvernement de sa planète en tant que mercenaire. Au fil des ans, ses compétences lui avaient valu la réputation d'être l'un des meilleurs dans le domaine. Des fonctionnaires, des célébrités, des membres de la famille royale et des dignitaires le sollicitaient et lui offraient des sommes d'argent extravagantes pour son expertise et sa discrétion. Rapidement, il avait amassé une petite fortune.

Il avait utilisé son argent pour construire une grande maison face à la mer du Nord, ainsi qu'une grande parcelle de terre densément boisée. Comme Théo n'avait plus besoin de gagner de l'argent, il passait la plupart de son temps chez lui et ne choisissait que des missions qui l'intéressaient réellement.

Théo chérissait sa solitude et méprisait les visites en ville. Il détestait particulièrement la cérémonie. Prenant une grande gorgée de sa bouteille, Théo ferma les yeux et essaya de se concentrer sur le crépitement tranquille du feu.

Il ne se détendit pas longtemps : une énorme langue fourchue passa sur son visage.

— Argh ! hurla-t-il en se redressant et en essuyant la traînée de bave sur sa joue avec son haut.

Assis devant lui, l'air très satisfait, se trouvait Cebo, le chien géant de Théo. Théo lui sourit et lui donna une petite tape sur la tête.

Un grondement émana de l'estomac de Théo, et il réalisa qu'il n'avait pas beaucoup mangé ce jour-là. Cebo pencha la tête en entendant ce son.

Résolu à manger quelque chose tout en continuant à boire, Théo se leva et se dirigea vers la cuisine. Alors qu'il cherchait de la nourriture, il sentit une vague de fatigue l'envahir. Il attrapa deux autres bouteilles de mott à la place et s'effondra sur le canapé, où Cebo était à présent allongé.

Théo but en silence en regardant les flammes danser dans la cheminée et en caressant distraitement la tête de Cebo, désormais lourde sur ses genoux. Il venait de finir sa deuxième bouteille de mott et en était à la moitié de la troisième quand il entendit frapper à la porte.

Cebo aboya bruyamment et se précipita vers l'entrée. La tête de Théo tomba en arrière alors qu'il gémissait. *Qui diable peut bien venir chez moi si tard ? Peut-être que si je ne réponds pas, cet intrus finira par s'en aller ? Ou peut-être que si je lui administre un coup en pleine mâchoire, j'obtiendrais le même résultat ?*

— Théééééooo ! Je sais que tu es à la maison. J'entends Cebo grogner à travers la porte ! cria une voix familière.

Théo connaissait Zikas depuis l'enfance. Le vieil homme avait toujours été très gentil avec lui et l'avait même aidé à surmonter les moments difficiles qu'il avait traversés en grandissant. Théo avait trop de respect pour lui pour le chasser.

Il se leva lentement et se dirigea vers la porte.

— Qu'est-ce que tu veux ? cria t il.

— Ce serait bien que tu ouvres la porte pour commencer. Il fait froid dehors et j'ai des nouvelles pour toi.

Avec un grognement, Théo ouvrit la porte. Immédiatement, il tourna les talons et se dirigea vers le canapé. Cebo, reconnaissant le visiteur, se mit à sauter et à essayer de lécher le vieil homme. En temps normal, Théo aurait tenu Cebo à distance, mais il était contrarié ce soir-là et juste assez ivre pour apprécier de regarder l'homme lutter pour éviter la bête massive.

— Oui, Cebo, c'est bon de te voir aussi. Descends ! Non ! Arrête ! Théo, contrôle ton animal !

— Ça suffit, Cebo ! cria Théo.

À contrecœur, Cebo se dirigea vers la cheminée et se coucha aux pieds de Théo.

— Je ne comprends pas pourquoi tu as choisi cette créature comme animal de compagnie. Les wazzies sont très affectueux et calmes et n'attaquent pas les visiteurs. Zikas se dirigea en traînant les pieds vers le canapé tout en essayant d'enlever la quantité copieuse de bave de ses vêtements avec un petit chiffon.

— Ils sont ennuyeux. Cebo est unique et fidèle.

Théo gratta les oreilles de Cebo, se sentant proche de la grande créature incomprise.

Quand Zikas atteignit Théo, il l'observa, puis avec une lueur dans les yeux, lui dit :

— J'ai des nouvelles pour toi.

— Quelle nouvelle pourrait être assez importante pour que tu viennes jusqu'ici un soir de cérémonie ? Tu n'es pas censé être avec une future mariée en ce moment ?

Théo ricana en prenant une autre gorgée.

Zikas tendit le bras avec une rapidité impressionnante pour quelqu'un de son âge et arracha la bouteille de la main de Théo.

— Hé ! Tu ne peux pas… commença Théo.

— Tu as été choisi, dit Zikas en le regardant avec enthousiasme.

Théo lui jeta un regard noir pendant quelques instants, puis dit :

— Je ne suis pas d'humeur à supporter ces conneries aujourd'hui.

— Une future mariée t'a choisi ! C'est une bonne chose ! dit Zikas avec sérieux.

— Nous savons tous les deux pourquoi cette future mariée m'a choisi. Pour la même raison que la dernière fois.

Elle veut voir la bête en chair et en os. Se défouler sur moi parce qu'elle sait que je ne peux rien y faire et que je ne saurai pas qui elle est.

Théo arracha la mott de la main de Zikas et termina la bouteille.

— Non, ce n'est pas ça cette fois. Elle…

— Je me fiche de savoir pourquoi elle m'a choisi. Je refuse. Maintenant, pars et laisse-moi tranquille.

Se raidissant, Zikas regarda Théo d'un air renfrogné.

— Bien, ne me crois pas si tu veux, mais tu le feras. C'est contre la loi de refuser, comme tu le sais.

— Enferme moi alors, fit Théo en haussant les épaules.

— Ils ne t'enfermeront pas. Ils te traîneront jusqu'au test, t'attacheront et te laisseront là. Tu peux y aller de ton plein gré, avec dignité, ou tu peux y être traîné de force. C'est toi qui vois, termina Zikas en croisant les bras.

— Est-ce que c'est une menace ? aboya Théo en se redressant de toute sa hauteur.

Tout autre homme se serait recroquevillé face à un Théo enragé.

Zikas, cependant, s'approcha, regarda Théo droit dans les yeux et répondit :

— Oui. C'en est une.

11

Jade fixait le contenu du dossier de Théo d'un air absent. Il semblait que le traducteur dans son oreille ne traduisait pas les écrits.

— Pouvez-vous m'aider ? demanda-t-elle en tendant le dossier à Asivva.

— Mm-hmm.

Elle hocha la tête.

— Avant de te lire ça, je dois t'expliquer certaines choses.

Jade s'enfonça dans le canapé et attendit. *Ça a intérêt à être intéressant.*

— Dans de nombreuses cultures sur cette planète, mais surtout ici à Tremanta, les enfants clecaniens commencent l'école vers l'âge de sept ans. Les matières sont ce qu'on peut qualifier de normales. Lecture, écriture, histoire, arithmétique, technologie, sciences, etc. Lorsque les *garçons* clecaniens atteignent dix-sept ans, leur éducation est divisée en deux. La moitié du temps, ils suivent des cours qui coïncident avec le métier qu'ils ont choisi. L'autre moitié du temps est consacrée à l'école des maris.

Un sourire s'afficha sur le visage de Jade.

— Vous vous moquez de moi ? C'est une blague ? Ils vont à l'école pour apprendre à être de bons maris ? Une image d'adolescents portant des jeans de papa et tondant la pelouse lui vint à l'esprit.

— Comme tu le sais, il y a beaucoup plus de mâles que de femelles ici. La façon dont notre société décide qui mérite d'avoir une femelle et un enfant est basée, en partie, sur leurs notes dans cette école.

— Je suppose que c'est logique.

Jade haussa les épaules, trop fatiguée pour être surprise par une autre absurdité ce jour-là.

— Sur quoi d'autre cette décision est-elle basée ?

— Beaucoup de choses. Ils doivent gagner suffisamment d'argent pour s'occuper d'une femelle et d'un enfant, ils doivent être en bonne santé, avoir un certain âge… des choses comme ça. Les femelles se soucient surtout de leurs notes, cependant.

— Sur quoi sont-ils notés ? demanda Jade, curieuse.

— Il y a quelques cours obligatoires et d'autres facultatifs. La cuisine et la garde des enfants, par exemple, sont obligatoires. Un mari doit savoir comment préparer un bon repas pour son épouse et, s'il a de la chance, pour ses enfants. Le cours sur l'association des boissons et des aliments est toutefois facultatif. Les mâles s'entraînent dans les deux écoles jusqu'à l'âge de vingt ans environ, puis ils passent leurs examens finaux et obtiennent leurs notes.

Elle désigna le dossier que Jade lui avait remis.

— Tout ce que tu dois savoir sur eux se trouve là-dedans.

— Et vous êtes sûre qu'ils sont d'accord avec ça ? demanda Jade, se sentant coupable de ce que ces hommes avaient dû subir pour avoir la chance d'avoir une famille. Être obligés d'apprendre à faire toutes ces choses pour les femmes ? Aucun d'entre eux ne se sent utilisé ?

— Je ne crois pas, non.

Asivva fronça les sourcils en pensant à la question de Jade.

— S'ils étaient rancuniers, il leur suffirait de ne pas s'occuper de leur femelle. Ils ne seraient plus choisis pour le mariage et pourraient continuer à vivre comme ils l'entendent. Beaucoup de mâles ici n'auront jamais l'occasion de faire leurs preuves auprès d'une épouse, alors quand on leur offre cette chance, la plupart sont reconnaissants, et non en colère.

Asivva saisit l'une des mains de Jade.

— Je peux répondre à toutes tes questions sur notre mode de vie, mais il est peu probable que tu comprennes vraiment notre culture sans avoir vécu parmi nous. Notre culture n'est pas parfaite. Elle a été modelée par nos besoins, pas par nos envies. Pour l'instant, essaie d'accepter notre réalité et tu pourras te faire ton propre avis après avoir passé quelques mois parmi nous.

Quelque part, Jade était d'accord avec Asivva. Il n'y avait aucun moyen pour elle de vraiment comprendre ce que les gens de ce monde pensaient de ce système. Pas avant d'y avoir vécu plus de quelques jours. Jusqu'à présent, elle n'avait parlé qu'à quelques hommes, mais aucun d'entre eux ne semblait oppressé.

— Eh bien, c'est parti alors. Quel genre de notes ont obtenues ces garçons ? demanda Jade en frappant dans ses mains.

— Je vais commencer par leurs antécédents. Fejo est spécialisé dans la récupération de biens disparus. Les clients l'engagent pour retrouver des objets volés ou perdus, dit Asivva les lèvres pincées.

— Et… ? demanda Jade, sentant que la femme n'approuvait pas Fejo.

— Eh bien… il y a une rumeur selon laquelle tous ses emplois ne seraient pas complètement légaux.

Elle jeta un coup d'œil à la pièce, mal à l'aise.

— En plus de récupérer des biens volés, il pourrait aussi, à l'occasion, orchestrer des vols.

C'est vraiment un pirate ! Suis-je prête pour une vie de crime ?

— À propos de Théo, poursuivit Asivva. C'est un mercenaire engagé par le gouvernement, mais il y a peu d'informations disponibles sur ses activités. Je sais que la plupart de ses missions se font sous couverture et seul. Il est très doué et est souvent engagé par des personnes puissantes. C'est probablement la raison pour laquelle aucun détail n'est disponible.

— Ça semble de mauvais augure.

Jade se demandait s'il était préférable de choisir quelqu'un qui faisait de mauvaises choses au grand jour ou en secret.

— Fejo et Théo sont tous deux riches. Théo l'est un peu plus.

Asivva poursuivit :

— Ils sont également tous deux en excellente forme. Fejo a tendance à voyager pour son travail, ce qui explique peut-être pourquoi il ne s'est pas encore marié. Les femelles veulent généralement que leurs mâles soient proches d'elles à tout moment. Un enfant n'irait pas bien si l'un de ses parents était toujours absent. Théo vit à une heure de la ville et n'accepte plus que rarement des missions.

— Peut-être que nous devrions nous concentrer sur Théo, suggéra Jade. Je ne sais pas si je me sentirais en sécurité en étant seule tout le temps.

Mensonge ! Être seule était quelque chose que Jade appréciait énormément. Elle inventait des excuses pour être sûre de finir avec Théo, et Asivva le savait. Jade vit un coin de la bouche de son interlocutrice se retrousser devant sa suggestion.

— Comme tu veux, dit Asivva avec nonchalance. Dois-je d'abord énumérer les résultats des cours obligatoires de Théo ?

— Je vous en prie, marmonna Jade, rougissant d'embarras.

— D'accord. Les notes sont sur dix. Les mâles doivent obtenir un score moyen de sept pour être considérés comme des maris potentiels, expliqua Asivva. Cuisine : dix.

Mmm, j'aime les hommes qui savent cuisiner.

— Massage : dix. Garde d'enfants : huit.

Asivva marqua une pause et jeta un regard méfiant à Jade avant de lire les notes suivantes.

— Conversation : trois. Apparence : un.

— Un ? Je ne comprends pas pourquoi personne, à part moi, ne semble le trouver attirant. J'ai l'impression d'être dans *La Quatrième Dimension*, dit Jade en levant les mains en signe d'exaspération.

Asivva poussa un soupir de soulagement. En fronçant les sourcils, elle demanda :

— Qu'est-ce que *La Quatrième Dimension* ?

— Une série télévisée où il se passe des choses bizarres. Dans un épisode, un homme est coincé tout seul dans un monde rempli de livres, mais il n'a pas de lunettes de lecture. Dans un autre, une belle femme est traitée de laide parce que tous les gens autour d'elle ressemblent à des cochons et qu'elle est normale.

Asivva plissa le front comme si elle n'avait compris que quelques-uns des mots utilisés par Jade.

— C'est difficile à expliquer, je suppose. Pourquoi pensez-vous qu'il a eu une si mauvaise note en conversation ? demanda Jade, changeant de sujet.

— Théo n'est pas le mâle le plus patient qui soit et il a toujours eu du mal à parler avec les femelles. Les cours de conversation apprennent aux mâles à manier le charme et les compliments dans leurs conversations avec les femelles, mais Théo n'a jamais trouvé ça naturel. Je suppose qu'il a été frustré pendant son examen et a oublié ses leçons. Je t'ai prévenue que jouer le rôle d'un gentleman n'est pas facile pour Théo. Ce sera probablement frustrant pour lui.

Alors que Jade écoutait Asivva parler de Théo, elle réalisa qu'elle en savait beaucoup sur lui.

— Comment en savez-vous autant sur lui ? Vous étiez ensemble à un moment donné ?

— Théo et moi ? demanda Asivva, l'air surprise. Non ! Je le connais depuis toujours. Il est de la famille.

— Oh, d'accord, très bien. Ce serait gênant que je récupère les miettes.

— Les miettes ? fit Asivva en fronçant le nez. C'est une drôle d'expression, mais je suppose que c'est logique. Quoi qu'il en soit, poursuivit Asivva, Préférences : neuf. Durant les cours de préférences, les mâles apprennent les différents types de choses que les femelles préfèrent avoir sous la main. De cette façon, ils peuvent avoir une idée approximative de ce qu'il faut mettre dans leur maison au cas où ils seraient choisis par une femelle. Les préférences portent sur des éléments tels que les tissus d'habillement, les bijoux, l'ameublement de la maison et les produits de beauté. Les femelles achètent la plupart de ces objets elles-mêmes lorsqu'elles arrivent dans une nouvelle maison, mais il est bien que les mâles comprennent ce que sont ces objets, à quoi ils servent et pourquoi certains sont meilleurs que d'autres. Anatomie : dix.

— Anatomie ? L'anatomie féminine ? l'interrompit Jade.

— Oui. S'ils veulent faire plaisir à leur épouse, ils doivent savoir où tout se trouve, n'est-ce pas ?

Le ton d'Asivva indiquait clairement qu'elle pensait que la question de Jade était idiote.

Jade devait admettre que comprendre l'anatomie du sexe opposé semblait être une idée brillante. Tant de gars sur Terre passaient leur vie à chercher l'insaisissable clitoris. Jade eut alors une pensée dérangeante. *Et si je suis différente ? Ce sont des extraterrestres ! Notre anatomie est probablement tout autre. Oh mon Dieu ! Il a probablement un tentacule ou une autre horreur de ce genre au lieu d'une bite !*

Sentant le malaise soudain de Jade, Asivva demanda :

— Quelque chose ne va pas, Jade ?

— Je viens de réaliser que notre anatomie est probablement très différente, et je doute qu'ils aient traité des humains en cours.

— Nos médecins ont fait quelques recherches à ton arrivée, et ils pensent que tu es très semblable à nous. Nous en serons sûres après avoir consulté le médecin dans quelques minutes.

Bien que toujours sur les nerfs, Jade se sentait un peu mieux en sachant que les médecins de Clecania avaient déjà envisagé la possibilité que son anatomie soit différente et l'avaient exclue.

— La dernière note de Théo est pour les compétences sexuelles, et il a reçu une note de dix.

Jade fixa Asivva pendant un long moment avant de demander :

— Comment pourraient-ils le savoir à moins qu'ils…

Elle eut un hoquet de stupeur.

— Est-ce qu'ils l'ont testé en faisant l'amour avec lui ou en le regardant faire l'amour ?

— Bien sûr. Sinon, comment savoir qu'il ferait un bon partenaire sexuel ? Les cours d'éducation sexuelle constituent une très grande partie de leur formation pendant la dernière année d'école, déclara Asivva sans ambages.

— Qui les forme ? croassa Jade.

— Des volontaires. Des femelles plus âgées qui ne peuvent plus avoir d'enfants, principalement. Il y a aussi des jeunes femelles qui se portent volontaires entre deux mariages.

Asivva fouilla dans le dossier de Théo et ajouta :

— Pendant l'examen, la testeuse a les yeux bandés afin que l'échange ne soit pas affecté par l'apparence du mâle. Ils essaient de faire en sorte que chacun soit jugé sans aucun parti pris.

— Comme c'est prévenant, marmonna Jade en roulant des yeux.

Visiblement agacée, Asivva lui dit :

— Préférerais-tu que ton futur mari soit vierge quand tu l'épouseras ? Ou qu'il soit expérimenté et qu'il sache comment te satisfaire correctement ?

— Je…

— Tu ne devrais pas critiquer nos coutumes avant de les avoir expérimentées, la réprimanda-t-elle. Les mâles ne sont pas tenus de suivre ce cours s'ils ne le veulent pas, mais très peu font l'impasse. La faible population de femelles ne permet pas aux mâles de s'offrir le luxe d'expérimenter le sexe de manière naturelle.

Souviens-toi, c'est une planète étrangère. Très différente. Jade devait se rappeler de ne pas les juger, même si leurs coutumes étaient étranges.

— Vous avez raison. Je suis désolée. Je ne devrais pas juger en fonction de ce qu'on fait sur ma planète. Mon monde n'est pas vraiment un endroit connu pour son équilibre.

Asivva avait toujours l'air ennuyée, mais moins crispée.

— Il peut sembler égoïste que ces cours soient tous centrés sur la manière de rendre une épouse heureuse, mais il existe une forte corrélation entre une femelle heureuse et la fertilité. Les femelles qui ne sont pas satisfaites sexuellement par leur partenaire et n'ont pas d'orgasme, par exemple, tombent rarement enceintes.

Asivva soupira et lui adressa un petit sourire.

— Il se fait tard. Nous devons aller chez le médecin. Je te parlerai des dernières notes de Théo plus tard.

Faites qu'il n'y ait pas de sondes. Faites qu'il n'y ait pas de sondes, répétait Jade dans sa tête en regardant le plafond à travers un morceau de verre incurvé.

Une grande partie de la salle d'examen dans laquelle Jade et Asivva étaient entrées était dominée par un tube de verre volumineux placé horizontalement au centre de la pièce. De fins écrans de verre étaient montés à l'avant du tube. Le médecin, une belle femme aux cheveux d'un noir de jais, avait sauté l'étape des présentations et avait demandé à Jade de s'allonger sur une civière. Elle avait expliqué que Jade glisserait dans le tube et que son corps serait ensuite scanné et réparé.

Une fois qu'Asivva et le docteur avaient convaincu Jade qu'elle serait en sécurité, elle avait accepté d'entrer dans le tube. Maintenant qu'elle était à l'intérieur, elle commençait à se réprimander. *Comment as-tu pu te laisser enfermer dans ce cylindre de verre de la mort ?*

Le médecin appuya sur quelques éléments sur les écrans de verre, et une lumière bleue s'alluma tout autour de Jade. Elle se raidit, s'attendant à ressentir de la douleur.

— Cet appareil, expliqua le médecin, scanne votre corps et diagnostique toute maladie actuelle, passée et, parfois, future. Il permet également d'identifier tout dommage ou détérioration. Une fois qu'il aura fini de vous scanner, je vous transmettrai les résultats et vous demanderai la permission de programmer l'appareil pour guérir ou réparer tout ce qui doit l'être.

Au bout de quelques minutes, le scanner était terminé. En examinant son écran, le médecin commença :

— Tout d'abord, notre base de données a conclu que les seuls éléments toxiques pour vous sont les objets fabriqués à partir du Ripsli, un arbre. Assurez-vous de rester à l'écart de tous les tissus, aliments ou produits fabriqués à partir de cet arbre.

— Ton mari en sera informé. Ne t'inquiète pas. Les produits issus du Ripsli ne sont pas très courants, dit Asivva d'un ton qui se voulait rassurant.

Se raclant la gorge, le médecin ajouta :

— Le cartilage de votre genou droit est légèrement endommagé. De plus, votre glande thyroïde produit moins d'hormones que la normale. Ai-je votre permission de réparer votre genou et votre glande thyroïde ?

Jade la regarda nerveusement et demanda :

— Je suppose que oui. Est-ce que je vais avoir besoin d'une intervention chirurgicale ? Ça va faire mal ?

— Non. La machine va vous soigner en quelques minutes. Je vais envoyer une petite quantité de gaz dans le tube pour que vous ne ressentiez aucune douleur. Mais vous serez consciente.

Jade pâlit.

Ne remarquant pas son malaise, le médecin poursuivit :

— Passons maintenant aux procédures cosmétiques. Votre corps présente de nombreuses cicatrices et autres types de lésions cutanées. Je recommande de toutes les réparer.

Avant que Jade ne puisse répondre, le docteur ajouta :

— Je ne sais pas quelles sont les coutumes en matière de pilosité sur votre planète, mais les femelles de Tremanta n'ont généralement des poils que sur la tête, les sourcils et les cils. Je peux enlever tous les poils restants de façon permanente si vous voulez.

— Vous pouvez retirer les poils, accepta Jade avant que le médecin ne puisse reprendre la parole. J'ai une question sur les lésions de la peau, cependant. Considérez-vous les tatouages comme une forme de lésion ? demanda-t-elle en montrant une petite étoile tatouée derrière son oreille gauche.

— Oui, dit le médecin, confuse. Ça a été fait exprès ?

— C'est courant sur Terre.

— Eh bien, je peux programmer la machine pour qu'elle laisse cette partie de votre corps tranquille si vous êtes sûre de vouloir la garder.

— En effet. Pouvez-vous s'il vous plaît aussi la programmer pour garder ces deux cicatrices ?

Jade montra une petite cicatrice sur son genou et son bras.

Le médecin grimaça, mais acquiesça.

Dis donc, ils n'aiment vraiment pas les imperfections ici.

Elle tapa quelques informations sur le clavier, puis dit :

— Le dernier traitement que je vous conseille est un élixir qui répare le corps au niveau cellulaire. Vous êtes jeune, vous n'en aurez pas besoin de beaucoup, mais si vous continuez à utiliser des élixirs tout au long de votre vie, vous vieillirez beaucoup plus lentement. Nous estimons que nos citoyens vivent jusqu'à 300 ans en moyenne. Comme vous êtes la première humaine à bénéficier de notre élixir, ce chiffre pourrait être beaucoup plus élevé ou beaucoup plus bas. Le temps nous le dira.

Elle marqua une pause.

— Tout cela vous paraît-il acceptable ?

Trois cents ans ? Jade était abasourdie. Si elle restait ici plutôt que de retourner sur Terre, elle pourrait vivre des centaines d'années.

— Jade ?

Asivva la tira de ses pensées.

Jade, totalement dépassée, ne se souvenait pas de tout ce que le médecin lui avait dit, mais elle acquiesça quand même. *Je serai prête à tout pour sortir de ce tube.*

— J'envoie le gaz.

Un gaz rouge sortit de quelque part sous sa tête, et un sentiment d'euphorie l'envahit. Alors qu'elle était allongée, se sentant plus détendue qu'elle ne l'avait été depuis des années, son esprit vagabonda vers une image de Théo.

— Humm, murmura Jade.

Quelque part dans le fond de son esprit, elle nota que son corps la picotait de partout. Elle avait aussi l'impression que quelqu'un tapotait doucement son genou et sa gorge. *De plus en plus curieux,* pensa-t-elle en ricanant. D'un seul coup, les picotements cessèrent et son esprit s'éclaircit.

— Quelque chose a mal tourné ? Pourquoi ça s'est arrêté ? demanda Jade, inquiète.

Elle aperçut Asivva qui lui souriait à travers la vitre.

— Non, la machine a terminé. Tu es guérie.

Jade ne se souvenait pas de la dernière fois où elle s'était sentie aussi bien. Elle n'avait plus ni courbatures ni douleurs nulle part et tous les vestiges de fatigue avaient disparu.

— Waouh, parvint-elle à dire alors qu'Asivva la guidait vers la porte. Oh, attendez ! dit Jade en s'arrêtant.

Elle se retourna et vit le médecin taper des notes.

— Y a-t-il quelque chose de différent chez moi ? Au niveau de mon anatomie, je veux dire.

— Quelques petites choses sont différentes, dit distraitement le médecin en continuant à taper.

Jade fut prise de court.

— Comment est-ce possible ? Nous sommes des espèces complètement différentes venant de galaxies différentes. Comment pouvons-nous être si semblables ?

Le médecin inclina la tête d'un air pensif.

— C'est vrai que vous nous ressemblez beaucoup, mais j'ai déjà vu ça auparavant. Avez-vous déjà entendu parler de l'évolution convergente ?

Jade faillit sourire devant le ton passionné de la femme. Il s'agissait manifestement d'un sujet qui l'intéressait beaucoup, et pendant un instant, le bon docteur laissa transparaître son côté intello.

— Non, dit Jade.

— L'évolution convergente est un phénomène qui se produit lorsque des organismes complètement différents évoluent avec des traits similaires de manière indépendante. Si les paysages de nos deux planètes étaient assez proches, il n'est pas impossible que nous ayons évolué de manière similaire.

La jolie doctoresse croisa les bras comme si elle venait de marquer un point.

— Pour être honnête, il y a beaucoup de races de Clecaniens avec lesquelles vous avez moins de choses en commun. Il n'y a pas d'humains avec des ailes, n'est-ce pas ?

— Pas à ma connaissance, mais bon, j'ai appris l'existence des extraterrestres il y a seulement quelques jours, alors je ne peux rien affirmer. La semaine dernière a été particulièrement révélatrice et ça a été une vraie leçon d'humilité, c'est le moins qu'on puisse dire.

En pensant à l'immensité de l'univers et au nombre de choses qui s'y passaient et dont les humains n'avaient aucune idée, Jade ne pouvait s'empêcher de penser qu'elle devait réapprendre tout ce qu'elle pensait savoir. Qui était-elle pour dire que les créatures paranormales n'existaient pas sur Terre ?

Toujours curieuse de connaître les différences en matière d'anatomie reproductive, Jade demanda :

— Docteur, vous êtes sûre qu'il n'y a rien de significativement différent dans mon anatomie *féminine* ?

La femme lui lança un regard perplexe et légèrement agacé.

— Je vous ai déjà dit qu'il n'y en avait pas. Y a-t-il autre chose que vous attendez de moi ?

— Hum. Est-ce qu'il y a… Je veux dire, est-ce qu'il y aura… euh…

Jade ne savait pas comment formuler sa question de la manière la moins embarrassante possible.

— Elle veut savoir si quelque chose d'inattendu va se produire pendant les rapports sexuels. Est-ce que son anatomie est la même que la nôtre dans ce sens ? demanda Asivva sans ambages.

Jade sentit la chaleur lui monter aux joues, mais elle attendait une réponse.

Le médecin rit et reporta son attention sur Jade.

— Il y a quelques différences, mais je crois qu'elles rendront le sexe plus agréable, pas moins.

— Oh ?

Vous avez toute mon attention maintenant, Docteur.

— Les femelles clecaniennes ont un centre principal de plaisir situé au plus profond de leur intimité et ensuite un grand nombre d'autres terminaisons nerveuses à l'intérieur et à l'extérieur de leur sexe. Vous êtes différente de nous dans la mesure où vous avez deux centres de plaisir. L'un d'entre eux est situé profondément à l'intérieur, comme le nôtre, mais vous disposez également d'un centre de plaisir secondaire, très sensible, situé à l'extérieur de votre corps. Je crois que ça s'appelle un clitoris ?

Jade hocha la tête distraitement.

— Dans l'ensemble, vous devriez être beaucoup plus sensible que nous le sommes.

En souriant, le médecin poursuivit :

— La personne que vous épouserez aura beaucoup de chance. Vous serez beaucoup plus facile à satisfaire grâce à cela. Quant aux mâles, ils sont, en moyenne, un peu plus gâtés que les mâles terriens, mais vous devriez pouvoir vous faire à leur taille. Tout le reste est pareil.

Elle gloussa.

— Je pense que la façon dont vous faites l'amour peut être différente, mais les préférences sexuelles ne sont pas quelque chose que je peux scanner.

Très embarrassée, Jade murmura un « Merci » rapide, puis s'éclipsa par la porte.

***

Après avoir quitté le cabinet du médecin, Jade s'émerveilla de l'avancée de la science clecanienne. Asivva lui avait expliqué qu'après une épidémie, les Clecaniens avaient fait de la recherche médicale une priorité. Aujourd'hui, leur technologie médicale était supérieure à celle de beaucoup d'autres pays à bien des égards, mais elle n'était pas encore assez avancée pour sauver leur peuple.

— Nous avons fait des découvertes incroyables par nécessité, mais nous n'avons toujours pas découvert pourquoi nous ne sommes pas toujours fertiles et pourquoi nous continuons à avoir un plus grand nombre de bébés mâles que femelles, déclara Asivva avec un sourire forcé.

— Comment ce médecin en savait-il autant sur mon anatomie ? fit Jade, se demandant comment un médecin extraterrestre pouvait savoir comment s'appelait un clitoris.

Asivva haussa les épaules.

— Les dossiers qui contenaient ton programme linguistique renfermaient aussi des informations sur ton anatomie. Une ou plusieurs espèces membres de l'Alliance intergalactique ont dû entrer en contact avec des humains à un moment donné et ont consigné leurs découvertes.

Jade sentit un frisson la parcourir en pensant à la façon dont ces humains avaient dû être observés pour connaître leur anatomie.

Voyant la détresse de Jade, Asivva ajouta :

— Cela n'aurait jamais eu lieu contre leur gré. Par exemple, nous avons déjà mis à jour les dossiers sur les humains en fonction de ce que nous avons appris en parlant avec toi ainsi que de tes scanners médicaux.

Jade se sentait un peu mieux, mais elle savait qu'il n'y avait aucun moyen pour Asivva de savoir avec certitude que ces êtres humains avaient donné leur consentement pour être étudiés.

— Je ne te connais pas depuis très longtemps, mais je suis surprise d'apprendre que tu es si mal à l'aise pour parler de sexe, la taquina Asivva sur le chemin du retour vers sa chambre.

Jade se contenta de grogner en guise de réponse. Elle n'était pas timide en matière de sexe. Sur Terre, elle aurait même été considérée comme très libre. Jade avait réalisé à l'université que le sexe ne devait pas toujours être lié à des sentiments. Tant que les deux parties étaient consentantes et majeures, il n'y avait pas de mauvaise façon ou de mauvais moment pour avoir des relations sexuelles.

Parler de sexe sur cette planète la mettait mal à l'aise, cependant. Si elle en parlait ouvertement, elle avait peur que les Clecaniens supposent qu'elle était à l'aise avec le sexe interespèces. Alors que ses parties féminines aimaient beaucoup l'apparence de ces hommes, son cerveau ne lui avait pas encore donné le feu vert pour sauter à bord du train du sexe extraterrestre.

— Alors, qu'est-ce qu'on fait, maintenant ? demanda Jade, essayant de changer de sujet.

Asivva sourit et répondit :

— C'est l'heure du bain. Nous devons aussi faire un autre scanner pour déterminer tes goûts en matière d'odeur et de nourriture.

— Un autre scanner ? Qui fonctionnera comment cette fois ? soupira Jade.

Elle se sentait épuisée mentalement. Elle n'était sur cette planète que depuis quelques jours, mais elle avait l'impression que cela faisait des semaines. Tout ce qu'elle apprenait était nouveau, terrifiant et excitant, mais son cerveau était trop saturé pour absorber de nouvelles expériences.

— Ce n'est pas obligatoire pour les futures mariées, mais je pense qu'il est particulièrement important que tu le fasses.

Elles atteignirent la pièce, et Asivva continua à parler tout en récupérant quelque chose d'encombrant sur le mur du fond.

Trois femmes à l'air affable tournaient autour de la pièce, rangeant et rassemblant des objets dans de petites malles.

Asivva posa l'objet encombrant sur sa hanche et fit signe aux femmes.

— Voici Rena, Cefy et Shey. Elles vont t'aider à te préparer après ton bain. Elles n'ont pas encore mis à jour leurs traducteurs, donc elles ne pourront pas te parler.

Les femmes adressèrent un signe de tête poli à Jade avant de retourner à leur travail.

Asivva souleva le grand objet métallique rond pour que Jade puisse le voir. On aurait dit un casque de l'espace.

— Mets ça et ensuite ça dans ta bouche.

Asivva lui montra quelque chose ressemblant à un protège-dents surdimensionné.

— Ensuite, une par une, des images apparaîtront sur un écran à l'intérieur. À chaque image, la partie du casque en contact avec ta tête va scanner ton activité cérébrale pour voir comment tu réagis à cette image et l'embout buccal va détecter si tes glandes salivaires réagissent ou non. Lorsque tu auras vu toutes les photos, l'avant du scanner diffusera différentes odeurs dans l'air pour voir comment tu y réagis. Il va extraire toutes les informations recueillies et te fournira une liste d'aliments, de boissons et de parfums que tu aimeras probablement. Cette liste sera ajoutée à ton dossier et sera remise à ton mari pour qu'il sache quelles sont tes préférences. Je pense que la liste te sera très utile à toi ainsi qu'à ton mari. Toutes les suggestions ne seront pas correctes, mais comme tu n'es pas d'ici, il te sera très difficile de savoir ce que tu vas aimer ou non. Ça te permettra de le découvrir.

— Astucieux, admit Jade.

— Bien, c'est l'heure du bain. Quand tu auras fini, tu pourras passer le scanner pendant qu'on te fera les ongles.

— Prendre un bain. Devant vous toutes ? demanda Jade en regardant les trois femmes qui s'étaient assises sur le canapé.

— Il y a un problème ?

— La plupart des gens sur Terre ne sont pas très à l'aise à l'idée d'être nus en public.

— Oh ! Pudique à ce sujet aussi ? fit Asivva en poussant Jade vers le bain. Nous n'avons pas le temps pour la timidité. Entre là-dedans.

Jade se tenait au bord de la baignoire, mais ne fit aucun geste pour se déshabiller. Asivva laissa échapper un soupir agacé et se dirigea vers Jade avec l'intention manifeste de la déshabiller elle-même.

— Ok, ok ! cria Jade. Doucement. J'y vais.

Elle enleva ses vêtements et se réfugia dans le bain. Lorsque Jade fut dans l'eau, Asivva s'approcha des autres femmes et se mit à leur parler. Jade tourna le dos aux femmes et laissa l'eau chaude la détendre.

En regardant ses bras, Jade remarqua qu'ils étaient lisses et que sa peau était douce comme du beurre. Toutes les petites rides de ses mains avaient également disparu. *Ces gens savent vraiment ce qu'ils font.* Jetant un coup d'œil par-dessus son épaule pour s'assurer que les femmes ne la regardaient pas, Jade sortit de l'eau de quelques centimètres pour inspecter son corps.

Les femmes tueraient pour un lifting des seins comme ça ! Ses seins, qui étaient un bonnet B, avaient commencé à s'affaisser légèrement ces dernières années. À présent, on aurait dit que toute l'élasticité qu'ils avaient perdue était revenue. Jade secoua la tête, étonnée, tandis qu'elle passait ses mains sur sa peau. *J'ai la peau d'un bébé et les seins d'une étudiante de première année. Je vais peut-être devoir trouver un moyen de voler ce tube magique avant de partir.*

— Oui ! Ce sont de très beaux seins ! lança Asivva depuis le canapé.

Jade se réfugia immédiatement sous l'eau et lui lança un regard furieux. Asivva rit et dit :

— Peux-tu s'il te plaît finir de les laver afin que nous puissions effectuer ton scanner ?

— Vous ne m'avez pas donné de savon pour me laver, dit Jade, agacée par le manque d'intimité.

— L'eau contient tout ce dont tu as besoin. Elle a été mélangée à notre mousse nettoyante et à des huiles hydratantes. Il te suffit d'immerger toute partie de ton corps que tu souhaites nettoyer.

Jade termina son bain et s'enveloppa rapidement dans une serviette qu'Asivva lui tendit. En une fraction de seconde, les parties de son corps en contact avec la serviette séchèrent. Elle jeta un coup d'œil sous le tissu et vit que sa peau était sèche.

Jade réalisa que cette serviette devait être l'un de ces articles archaïques, mais modernisés encore utilisés ici. Alors qu'elle passait le tissu doux sur sa peau et ses cheveux mouillés, la serviette se réchauffait et semblait aspirer l'humidité de la surface de son corps. En quelques minutes, Jade était complètement sèche, tout comme la serviette extraterrestre.

Sans s'adresser à personne en particulier, Jade examina les fibres de la serviette et demanda :

— Comment ça fonctionne ? On dirait que c'est sec.

— L'eau s'est évaporée dans le tissu.

Asivva lui tendit une robe ample et lui fit signe de s'asseoir sur le canapé.

— C'est vraiment cool, dit Jade, mettant consciencieusement la serviette de côté et enfilant la robe douce en s'asseyant.

— Une fois que nous serons prêtes, ce sera l'heure de la phase de test, et le mâle de ton choix sera prévenu. On t'emmènera dans le hall d'entrée, où il te verra pour la première fois.

— Et ensuite, je dois juste… partir avec lui ?

L'émerveillement momentané qu'elle avait ressenti en examinant la serviette se transforma en appréhension. Elle commençait tout juste à se sentir à l'aise dans ce nouvel environnement, avec ces gens. L'idée de devoir se réadapter la rendait anxieuse.

— Quoi ? La cérémonie n'est pas assez longue à ton goût ? Tu aimerais qu'elle dure davantage ? demanda Asivva d'un ton faussement exaspéré.

La cérémonie avait déjà pris presque une journée entière. Elle ne voulait pas ou n'avait pas besoin d'en faire plus, mais le temps semblait passer beaucoup plus vite à présent. Bientôt, elle serait seule avec un alien. Un bel alien au regard mortel.

Au lieu d'exprimer ses inquiétudes, Jade décida qu'agir était le meilleur plan d'action.

— Que se passe-t-il durant le test ? Est-ce qu'on les regarde faire des trucs de mari ?

— Pas tout à fait.

Asivva gloussa de façon inquiétante.

13

Jade marchait dans le couloir. Elle n'avait jamais été aussi mal à l'aise de toute sa vie. Asivva lui avait expliqué en quoi consistait le « test ».

Des gémissements émanaient de nombreuses pièces le long du couloir. Produits par les hommes « testés ». Apparemment, à ce stade de la cérémonie, les femmes étaient autorisées à faire ce qu'elles voulaient avec l'homme qu'elles avaient choisi.

Jade était sans voix. Même si Asivva lui avait assuré qu'elle n'avait pas à faire quoi que ce soit si elle ne le voulait pas.

La timidité n'était pas quelque chose que Jade ressentait souvent. Choisir un homme en l'observant à travers une vitre avait quelque chose d'abstrait. Se tenir devant cet homme et interagir avec lui de manière aussi intime rendait les choses très réelles. Elle n'était pas prête pour une telle dose de réalité.

Par chance, si on pouvait parler de « chance » après tout ce qui lui était arrivé jusqu'à présent, les hommes étaient censés porter des bandeaux. Au moins, ils ne la verraient pas totalement mortifiée. Mais tout de même.

Un très fort cri de plaisir féminin s'éleva de la pièce voisine, la faisant sursauter.

— Nerveuse ? dit Zikas derrière elle.

Il était revenu peu de temps plus tôt pour l'escorter jusqu'au test. Il était très irritable, bien qu'il ait essayé de le cacher avec un sourire artificiel. Quoi que Zikas ait fait, ça ne s'était pas passé aussi bien qu'il l'aurait voulu.

Cela ne faisait qu'ajouter à l'anxiété de Jade.

Zikas se dirigea vers la porte d'où provenait le cri et dit :

— Nous allons d'abord rendre visite à Fejo.

Sentant qu'elle était sur le point de craquer, Jade laissa échapper un petit rire aigu.

— Il semble occupé.

— Il a été choisi par deux autres femelles. Nous pouvons attendre qu'elles partent ou vous pouvez entrer et regarder en attendant.

— Je ne suis pas à l'aise de le regarder faire ça avec d'autres femmes.

Surtout pas à l'idée d'entendre avec qui elle serait en compétition.

— Passons au suivant !

— Je ne suis pas sûr d'avoir tout compris, mais je crois que vous aimeriez que je l'élimine ?

— Oui. Attendez.

Elle hésita ; il ne s'agissait peut-être pas d'un cas isolé.

— Théo a-t-il eu d'autres offres ?

Zikas répondit en haussant la voix pour masquer les bruits d'extase provenant de la chambre de Fejo.

— Non.

— Alors c'est lui qui l'emporte ! dit Jade en levant maladroitement le pouce en direction de Zikas qui le regarda.

— D'accord ! dit-il tout sourire en prenant son pouce dans sa paume et en le secouant. Allons dans sa chambre.

Il conduisit Jade vers une porte au bout du couloir.

— Je serai là si vous avez besoin de quelque chose. Sortez juste quand vous aurez fini.

— Vous n'entrez pas ?

Perplexe, Zikas demanda lentement :

— Voulez-vous que j'entre ?

Elle réalisa que si c'était le cas, il observerait ce qu'elle ferait avec ce type. Gênant.

— Oh. Euh, non. Ce serait bizarre.

Zikas poussa un petit soupir de soulagement. Il acquiesça et se dirigea vers une chaise installée contre le mur le plus éloigné.

Face à la porte, Jade se balançait d'avant en arrière sur ses pieds.

— Avez-vous besoin d'aide ? demanda-t-il en se penchant sur son siège.

— Non. Je vais bien ! fit-elle.

Avec un regard d'excuse, elle ajouta :

— Je suis juste un peu nerveuse.

— C'est normal. Souvenez-vous juste qu'il n'a pas encore mis à jour son traducteur. S'il ne vous répond pas, c'est pour ça.

Elle leva la main vers la porte, hochant distraitement la tête. La poignée était glissante sous sa paume moite. Inspirant profondément pour se calmer, elle l'ouvrit.

À environ trois mètres de là, assis sur un canapé, se trouvait un Théo aux yeux bandés. Il tourna la tête dans sa direction quand elle ferma la porte.

Jade ne sut pas combien de temps elle resta immobile dans l'entrée à le regarder fixement. Deux minutes ? Deux heures ? Peut-être que si elle ne bougeait pas ou ne respirait pas, il penserait qu'elle avait disparu. Elle venait d'avoir cette pensée quand il se mit à bouger.

La mine renfrognée, il se leva du canapé et se redressa de toute sa hauteur. Sa taille imposante, son cadre massif et son énergie sombre rendaient la grande pièce exiguë. Elle ne pouvait détacher les yeux de lui. Puis, au grand étonnement de Jade, il commença à enlever ses vêtements.

Jade sentit son souffle s'accélérer en regardant son torse nu. Elle commença à marcher vers lui, hypnotisée. En s'approchant, elle vit que ce qu'elle avait pris pour un bandeau ressemblait plutôt à du goudron noir et solide. Il n'y avait aucun moyen qu'il puisse voir à travers ça.

Théo inclina la tête dans sa direction. Ses muscles tendus se contractèrent et il serra les poings. Jade commençait à battre en retraite quand elle vit ses jointures devenir blanches. Une curiosité maladive la poussa à rester lorsqu'il se pencha pour enlever les vêtements qui lui restaient.

Redressant les épaules et levant le menton dans ce qui ressemblait à un défi, il positionna son corps de manière à lui faire face. Les yeux de Jade s'écarquillèrent lorsqu'elle aperçut son sexe. Proportionnel à sa taille de colosse.

Il se racla la gorge, et le visage de Jade s'embrasa. Logiquement, elle savait qu'il ne pouvait pas la voir la fixer, et pourtant elle ne pouvait se défaire de l'impression qu'il pouvait sentir ses mouvements.

Il ne s'était pas jeté sur elle et n'avait pas encore fait de gestes agressifs, alors elle se rapprocha de lui, voulant en voir plus. Ses marques noir foncé couraient autour de ses épaules et le long de ses pectoraux. Elles parcouraient ses abdominaux et descendaient juste au-dessus de son sexe. Rougissant, elle détourna rapidement le regard.

Moins de trente centimètres les séparaient à présent. Sa tête avait suivi ses mouvements alors qu'elle se rapprochait et était maintenant penchée vers elle. Sa taille imposante faisait qu'elle avait la tête au niveau de son torse. D'aussi près, elle pouvait voir qu'il avait de légères cicatrices sur tout le corps. *S'agit-il des fameuses cicatrices que les femmes détestent selon Zikas ?*

L'une d'entre elles, près de sa poitrine, semblait particulièrement grave. Elle grimaça en imaginant le genre d'armes capable de laisser de telles traces.

Sans réaliser ce qu'elle faisait, elle leva la main pour toucher la cicatrice.

Un grognement sourd fut le seul avertissement qu'elle reçut avant que sa main ne s'élance à la vitesse de l'éclair et ne saisisse son poignet à quelques centimètres de sa cicatrice.

Tout le sang quitta le visage de Jade. Elle était paralysée par la peur, incapable de parler.

Sa grande main entourait son poignet fermement, mais pas douloureusement. Reprenant ses esprits, Jade tenta de retirer sa main. C'était inutile.

Resserrant sa prise, il lui fit comprendre sans mots qu'elle n'irait nulle part. Lentement, il posa son autre main sur le bas de son dos, puis se pencha vers son visage. Elle eut un mouvement de recul, mais la main dans son dos l'empêchait de bouger.

Alors que ses lèvres s'approchaient des siennes, il s'arrêta. Baissant la tête jusqu'à son cou, il inspira profondément et expira avec un gémissement. Son souffle chaud sur sa chair sensible la fit frissonner.

Il la serra contre lui, et elle sentit son érection pressée contre son ventre. Puis il lécha de sa langue chaude un point sensible dans son cou et elle frissonna. Elle sentit la chaleur l'inonder et gémit.

Tout le corps de Théo se crispa en entendant ce son. Il la relâcha et recula brusquement, l'air… honteux ? Jade vacilla sur ses pieds en regardant sa poitrine se soulever et s'abaisser rapidement. Un muscle de sa mâchoire se contracta et il lui tourna le dos.

Jade recula vers la sortie, se sentant étourdie en quittant la pièce.

Zikas se précipita vers elle, une expression inquiète sur le visage.

— Tout va bien ? Que s'est-il passé ?

Ne sachant pas quoi dire d'autre, elle expliqua :

— Il… euh… il m'a sentie.

Et c'était la chose la plus érotique que j'ai jamais vécue. Le souvenir de sa langue sur elle fit se contracter son intimité.

— Il vous a sentie ? dit Zikas d'un air absent.

près avoir entendu la porte se fermer, Théo chercha ses vêtements avec colère. Comment avait-il pu perdre le contrôle à ce point ? Quand il l'avait attrapée, il était en colère. Il voulait simplement l'empêcher de le toucher, mais il avait senti son odeur. Il avait eu le vertige et avait ressenti un tel désir d'être plus proche d'elle que sa raison l'avait quitté.

Son odeur était enivrante, sans parler de son corps. Une peau douce et des courbes agréables. Il ne l'avait pas beaucoup touchée et ne pouvait être certain de son apparence, mais si la courbe de son dos était une indication… Cette pensée le fit gémir.

Un désir pur l'avait envahi quand il l'avait goûtée. Sa tige lui faisait mal rien que d'y penser.

L'odeur de sa peur avait été enivrante aussi. D'habitude, la peur avait une odeur âcre, mais la sienne ? Délicieuse. La raison lui était revenue quand elle avait gémi de peur.

Il enfila son pantalon sans ménagement, oubliant son érection. En passant ses mains dans ses cheveux, il se maudit de l'avoir effrayée.

Entièrement habillé, il s'assit sur le canapé, la tête entre les mains, et tenta de se calmer. Dans son tourment intérieur, il entendit la porte s'ouvrir et renifla l'air.

— Bonjour, Zikas.

— Prêt à enlever ce bandeau ?

Théo se leva et hocha la tête solennellement.

De la chaleur se répandit sur ses yeux, et il sentit le matériau se ramollir. Théo cligna des yeux pour essayer d'y voir clair lorsque Zikas retira le tissu.

— Que s'est-il passé ? demanda Zikas en fronçant les sourcils.

Théo rougit d'embarras et fit les cent pas dans la pièce.

— Rien. J'ai perdu le contrôle pendant un moment. C'est tout.

Zikas ne dit rien, mais regarda Théo faire les cent pas.

Son silence ne fit qu'enrager Théo, cependant.

— Je peux partir maintenant ? J'ai rempli mes obligations.

Zikas hocha la tête.

— Tu peux.

Théo avait traversé l'intégralité de la pièce quand l'homme murmura :

— Mais tu dois d'abord aller chercher ton épouse.

Impossible.

— Qu'est-ce que tu as dit ? demanda Théo par-dessus son épaule.

— Elle t'a choisi comme mari.

Le sourire sur le visage de Zikas était radieux.

— Non.

— Non ?

— Non. Il y a un problème.

Théo fit face à Zikas. En prenant tout en compte, il savait qu'il n'y avait aucune chance qu'une femelle saine d'esprit l'ait choisi. Pas après qu'il l'ait attrapée comme ça. Il devait se passer quelque chose.

— Elle doit attendre quelque chose.

Un instant plus tôt, Théo s'était senti honteux et en colère, sa fierté masculine blessée par son rejet craintif. À présent, son esprit mercenaire sournois prenait le dessus. Dans tous les scénarios imaginables, cette femelle essayait forcément d'obtenir quelque chose de lui.

C'était probablement une espionne. *Envoyée pour fouiller dans mes dossiers, sans doute, et obtenir des informations précieuses sur mes clients.*

Pourrait-elle être une sorte d'assassin ? Envoyée par un de ses clients mécontents ?

Il avait refusé une poignée de personnes dangereuses récemment. Des gens qui n'aimaient pas qu'on leur dise non.

C'était un plan intelligent, auquel cas. Il était bien connu que toute tentative de vol ou de meurtre de Théo serait suivie de violentes représailles. Une femelle, cependant ? Une femelle aux formes divines qui avait mystérieusement accepté d'être son épouse. Ses ennemis auraient pu penser qu'il serait trop heureux d'avoir une femelle intéressée et qu'il n'y verrait que du feu.

Théo leva une main lorsque Zikas recommença à parler. Arpentant la pièce une fois de plus, il échafauda un plan. S'il devait renier cette femelle, il serait probablement arrêté. Toute offense réelle ou perçue envers une femelle était punie, sans aucun doute. Cependant, s'il la ramenait chez lui en tant qu'épouse, il pourrait la surveiller et découvrir quel était son plan et qui l'avait envoyée.

Un sourire impitoyable s'afficha sur son visage alors qu'il se demandait jusqu'où elle était prête à aller. Il pourrait s'amuser un peu avec elle avant de s'en débarrasser inévitablement. Se décidant, il se tourna vers Zikas et dit :

— Très bien. Emmène-moi la voir.

Un nouveau sourire illumina le visage de Zikas. On aurait dit qu'il était soulagé par le changement d'avis de Théo. *Dommage qu'il n'ait aucune idée de mes véritables motivations.*

***

En attendant sa jeune épouse, dont il avait appris qu'elle s'appelait Jade, Théo réfléchit à sa situation. Elle n'était pas Clecanienne, il était donc peu probable que quelqu'un de sa planète l'ait engagée. *Si elle est très belle, elle doit être très bien payée, et je peux réduire la liste de suspects aux personnes les plus riches que je connais.*

Elle n'était pas une très bonne actrice. Il se souvenait du son effrayé qu'elle avait émis lorsqu'il l'avait touchée. Une bonne espionne devait être prête à se servir du sexe pour parvenir à ses fins. Si elle ne pouvait pas faire semblant pendant cinq minutes, comment pouvait-elle espérer tenir trois mois entiers ?

Des pas légers retentirent au bout du couloir. *Très bien, voyons à quoi nous avons affaire…* Quand elle apparut, les rouages de son cerveau cessèrent de fonctionner. Il resta à la regarder, fasciné.

Ses cheveux d'un roux flamboyant s'enroulaient doucement autour de son visage et tombaient sur ses épaules. Une robe fine et fluide, de couleur vert émeraude, mettait en valeur ses courbes amples et était assortie à ses yeux verts. Théo n'avait jamais vu une créature aussi belle de toute sa vie.

Il peina à étouffer un gémissement quand il croisa son regard. Quand son visage rosit et qu'elle détourna les yeux, comme si elle était timide, il se souvint de ses soupçons. Une comédienne. Il devait contrôler ses réactions devant elle. *Reste vigilant !*

Incapable de s'en empêcher, il la regarda prendre Zikas dans ses bras et lui dire au revoir. Une envie soudaine de frapper son vieil ami lui vint quand il vit Zikas la toucher.

Il se dirigea vers elle et lui offrit son bras pour pouvoir l'emmener. Il se renfrogna quand elle hésita. Le fait de voir l'expression de son visage avait dû ajouter à son inquiétude, car ses yeux s'écarquillèrent et elle se dirigea vers la porte devant lui.

La colère qu'il ressentait face à son refus de le toucher s'évanouit lorsqu'il aperçut son derrière effronté alors qu'elle s'éloignait. Se sentant durcir à nouveau, il conclut que ce serait beaucoup plus difficile qu'il ne l'avait pensé.

Quand vous êtes jeune, on vous apprend qu'il est impoli de fixer les gens. La plupart des gens, si ce n'est tous, se sentent mal à l'aise si on les fixe trop longtemps. Théo n'avait manifestement jamais appris cela. Pendant les vingt dernières minutes, il l'avait regardée avec une intensité aveuglante.

Son regard avait parcouru son corps avec avidité. La façon dont il la regardait dans les yeux à présent, comme s'il voulait percer un trou dans son esprit, était très troublante. Elle aurait préféré qu'il reluque ses seins.

Cela n'aidait pas qu'il soit assis en face d'elle.

La machine dans laquelle ils étaient installés était l'une des boules rondes en argent qu'elle avait poursuivies quelques jours plus tôt.

Après avoir quitté le bâtiment de la cérémonie, elle avait vu le véhicule planer à proximité. Alors qu'elle s'était rapprochée, un panneau incurvé s'était ouvert sur le sol, créant une rampe et révélant un petit coin salon confortable. Deux canapés douillets se faisaient face et entre eux se trouvait une table en métal.

Quand ils s'étaient tous deux assis, Théo avait commencé à taper quelque chose sur le dessus de la table. En se penchant, Jade avait remarqué un petit écran presque imperceptible au milieu du métal. Sans aucun avertissement, la rampe s'était levée, les enfermant à l'intérieur, et la capsule avait commencé à bouger. Le véhicule était si confortable que si Jade n'avait pas senti la secousse initiale, elle n'aurait pas su qu'ils bougeaient.

La curiosité initiale de Jade et sa joie de vivre quelque chose de nouveau avaient été tempérées lorsqu'elle avait remarqué que les yeux de Théo étaient rivés sur elle. C'était stupide de sa part de se plaindre qu'un homme magnifique la fixe, mais elle n'arrivait pas à comprendre ce que son regard signifiait. C'était comme s'il n'arrivait pas à décider s'il voulait la baiser ou la tuer.

Une fois de plus, elle essaya de détourner le regard, mais il n'y avait rien sur quoi se concentrer. Malgré tous ses avantages, le seul gros inconvénient de ce véhicule était qu'il n'avait pas de fenêtres.

Apercevant du mouvement du coin de l'œil, elle se retourna pour voir Théo sortir quelque chose de cylindrique d'un compartiment sous son siège.

Ne la quittant pas des yeux, il dévissa lentement le bouchon, porta la sorte de bouteille à sa bouche et en prit une gorgée. Puis une autre.

Aucune boisson soft *ne serait présentée dans un tel contenant. C'est forcément de l'alcool.*

Tendant la main, elle jeta un coup d'œil à la drôle de bouteille, puis ses yeux revinrent vers Théo. Formulant une demande silencieuse. Elle vit la confusion sur son visage, mais au bout d'un moment, il lui tendit le cylindre.

Un rapide reniflement confirma que c'était bien de l'alcool. Qui avait l'air assez fort. Jade prit une petite gorgée et attendit de sentir la brûlure du liquide. La boisson était douce, en réalité, et elle glissa dans sa gorge facilement. Elle but une autre longue gorgée, puis rendit le récipient à un Théo à l'air stupéfait.

— Les femmes ne boivent pas ici ? demanda-t-elle.

Ses sourcils se rapprochèrent, et elle se souvint qu'il ne pouvait pas encore la comprendre.

Malgré la peur que lui inspirait l'homme en face d'elle, elle commença à se détendre.

— C'est costaud, dit-elle en montrant le récipient. Ça monte vite.

Théo remit le bouchon et reprit un air impassible.

Le courage liquide et le fait qu'il ne pouvait rien comprendre à ce qu'elle disait l'enhardirent.

— Est-ce que tu pourrais arrêter de me fixer ?

Son menton se releva, mais il continua à froncer les sourcils.

— Ça me rend nerveuse. Les hommes ici ne sont-ils pas censés être heureux d'avoir une épouse ? Ne devrais-tu pas au moins me regarder avec un sourire sur le visage ?

Croisant ses bras sur son torse massif, il s'appuya contre le siège, l'air extrêmement frustré.

— Ah. En colère parce que tu ne me comprends pas ? dit-elle en pointant un doigt accusateur sur lui. Eh bien, j'ai beaucoup plus de raisons d'être en colère que toi.

Jade commença à se ronger les ongles. Un tic nerveux.

— Zikas a vraiment survendu cette histoire de mariage, hein ?

Elle poursuivit sans attendre qu'il réponde :

— Je parie que lorsque tu auras enfin mis à jour ton traducteur, tu ne parleras toujours pas.

Ouaip. Elle était clairement bourrée à présent.

— Tu es plutôt du genre fort et silencieux, hein ?

En regardant ses bras musclés, elle soupira.

— Mmm. Très fort.

Elle gloussa.

De toute évidence, son ton et la direction de ses yeux avaient donné suffisamment d'informations à Théo pour qu'il devine le sens de ses paroles, car son regard s'échauffa. Il se pencha vers elle et fléchit les mains, comme s'il voulait la toucher.

Jade se déplaça nerveusement sur son siège jusqu'à ce que la porte du véhicule s'ouvre, lui indiquant que la capsule était arrivée à destination. Théo jeta un coup d'œil à l'extérieur et elle profita de cette distraction pour sauter de la voiture. Une forêt dense se dessina lorsqu'elle se précipita hors du véhicule.

L'air extérieur était froid et vivifiant, avec une légère saveur. Jade inspira profondément, souriant lorsque le vent fit bruisser ses cheveux. Elle imaginait que l'air sur une île écossaise devait sentir ainsi.

Une main chaude posée sur le bas de son dos la fit sursauter, lui rappelant leur échange précédent pendant les tests. Quand elle se retourna pour lui faire face, elle remarqua que le véhicule s'était éloigné en silence. À sa place se dressait une magnifique maison. Le mot *maison* ne correspondait cependant pas tout à fait.

Le grand bâtiment était situé dans une clairière au sein de l'épaisse forêt. Des arbres imposants, avec les mêmes grandes feuilles rondes qu'elle avait vues la première nuit, s'étendaient tout autour d'elle. Bien que les bois soient magnifiques, ils étaient sinistrement impénétrables. Elle n'aurait nulle part où s'enfuir, même si elle en avait l'occasion.

Les murs du bâtiment aux courbes douces semblaient être faits de verre translucide. L'orange chaud du soleil couchant, qui était à présent derrière eux, illuminait l'extérieur brillant. Au lieu de se refléter sur le bâtiment comme elle s'y attendait, la lumière semblait être piégée dans ses murs, donnant à Jade l'impression de regarder un animal géant luminescent.

De magnifiques fleurs, aux pétales anormalement plus grands que les feuilles, poussaient tout le long de la base du bâtiment rougeoyant, semblant prendre un bain de soleil.

Sentant les yeux de Théo sur elle, elle le regarda et vit qu'il étudiait ses réactions. Voulait-il qu'elle aime sa maison ? En montrant son chez-lui, elle dit :

— Magnifique.

Ses épaules se détendirent et il s'éloigna d'elle en direction d'une énorme porte en bois coincée entre deux rangées de vignes rampantes et fleuries. La main de Théo s'arrêta un moment sur la grande poignée, et elle entendit un lourd verrou glisser.

La panique s'insinua au milieu de l'émerveillement qu'elle ressentait devant le bâtiment. La porte ne pouvait-elle être déverrouillée que par lui ? Cela signifiait-il qu'elle serait piégée à l'intérieur ?

Théo lui jeta un regard par-dessus son épaule et leva sa paume ouverte. Jade regarda sa main, puis ses yeux, et haussa exagérément les épaules.

— Je ne sais pas ce que tu veux.

Sa mâchoire se contracta. Lentement, il s'approcha d'elle et laissa sa main planer au-dessus de la sienne. Il soutint son regard et attendit.

Elle gloussa, se sentant toujours un peu pompette.

— Eh bien, demandé si gentiment.

Elle leva la main et la plaça dans la sienne. La chaleur se répandit en elle à cet infime contact.

Doucement, il entoura son poignet de sa large paume et la tira vers l'avant jusqu'à ce qu'elle se tienne devant lui, face à la lourde porte en bois. Sa grande main tenant toujours son poignet, il ramena son autre bras sur le côté de son visage pour toucher quelque chose au centre de la porte. Elle regarda son gros biceps d'un air appréciateur.

Il était si près de son dos qu'elle pouvait sentir la chaleur émaner de son corps et l'envelopper. Sa respiration s'arrêta lorsqu'elle sentit son souffle effleurer ses cheveux.

Reprends-toi, Jade ! se réprimanda-t-elle. *Il se tient simplement derrière toi. Pas de raison de s'emballer.*

Elle tourna la tête pour le regarder, tendant le cou, car il la surplombait. Il lui jeta un bref regard, puis guida sa main pour qu'elle se pose à plat contre le centre de la porte.

Une légère pression contre sa paume la fit sursauter, la faisant bondir contre son torse dur.

Théo grogna doucement derrière elle, puis appuya plus fermement sa main sur la porte.

Elle sentit la douce pression sur sa paume une fois de plus et lutta contre l'envie de retirer sa main.

Un petit tintement retentit quelque part près de la poignée, et Théo guida sa main pour qu'elle s'enroule autour du métal incurvé de la poignée. Un second tintement retentit juste avant qu'elle n'entende le cliquetis d'un lourd verrou.

Théo lâcha sa main et s'éloigna d'elle.

Une légère brise refroidissait son dos à présent exposé, et elle était désolée de ne plus ressentir sa chaleur.

Il lui fit signe de toucher une nouvelle fois la poignée de la porte. Elle s'exécuta, la poignée la reconnut et se déverrouilla.

Elle sentit le soulagement l'envahir. *Il m'a donné accès à la porte !*

Lorsque Jade tint la poignée et sourit à Théo, il sembla mal à l'aise, jetant des coups d'œil autour d'elle jusqu'à ce qu'il la dépasse et pousse la lourde porte vers l'intérieur.

— Oh, oui. Désolée, dit Jade d'un air penaud, se sentant idiote de ne pas avoir essayé d'ouvrir la porte.

Alors que Théo l'introduisait dans l'intérieur faiblement éclairé, elle étudia l'épaisseur de la porte et un mauvais pressentiment s'empara d'elle. Elle aurait pu la déverrouiller, mais elle doutait pouvoir la pousser.

Au début, elle pensait que la porte avait été fabriquée dans du bois. En regardant une coupe transversale, cependant, elle vit que le matériau ressemblant à du bois n'était qu'un placage. Le milieu de la porte était en métal gris foncé. Au lieu d'un seul verrou près de la poignée, de nombreux verrous et loquets couraient le long de la porte et du cadre. Une fois verrouillée, elle serait impénétrable.

Elle se déverrouille pour moi. Elle se déverrouille pour moi, se répéta-t-elle, essayant de se rappeler qu'elle ne serait pas enfermée à l'intérieur.

Au fur et à mesure qu'ils avançaient dans la maison, une lumière douce commença à éclairer l'intérieur. Les pas de Jade s'arrêtèrent lorsque la pièce devant elle apparut.

L'intérieur de sa maison était aussi glorieux que l'extérieur l'avait été.

La grande pièce ouverte devant elle contenait un salon en contrebas avec une grande cheminée, une cuisine ouverte et une petite salle à manger. Mais ce qui était le plus époustouflant, c'était le fait que les murs et le plafond formaient un grand dôme de verre, offrant une vue imprenable sur le paysage et le ciel. L'extérieur de la façade du bâtiment devait être le seul côté à travers lequel on ne pouvait pas voir.

La maison surplombait une plage en forme de croissant, couverte de sable noir brillant. Les lunes montantes flottaient doucement sur l'eau scintillante.

Des bulles de verre de différentes tailles flottaient doucement à l'intérieur de la maison, apportant un éclairage chaleureux. Certains se rassemblaient autour de grandes plantes en pot, et Jade se demandait si les lumières étaient capables de dériver là où elles étaient nécessaires. En jetant un coup d'œil au-dessus d'elle, elle s'aperçut que quelques bulles de verre flottaient en fait à quelques mètres au-dessus d'eux, leur fournissant de la lumière.

Théo la poussa à avancer d'une main douce sur son dos. Jade se tordait le cou pour englober le plus de détails possibles tout en se laissant guider à travers les nombreuses pièces de la maison.

Alors qu'il lui faisait traverser des pièces tout aussi exceptionnelles les unes que les autres, elle dut admettre que Théo avait bon goût. Ils marchaient dans sa maison depuis un moment maintenant, et tout ce qu'elle avait vu lui plaisait. Théo désigna une porte au bout du couloir et fit un geste vers lui-même.

— C'est ta chambre.

Elle hocha la tête. Elle se demandait pourquoi il ne voulait pas qu'elle en voie l'intérieur. Était-elle en désordre ? L'état du reste de la maison lui faisait penser que non.

Désignant une porte en face de la sienne, il lui fit signe.

Sa porte et la sienne ne devaient pas être éloignées de plus de trois mètres.

— Nous sommes donc voisins, dit-elle maladroitement en faisant un geste entre leurs deux pièces.

Théo jeta un regard en direction de sa porte à lui avant de se pencher devant elle et d'ouvrir sa porte à elle. Cette pièce, comme toutes les autres, était magnifique.

Le dôme en verre qui s'étendait de ce côté de la maison lui offrait une vue complète sur la forêt sombre qui s'étendait au-delà. Près de quatre mètres de terrain avaient été dégagés entre la maison et la ligne d'arbres de la forêt, permettant à un large rayon de soleil déclinant de mettre en valeur le sol moussu.

Jade dut s'empêcher de planifier mentalement le jardin parfait pour cet endroit ensoleillé. *Je ne vais pas rester très longtemps.*

Un lit confortable, assez grand pour cinq personnes, était situé en face d'une autre cheminée rougeoyante. En soupirant, elle s'imagina s'allonger dans le lit confortable et s'endormir. La beauté de la maison de Théo l'avait temporairement distraite de son épuisement et de sa faim. Pour ponctuer sa pensée, son estomac émit un fort grondement.

Il jetait déjà un coup d'œil à son estomac quand elle se retourna pour demander :

— Tu aurais quelque chose à manger ?

Elle agrippa son ventre, puis désigna sa bouche, tentant de mimer ses besoins.

Il hocha la tête et lui fit signe de le précéder vers la porte, mais s'arrêta en voyant qu'elle ne bougeait pas.

Quand Jade s'était vue dans le miroir plus tôt après avoir enfilé la robe verte, elle avait dû admettre qu'elle était sexy. Sur Terre, elle était considérée comme en surpoids, et bien qu'elle soit jolie, les hommes ne la remarquaient pas assez souvent pour qu'elle se considère comme sexy.

En voyant l'expression de Théo quand il l'avait aperçue pour la première fois, elle avait compris qu'il la trouvait vraiment sexy. Si la bosse dans son pantalon était un indicateur de son attirance pour elle, alors il devait la trouver carrément magnifique.

— La triste vérité sur le fait d'être aussi belle, c'est que ça peut être inconfortable, dit-elle en désignant sa robe. Les Clecaniens ont la technologie médicale la plus avancée de l'univers, mais les belles chaussures font mal sur toutes les planètes, visiblement.

Jade aurait voulu se changer et se mettre à l'aise. Quelque chose dans la maison de Théo lui donnait envie de s'installer dans un endroit douillet près d'un feu, de se blottir sous une couverture et de s'endormir.

Comment lui faire comprendre ce que je veux ? Remarquant une commode le long du mur, elle s'y dirigea et ouvrit un tiroir. Comme elle l'avait supposé, il était vide. Elle désigna le tiroir vide, puis sa robe. En tirant sur le tissu, elle mima de façon théâtrale le fait d'être mal à l'aise.

Son regard noir lui indiqua qu'il était offensé par ce qu'elle avait fait. Il pensait peut-être qu'elle lui reprochait de ne pas lui avoir fourni de vêtements. Elle s'approcha lentement de lui et tendit la main pour tirer sur le bas de sa chemise souple. Elle se montra ensuite du doigt.

Lui arrachant la chemise des mains, il tourna les talons et quitta la pièce.

— Super ! dit-elle en levant les bras au ciel. Je l'ai encore énervé.

Ne sachant pas quoi faire d'autre, elle commença à explorer sa chambre. Deux portes étaient placées de chaque côté de la cheminée. Un dressing vide se trouvait derrière l'une d'elles. Derrière l'autre, elle trouva une salle de bain petite, mais élégante contenant une grande cuvette lisse – il devait s'agir de toilettes – ainsi qu'un grand coin arrondi. Des centaines de petits trous tapissaient le plafond et les murs de l'alcôve, et elle devina qu'il s'agissait d'une zone de nettoyage haut de gamme.

Jade gémit, se demandant si son bain de l'après-midi serait le dernier qu'elle prendrait avant un certain temps.

Même une douche tiède semblait préférable à la mousse dissolvante frustrante à laquelle elle avait dû s'habituer.

Asivva avait eu raison sur les déceptions présentées par certaines avancées technologiques. Cette mousse était merveilleuse et pouvait être utilisée pour tout, pour le corps, la bouche ou les dents. Zikas l'avait regardée étrangement quand elle avait demandé une brosse à dents le premier soir. Mais la mousse ne pourrait jamais rivaliser avec le luxe de se glisser dans un bon bain chaud.

Le temps qu'elle finisse dans la salle de bain et utilise un grand pilier avec un bec pour se laver les mains avec de la mousse, Théo était revenu. Il attendait dans sa chambre avec des habits à la main. Elle prit les vêtements dans ses mains tendues et attendit qu'il quitte la pièce. Voyant qu'il ne bougeait pas, elle le chassa d'un geste.

Il inclina la tête en réponse à ce geste, mais finit par partir, la mine renfrognée.

Elle referma la porte derrière lui et tenta de défaire les lacets serrés dans le dos de sa robe. Le temps qu'elle y parvienne, elle était en sueur.

Théo lui avait laissé une chemise soyeuse rouge foncé et un pantalon noir souple. La chemise lui arrivait à mi-cuisse et le décolleté pendait si librement qu'elle devait se rappeler de ne se pencher sous aucun prétexte, sans quoi elle risquait d'exhiber ses seins nus.

La culotte qu'on lui avait fournie était faite d'un tissu étrangement épais, et bien qu'elle en soit reconnaissante, elle se demandait pourquoi les femmes d'ici ne portaient pas de soutien-gorge.

Jade fit tout ce qu'elle put pour empêcher le pantalon souple de tomber, mais elle eut beau le rouler, il continuait de glisser le long de ses jambes.

Il a peut-être une ceinture que je peux emprunter. Passant la tête par la porte, elle jeta un coup d'œil autour d'elle, espérant lui demander quelque chose pour faire tenir le pantalon. Il était introuvable.

Une délicieuse odeur l'accueillit, et son estomac gargouilla avec plus d'insistance.

— Après tout, c'est mon mari. Je suppose qu'il peut voir mes jambes.

Elle emprunta le couloir, se dirigeant vers la cuisine. Elle vit Théo penché sur le coin d'un îlot en pierre violette polie qu'elle n'avait pas remarqué auparavant. Comme elle se rapprochait, il se redressa et prit un verre épais rempli d'un liquide ambré. Lorsqu'elle fut à proximité de lui, elle s'arrêta. Il descendit le verre, puis se tourna vers elle.

Ses yeux s'agrandirent quand il vit ses jambes nues. Le verre qu'il tenait se brisa.

Des éclats tombèrent tout autour de ses pieds nus. Sans bouger, Théo passa son bras musclé autour de la taille de Jade et la souleva jusqu'à ce qu'elle soit écrasée contre son torse. Il tourna sur place et l'assit sur l'îlot. Jade s'empressa de faire descendre sa chemise sur ses cuisses.

Pourquoi a-t-il fait ça ? Pendant un moment, elle avait pensé que les raisons qui l'avaient poussé à agir étaient de nature plus passionnelle.

À présent, en le regardant examiner ses pieds, elle avait l'impression qu'il avait voulu éviter qu'elle ne soit blessée par les éclats de verre. Une petite partie d'elle avait été ravie par sa soudaine démonstration d'attirance, mais maintenant qu'elle le regardait soulever et tourner soigneusement ses pieds dans sa grande main, un sentiment de chaleur l'envahissait.

Il avait peut-être l'air d'un tatoueur enthousiaste et en colère la plupart du temps, mais il montrait un côté attentionné auquel elle ne s'attendait pas.

Pourquoi avait-il cassé le verre en premier lieu ? Était-il en colère de la voir dans sa chemise ? C'était peu probable, puisqu'il avait essayé de la protéger des éclats dès qu'ils étaient tombés. Il n'arrivait peut-être pas à gérer sa force. Pour ce qu'elle en savait, il pourrait très bien utiliser des centaines de verres par mois.

Après s'être assuré qu'elle n'était pas blessée, il fouilla dans sa poche arrière et en sortit un rectangle noir et fin. En silence, il appuya sur quelques boutons argentés, puis le remit dans sa poche.

Un faible bourdonnement retentit derrière elle. En jetant un coup d'œil par-dessus son épaule, elle vit qu'un petit appareil ressemblant à un aspirateur était apparu de nulle part et se dirigeait vers eux.

— C'est vraiment pratique. Tu sais, je…

Jade s'interrompit en se retournant vers Théo et vit que ce dernier avait les yeux rivés sur ses jambes.

Il était très proche d'elle à présent. Ses poings serrés reposaient sur le comptoir de chaque côté d'elle. Assise à cette hauteur, sachant qu'il était courbé, elle arrivait presque au niveau de ses yeux.

Jade s'éclaircit la gorge. Théo leva les yeux vers les siens, lentement, sans hésitation. Il essaya de passer sa main sur son visage et grimaça. Des traces de sang rouge coulaient sur son poignet depuis sa paume.

Jade poussa un petit cri en attrapant sa main pour l'examiner. Des éclats de verre sortaient de sa paume. Le sang s'était accumulé sur le comptoir où il avait posé son poing.

— Pourquoi tu ne t'es pas occupé de ça ? Ça doit faire un mal de chien, dit-elle en arrachant un petit morceau de verre de son doigt et en le laissant tomber sur le sol pour que la machine le nettoie.

Théo l'observait alors qu'elle tentait de retirer le verre de sa main sans trop de douleur. Elle grimaça de compassion en retirant de sa paume un éclat profondément enfoncé.

Théo ne broncha pas une seule fois. En fait, elle trouva qu'il avait l'air… calme. Ses paupières étaient semi baissées, ses épaules détendues et sa respiration était lente et régulière.

Elle lui lança un regard perplexe.

— Tu aimes la douleur ou quoi ? Tu es masochiste ?

Comme il ne répondait pas, elle continua :

— Parce que moi, je n'aime pas avoir mal. Je pleurerais comme un bébé à ta place. Pourquoi avoir cassé ce verre, hein ? Tu ne connais pas ta propre force ?

Sachant qu'il ne pouvait pas la comprendre, Jade avait commencé à se parler plus à elle-même qu'à lui.

— Comment me suis-je mise dans cette situation ? dit-elle distraitement. Un jour, je suis chez moi en train de regarder des films, et le lendemain, je me retrouve assise, à moitié nue, sur un plan de travail à quelques centimètres de l'homme le plus sexy que j'aie jamais vu.

Le dernier morceau de verre sorti, Jade prit un chiffon à proximité et commença à essuyer le sang.

— Je ne comprends pas pourquoi tout le monde a si peur de toi, babilla-t-elle. Je veux dire, bien sûr, tu regardes tout le monde comme si tu voulais leur arracher la tête, mais ça fait des heures que tu me regardes comme ça et tu n'as rien fait de cruel.

Jade rangea le torchon et examina l'une des marques noires qui s'enroulaient autour de son poignet.

— Ces marques… soupira-t-elle en les traçant du bout du doigt. J'aimerais les lécher, dit-elle avec un sourire coquin.

Théo s'approcha et dit d'une voix grave, dans un grondement :

— C'est vrai ?

16

Les yeux de Jade s'écarquillèrent sous le choc et le rose lui monta aux joues.

— Qu… quoi… tu…

— Je suis curieux de savoir ce qu'est un « ma-so-chiste ». Ce mot n'a pas été traduit.

— Tu peux me comprendre ? lâcha-t-elle.

— J'ai mis à jour mon traducteur pendant que tu te changeais.

Théo regarda de nouveau ses longues jambes pâles.

Le trajet jusqu'à sa maison avait été une torture. Son parfum avait submergé ses sens dans cet espace exigu. Pour s'empêcher de se jeter sur elle et de s'enfouir profondément dans son corps si tentant, il avait dû se concentrer sur sa colère.

Ce devait être une espionne. Envoyée pour une raison infâme. Il n'allait pas laisser cette femelle prendre le dessus sur lui. Mais ensuite… elle lui avait jeté un regard chaud comme la braise.

Il n'avait rien compris à ce qu'elle avait dit, et pourtant elle avait continué à parler, à le chercher. Sa voix était devenue sulfureuse en le fixant. Si le véhicule n'était pas arrivé à destination et si elle n'était pas sortie si vite… Il n'était pas sûr de ce qu'il aurait fait.

Il s'était juré que dès qu'il aurait un moment seul, il mettrait à jour son traducteur, à son insu, et apprendrait d'elle tout ce qu'il pourrait.

Théo n'aimait pas échouer, et pourtant il s'était trahi. Moins de dix minutes après avoir mis à jour son traducteur, il avait dévoilé son jeu. Il avait trouvé étrange qu'elle demande des vêtements, mais n'avait pas vu le mal qu'il pouvait y avoir à la satisfaire.

Baissant les yeux sur sa main ensanglantée, il nota qu'il devait se rappeler de ne pas la sous-estimer à nouveau. À la minute où elle était sortie en portant sa chemise, son esprit avait vacillé. Son odeur enivrante s'était mélangée à la sienne, il s'était demandé si elle sentait aussi bon après une bonne baise.

Lorsqu'il avait vu ses jambes nues et qu'il avait pensé à la facilité avec laquelle il aurait pu glisser sa main sous sa chemise ample, il avait complètement perdu la tête et brisé son verre.

Celui qui l'avait engagée avait bien choisi. Ses manières et ses réactions semblaient authentiques.

— Pourquoi tu ne m'as pas parlé plus tôt ? dit-elle en reprenant son calme.

— Tu parlais assez pour nous deux, mentit-il. Et j'étais intrigué par ce que tu disais.

Il lui attrapa le derrière et la fit glisser sur le comptoir si rapidement que ses jambes s'écartèrent. Rapidement, il se plaça entre elles.

Elle bafouilla et essaya de s'éloigner. Il l'attira plus près, frottant ses hanches contre elle. Il fut déçu de voir qu'elle n'était pas complètement nue sous sa chemise.

— Qu'est-ce qu'il y a, ma chérie ? lui dit-il à l'oreille. Ce n'est pas ce que tu voulais ?

Sa voix vacilla quand elle dit :

— Je, euh, n'ai pas dit que je… Euh, non.

Sa tige était douloureuse maintenant qu'il se frottait contre elle avec plus de ferveur. Une odeur divine se dégageait d'elle, mais il ne pouvait pas en identifier la provenance. Était-ce encore l'odeur de sa peur ?

Elle se tortilla davantage, essayant de s'éloigner. Il lui adressa un sourire coquin.

— Si tu te trémousses encore, je vais jouir ici même.

Elle se figea à ce moment-là.

— Tu ne peux pas faire ça. Pas si je dis non.

Il se disait qu'il continuait à la tenir pour la déstabiliser et entendre son aveu de culpabilité. Il ne voulait pas s'avouer cette faiblesse, mais, en vérité, s'éloigner d'elle après l'avoir sentie ainsi n'était pas quelque chose qu'il était sûr de *pouvoir* faire.

— Il y a une minute, tu disais vouloir lécher mes cicatrices, dit-il en la regardant d'un air renfrogné. Qu'est-ce qui a changé ?

— Tes cicatrices ? Tu veux dire tes tatouages ?

Elle essaya à nouveau de s'éloigner, et cette fois, il la laissa faire.

— Je ne savais pas que tu me comprenais ! couina-t-elle.

Elle sauta du comptoir et s'éloigna de lui.

— Je ne faisais que déblatérer. Je fais ça quand je suis nerveuse.

— Je pense, commença-t-il en s'approchant d'elle, que tu savais que je pouvais te comprendre et que tu voulais que je pense que tu es attirée par moi.

— Quoi ? Pourquoi ferais-je ça ?

Jade continua à reculer.

— Ça fait partie du jeu auquel tu joues, j'en suis sûr.

La rage bouillonnait en lui, sachant que ce personnage qu'elle avait endossé fonctionnait sur lui comme un charme.

— Qui t'a envoyée ? aboya-t-il, la faisant sursauter.

Un parfum doux-amer se dégageait d'elle, le rendant encore plus confus. Était-ce l'odeur de sa peur ?

— Qui m'a envoyée ? demanda-t-elle, tendant la main devant elle de manière protectrice.

— Qu'est-ce que tu essaies de faire ? Me tuer ? Me voler quelque chose ?

Jade recula dans un coin sans s'en rendre compte.

— Personne ne m'a envoyée. J'ai été enlevée de ma planète, espèce de psychopathe !

— Mensonge ! rugit-il en se jetant sur elle.

Elle essaya de l'esquiver, mais il la coinça. Elle tenta de lui griffer le visage avec ses petits ongles, mais il attrapa facilement ses mains et les plaça au-dessus de sa tête. Tenant ses poignets d'une main, il la plaqua contre le mur.

— Celui qui t'a envoyée doit être stupide et toi aussi.

Elle le regardait d'un air noir pendant qu'il parlait.

— Je ne goberai jamais que tu m'as choisi par hasard parce que tu me trouvais *sexy*.

Il prononça ce mot avec un grognement.

Elle laissa échapper un soupir exaspéré, ses yeux devenant vitreux. Allait-elle pleurer ? Ses tripes se contractèrent et il dut réprimer l'envie de la libérer et de la consoler.

— Eh bien, je le trouvais ! Je regrette ma décision maintenant. J'aurais dû faire confiance aux autres femmes. Elles avaient toutes l'air terrifiées par toi, et maintenant je sais pourquoi !

— Dis-moi juste pour qui tu travailles et je te laisserai partir.

— Personne ne m'a envoyée !

Sa voix se brisa et elle se tordit les poignets violemment pour s'échapper. Si elle n'arrêtait pas, elle allait se faire mal.

Théo lâcha un cri de frustration, puis prit Jade sur son épaule et bondit dans le couloir vers sa chambre. Une fois à l'intérieur, il la jeta sur le lit.

Elle s'enfuit en courant.

D'un ton dégoulinant de venin, il dit :

— Très bien. Je vais jouer ton jeu. Te traiter comme une épouse. On va voir combien de temps tu vas tenir.

Il se dirigea vers la porte et, avant de partir, ajouta :

— Je possède des kilomètres de terrain dans toutes les directions. Si tu cours, je te poursuivrai. J'aime la chasse, mais tu n'aimeras pas ce qui arrivera si je t'attrape.

Il claqua la porte en partant.

17

on. Mais. Sérieusement ?

Pour qui se prenait-il ? À présent qu'il était parti, Jade avait le temps de repasser leur conversation dans son esprit. Elle avait été si décontenancée et confuse lorsqu'il l'avait accusée d'être une espionne qu'elle ne s'était pas défendue. Maintenant qu'elle avait repris ses esprits, elle était folle de rage.

Elle eut un petit rire, se rappelant le commentaire de Zikas. *« Il existe probablement peu de mâles aussi bons que Théo »,* *mon cul ! C'est un psychopathe paranoïaque !*

Quand il l'avait attrapée et attirée contre elle sur le comptoir, la partie logique de son esprit s'était rebellée. C'était un alien et elle ne le connaissait pas du tout. Elle était aussi incroyablement gênée qu'il ait compris ce qu'elle avait dit.

Le corps de Jade, cependant, avait réagi à lui comme il n'avait jamais réagi à un homme auparavant. Au début, il avait été séduisant. Agressif, mais séduisant. Il l'avait appelée « ma chérie » et lui avait chuchoté des choses à l'oreille. Quand il s'était frotté contre elle, elle était devenue humide et avait presque renoncé à lutter.

Puis il avait changé. Elle l'avait vu dans ses yeux. Quoi qu'elle ait dit, cela l'avait poussé à tomber le masque et à se déchaîner.

Dans quel monde pourrais-je être une espionne ? pensa-t-elle, furieuse. Jade avait toujours été une terrible menteuse. Une tête brûlée aussi. Elle disait souvent des choses dans le feu de l'action qu'elle regrettait ensuite.

Elle ne pouvait même pas simuler un orgasme correctement. Un petit ami qu'elle avait eu sur Terre l'avait larguée à cause de son manque d'enthousiasme au lit.

L'idée qu'elle soit une femme fatale complotant contre le géant cracheur de feu d'à côté était risible.

Il n'y avait pas de verrou sur la porte de sa chambre. Jade plaça donc une chaise sous la poignée et se coucha sur le lit. Elle repensa à leur dispute dans la cuisine. *Les marques… Ce sont ces cicatrices dont tout le monde parlait ? Tout le monde les déteste donc ? Pourquoi ?*

Jade se souvint du regard étrange du médecin lorsque Jade avait demandé à conserver son tatouage.

Comment pourraient-elles être des cicatrices ? Les motifs étaient si complexes et délibérés. Beaucoup d'autres aliens qu'elle avait rencontrés avaient des marques, mais les leurs étaient blanches ou couleur or clair. Était-ce la couleur de celles de Théo qui les rendait si peu attrayantes aux yeux des autres ?

— Stupide trou du cul d'alien sexy ! marmonna-t-elle en colère.

Ces trois mois allaient être difficiles.

Et qu'avait-il voulu dire quand il avait dit qu'il jouerait le jeu ?

On frappa un grand coup quelque part.

— Laissez-le sur le porche ! cria-t-elle, groggy.

Une voix profonde et grave dit :

— Laisser quoi ?

Jade se redressa dans le lit et prit conscience de ce qui l'entourait. Ce n'était pas un mauvais rêve. C'était vraiment en train de se passer.

Un craquement fort retentit, la faisant sursauter et remonter les couvertures jusqu'à son menton.

Théo franchit la porte, dévisageant les restes d'une chaise en bois.

Merde, ce gars est fort. Sa mâchoire se contracta et il regarda Jade.

— Tu as bien dormi ?

— Qu'est-ce que ça peut te faire ?

Jade lui jeta un regard noir.

Pinçant les lèvres, il répondit :

— Je suis ton mari et je dois donc m'occuper de toi.

— Quel mari, marmonna-t-elle.

— Le petit-déjeuner est prêt.

— Tu l'as empoisonné ? fit-elle d'un ton sarcastique.

— Non, grinça-t-il entre ses dents serrées. J'ai réalisé que tu n'avais pas dîné hier soir après…

— Que tu m'as accusée d'être une espionne et d'utiliser ma féminité pour te séduire et te bercer d'un faux sentiment de sécurité ? acheva-t-elle.

— Notre discussion, corrigea-t-il. Après notre discussion.

Jade renifla.

— J'adorerais te voir *discuter* de tes problèmes avec Zikas.

Un muscle se contracta dans sa mâchoire, témoignant d'une colère croissante.

— Je suis venu te dire que le petit-déjeuner est prêt. Tu peux descendre toute seule ou je peux te porter. C'est toi qui décides.

— Tu ne peux pas…

Elle commença à argumenter, mais s'arrêta quand il fit un pas vers elle.

— Bon ! Très bien ! Je descends dans une minute.

Théo quitta la pièce sans un mot.

Jade se rendit dans la salle de bain pour ôter toute trace de sommeil de son visage, tout en râlant à propos de Théo.

— *Je t'ai préparé le petit-déjeuner.* Que voulait-il ? Pourquoi être soudain civilisé ?

Jade n'était pas du matin. Elle était un oiseau de nuit et était souvent grincheuse au réveil. Ce matin-là était particulièrement compliqué, car elle n'avait pas beaucoup dormi la nuit précédente.

Après les disputes, Jade avait la mauvaise habitude de ruminer. Elle repassait la scène en boucle dans sa tête en cherchant ce qu'elle *aurait dû* dire ou faire.

Lorsqu'elle s'était finalement endormie la nuit précédente, son subconscient perfide l'avait fait rêver d'ébats torrides dans des cuisines avec un alien exaspérant. Plus d'une fois, elle s'était réveillée au bord de l'orgasme.

Elle était sexuellement frustrée, fatiguée, affamée et énervée. Théo avait intérêt à la ménager.

En entrant dans le salon, elle l'aperçut à travers les fenêtres et gémit. Il s'étirait torse nu dans le patio. La douce lumière du soleil matinal soulignait chaque muscle qui se contractait.

— Pourquoi fallait-il que tu sois taré ? soupira Jade en le regardant d'un air appréciateur. On aurait pu tellement s'amuser.

Théo se retourna comme s'il avait senti qu'elle le regardait. Elle détourna les yeux et commença à marcher d'un pas nonchalant vers la cuisine. Tournant sur place, elle fixa le sol.

Elle se tenait pile à l'emplacement de l'îlot de pierre, sauf que la zone était vide. Son estomac gronda et elle décida de résoudre l'affaire de l'îlot manquant plus tard.

Lorsqu'elle atteignit la petite table à manger placée devant les fenêtres, elle trouva une multitude d'assiettes de nourriture d'apparence étrange et une boisson fumante qui sentait légèrement le sucré.

Elle ne l'avait pas entendu entrer et elle sentit soudain qu'il se tenait derrière elle. Serrant les dents, elle pria pour qu'il ait mis une chemise.

— Je ne savais pas ce que tu aimais, alors j'ai sorti plusieurs choses différentes, dit-il doucement derrière elle.

— Pourquoi es-tu gentil tout d'un coup ? demanda-t-elle d'un ton las.

— Je te l'ai dit. Je vais jouer le jeu. Tu es mon épouse. Je suis ton mari. C'est ce que font les maris.

Jade se retourna pour le regarder avec méfiance. *Dieu merci, il a mis une chemise.* Elle était tellement excitée et frustrée par sa nuit blanche qu'elle aurait pu être tentée de lui sauter dessus s'il était arrivé nu et en sueur.

— Alors quoi ? Tu vas me traiter correctement à partir de maintenant ? Après la façon dont tu m'as terrorisée la nuit dernière ? Tu t'attends à ce que j'oublie tout ça ?

Croisant ses bras sur sa poitrine, il rétorqua :

— Je n'ai pas dit ça. Je te traiterai comme une épouse, mais je te surveillerai de près. Si tu es une espionne, tu n'auras pas ce que tu es venue chercher. Si tu n'es pas une espionne, tu passeras trois mois sans histoire avec moi.

Il haussa les épaules et ajouta :

— Hier, c'était… inattendu. Je me suis mal comporté et je te présente mes excuses.

Jade n'était pas convaincue.

— Qu'est-ce qui te fait penser que je pourrais être une espionne ?

— Le fait que tu te tiennes dans ma maison en tant qu'épouse est une preuve suffisante pour le moment. S'il y en a d'autres, je les trouverai.

Jade roula des yeux :

— Donc en d'autres termes, rien. Tu n'as rien. Ce qui signifie que tu n'es qu'un alien paranoïaque et que j'aurai le plaisir d'être le sujet de ta paranoïa pendant les prochains mois. Super.

En ayant visiblement assez de leur conversation, il déclara :

— Je vais aller courir. Je serai bientôt de retour.

— Tu n'as pas peur que je fouille dans tes affaires en ton absence ? Que je communique avec mes contacts en utilisant mon appareil de communication inexistant ? plaisanta Jade.

Tout ce que Théo dit avant de partir fut :

— Je le saurai si tu le fais.

***

Cebo bondit dans les jambes de Théo avec excitation lorsqu'il entra dans la petite maison d'hôtes en forme de dôme.

En s'accroupissant, il dit :

— Désolé de devoir t'enfermer ici.

Il le gratta derrière les oreilles.

— Les femelles n'aiment pas avoir d'animaux dans leur maison. Tu veux aller courir avec moi ? J'ai besoin de me vider la tête.

Cebo aboya sa réponse et sortit de la maison, Théo sur les talons.

Théo évitait les arbres et les branches mortes tandis qu'il courait à travers la forêt. Courir l'aidait à se vider l'esprit et il en avait bien besoin en ce moment.

Son dernier plan, laisser Jade s'incriminer, n'avait pas du tout fonctionné. Il s'était aperçu qu'il était incapable de contrôler ses réactions en sa présence, ce qui était très inquiétant.

Non, il devait aborder ce problème différemment. Elle n'était pas farouche, c'était certain. Malgré lui, il admirait son courage.

La façon dont il lui avait parlé la veille au soir aurait poussé beaucoup de mâles à se recroqueviller de peur et à lui dire tout ce qu'il voulait savoir. En fait, une poignée de mâles malchanceux avaient fait exactement ça face à sa rage.

La douleur la ferait probablement parler. Il rejeta cette idée. *Je ne pourrais pas faire de mal à une femelle. Jamais.*

L'affamer ?

Non.

L'enfermer ?

Non.

Il ne pouvait utiliser aucune des méthodes d'extraction d'informations qu'il avait l'habitude d'utiliser. La frustration le fit accélérer. Cebo était à la traîne.

Ce qu'elle avait dit ce matin-là était vrai. Il n'avait aucune preuve réelle qu'elle était une espionne. Il devait s'en souvenir et ne pas laisser ses émotions erratiques la punir plus qu'elle ne le méritait.

Repenser à ses réponses, à ses accusations la veille au soir le fit réfléchir. Elle prétendait avoir été enlevée sur Terre et amenée là directement. D'après ce qu'il avait pu comprendre, elle agissait également comme si tout ce qu'elle vivait depuis qu'elle était arrivée lui était étranger.

L'expression d'émerveillement sur son visage lorsqu'elle était entrée dans sa maison aurait été difficile à inventer. Elle avait regardé avec incrédulité des objets basiques auxquels il n'avait jamais accordé grand intérêt.

Il devait s'assurer de la placer dans des situations qui la surprendraient et l'obligeraient à laisser tomber le masque, si masque il y avait.

Il s'arrêta en souriant lorsqu'une idée lui vint.

Pour maintenir cette ruse, elle devrait prétendre avoir peu de connaissances sur le comportement d'un mari et d'une épouse. S'il lui disait, par exemple, qu'un mari était tenu de masser son épouse tous les soirs, elle ne pourrait pas le contredire sans se trahir.

Elle prétendait qu'elle aimait ses cicatrices. Son sexe tressaillit involontairement quand il se rappela qu'elle avait dit qu'elle voulait les lécher.

S'il entrait suffisamment en contact avec elle, son dégoût se ferait sûrement sentir et elle devrait admettre qu'elle avait menti en disant qu'elle le trouvait attirant.

Il avait besoin de plus, cependant. Il devait s'assurer qu'elle ait suffisamment envie de lui échapper pour tout avouer.

Ravi d'avoir enfin rattrapé son retard, Cebo lécha toutes les parties de Théo qu'il pouvait atteindre.

Jetant un coup d'œil à Cebo et affichant un large sourire, il dit :

— Je pense que je vais commencer par toi.

Jade avait passé la matinée à explorer la maison. En plus des pièces que Théo lui avait montrées la veille, elle avait trouvé une salle de sport qui semblait peu utilisée. Jade s'était demandé ce que faisait Théo pour rester en si bonne forme, s'il ne soulevait pas des poids.

Elle avait aussi trouvé quelques chambres supplémentaires de l'autre côté de la maison. Pendant un instant, elle s'était sentie heureuse de savoir que Théo avait choisi pour elle la chambre d'amis la plus proche de la sienne plutôt que de l'autre côté de la maison.

Sa joie avait été de courte durée lorsqu'elle avait réalisé qu'il avait probablement fait ça pour la surveiller plutôt que parce qu'il voulait être proche d'elle.

Jade se promena dans le reste de la maison, perplexe quant à ses propres réactions face à Théo. Sur Terre, sa thérapeute lui avait fait comprendre qu'elle avait tendance à exclure les gens dès qu'ils faisaient un faux mouvement. Elle avait appelé ça « claquer la porte ». Jade avait compris, après des semaines d'autoréflexion douloureuse, qu'elle avait « claqué la porte » à de nombreuses personnes, souvent pour des raisons stupides.

Annie, qui était sa meilleure amie depuis le collège, avait annulé un voyage en Floride qu'elles avaient prévu et Jade avait réagi de façon extrême. Elle avait accusé sa pauvre amie de faire passer son petit ami avant leur amitié et avait coupé les ponts avec elle.

Garder les gens à distance et refuser les attaches émotionnelles était le défaut de Jade. Alors pourquoi n'agissait-elle pas de la sorte avec Théo ? Il lui avait donné une multitude de raisons valables de lui tourner le dos, mais elle ne l'avait pas fait. Au contraire, la moindre preuve de gentillesse de sa part la faisait vaciller sur ses genoux.

Jade atteignit la dernière pièce qu'il lui restait à explorer et son inquiétude s'évanouit. La pièce ne contenait qu'un bain massif. Une salle de bain au sens propre. Cela lui fit penser aux anciens bains publics, mais en plus petit. Le sol et les murs de la pièce étaient recouverts de pierres bleu foncé veinées d'or.

Le plafond était finement carrelé pour ressembler au ciel nocturne. Des pierres dorées scintillantes, éparpillées au plafond, brillaient dans la faible lumière et de minuscules bulles lumineuses flottaient près du plafond, donnant l'impression que des étoiles planaient dans la pièce. De la vapeur s'élevait du bain noir comme de l'encre, rendant la pièce entière brumeuse et onirique.

Jade décida à ce moment-là qu'elle passerait une quantité de temps phénoménale dans cette pièce. C'était sa préférée, et de loin.

— C'est beau, n'est-ce pas ? fit une voix rauque derrière elle.

Jade sursauta et se retourna.

— Tu devrais vraiment porter une clochette, dit-elle, la main sur le cœur.

— Je dois te parler de quelque chose. Tu veux bien venir avec moi ?

Il portait toujours une chemise, mais le tissu était trempé de sueur et collait à sa musculature impressionnante. Elle reluqua le haut de son corps, se demandant si ce spectacle était préférable ou non à celui de Théo sans chemise. Il était certainement plus alléchant.

— Alors ? fit-il avec impatience.

Jade détourna les yeux de son torse.

— Oui. Bien sûr.

Il tourna les talons et se dirigea vers la grande pièce à l'avant de la maison.

— Bien, commença-t-il lorsqu'ils furent tous deux assis dans le salon. J'ai pensé que ce serait le bon moment pour que tu rencontres Cebo.

— Qui est Cebo ? fit Jade nerveusement.

— Cebo est mon… notre animal de compagnie.

Ses yeux scintillèrent et le coin de sa bouche se contracta. Quelque chose clochait.

— D'accord, dit-elle lentement.

— Il est de coutume que la femelle de la maison s'attache à l'animal. Tu devras t'assurer de le garder avec toi pendant au moins vingt-quatre heures.

— Quel genre d'animal est-ce ? demanda-t-elle avec appréhension.

Il se délectait de cet échange, ce qui amena Jade à penser que « Cebo » devait être une sorte d'opossum géant dégoûtant à deux têtes.

— Peut-être que c'est mieux si tu le rencontres.

Avant que Jade ne puisse protester, il commença à se diriger vers la porte.

***

J'ai hâte de voir sa réaction. Théo ricanait intérieurement.

Jetant un dernier regard à l'expression de détresse qu'elle arborait, il ouvrit la porte. Cebo le dépassa, détectant une nouvelle personne dans la pièce.

Théo regarda Jade avec une excitation à peine contenue.

— Un chien ! s'exclama-t-elle, et son visage s'illumina d'un large sourire.

Alors que Cebo la chargeait à un rythme qui aurait fait hurler n'importe quelle femelle, Jade tomba à genoux, les bras écartés.

Théo resta bouche bée. Cebo lui léchait le visage ! Il lui mettait de la bave partout ! Toute autre femelle aurait été consternée. Elle aurait exigé que l'animal quitte la maison.

Jade, cependant, était par terre avec Cebo. Elle le câlinait et quand il roula sur le dos, elle lui frotta le ventre, tout en souriant et en lui parlant d'une voix aimante.

— Oh le beau toutou ! Bon chien.

Jade se redressa et le regarda, perplexe.

— Comment peux-tu avoir un chien ? Il y a des chiens sur cette planète ?

— Cet animal n'est pas originaire de cette planète. Je l'ai acheté à un éleveur exotique.

Le seul animal qui avait attiré l'attention de Théo sur le vaisseau du négociant ressemblait à un animal terrien ! Quelles étaient les probabilités ?

— Eh bien, il ressemble beaucoup à un chien, dit-elle en inclinant la tête pour étudier Cebo. Je n'ai jamais vu de chien avec une langue comme ça. Ses yeux sont un peu bizarres aussi. Il est aussi beaucoup plus grand que les chiens normaux, mais il leur ressemble assez.

— Alors, tu l'aimes bien ? croassa Théo.

— Oh, j'adore les chiens, dit-elle sans quitter Cebo des yeux. Quand j'étais petite, on avait toujours au moins un chien à la maison. J'avais prévu d'aller à la fourrière pour en sauver un dans quelques semaines en fait.

— En sauver ?

Elle aime les animaux *et* elle les protège aussi ?

Le sourire de Jade s'effaça.

— Oui. Sur Terre, il y a *des tas* de chiens sans foyer. Les gens ne veulent pas qu'ils se promènent librement dans la rue, alors ils les attrapent et les mettent dans des fourrières.

Si personne ne les adopte au bout d'un certain temps, de nombreux endroits les euthanasient.

— Les euthanasient ? C'est-à-dire ?

Elle plaça une main sur le côté de sa bouche et chuchota comme si elle ne voulait pas que Cebo entende :

— Ils les tuent.

— C'est barbare, cracha Théo.

— Je suis d'accord, mais malheureusement, beaucoup de choses sur ma planète sont assez barbares.

Théo secoua la tête pour essayer de revenir au sujet.

— Ça ne te dérange pas de le garder avec toi ? Tout le temps ?

— Maintenant que je sais qu'il est là, je ne veux surtout pas qu'il s'en aille. Est-ce qu'il peut dormir dans ma chambre ? supplia-t-elle.

Théo poussa un soupir défait.

— Je suppose.

Elle se leva et courut vers les escaliers.

— Viens voir ma chambre, Cebo !

Cebo courut derrière elle avec joie.

Quand elle fut hors de vue, Théo se laissa tomber sur le canapé. Il était déconcerté. La présenter à Cebo était censé l'exaspérer. L'ennuyer au moins. C'était censé être la première étape pour rendre son séjour intolérable.

Elle l'aimait bien. Non, elle l'aimait tout court. Théo se gratta la tête.

Il devait faire plus de recherches sur la Terre. En y repensant, il avait acheté Cebo à un vendeur qui prétendait vendre des animaux « exotiques ». Et si Cebo était similaire à… comment les appelait-elle ? Des chiens ? Il allait de soi que Cebo pourrait être en partie chien. Si le vendeur vendait des choses collectées sur des planètes de classe 4, il était peu probable qu'il divulgue cette information. C'était totalement illégal.

Le lendemain, il demanderait plus d'informations sur la Terre à certains de ses contacts professionnels. Quand il en saurait plus, il ajusterait son plan en conséquence. D'ici là, il continuerait à essayer d'ébranler sa détermination. La voir dans la salle de bain lui avait donné une autre idée.

Avant de mettre cc plan à exécution, il devait d'abord s'attaquer à un autre problème, plus urgent. Il ne pouvait pas la laisser se promener dans la maison en ne portant que sa chemise. Rester concentré était crucial en ce moment. Le fait de voir son décolleté chaque fois qu'elle se penchait lui donnait envie de lui arracher sa chemise.

Elle avait besoin de vêtements.

20

—Je crois que ton maître pensait que je ne t'aimerais pas.

Cebo était allongé sur le lit à côté de Jade. Tout en lui caressant la tête, elle lui parlait doucement.

— Mais comment on pourrait ne pas t'aimer, hein ?

La queue de Cebo heurtait frénétiquement le lit avec un bruit sourd.

— Je n'arrive toujours pas à croire que tu es là, murmura-t-elle en secouant la tête d'étonnement.

Ressentant déjà un attachement anormalement fort pour l'animal, qu'elle réservait aux chiens plutôt qu'aux personnes, Jade se demandait si elle allait pouvoir continuer à rendre visite à Cebo une fois son mariage terminé.

Théo entra dans la pièce sans prévenir. Il portait un cube noir et lisse dans une main et un objet fin, noir et rectangulaire dans l'autre.

— Ça t'arrive de frapper ? fit Jade en faisant descendre sa chemise sur ses cuisses.

Observant ses mouvements, il rétorqua :

— Pas chez moi.

— Chez *nous*, chéri, répondit Jade d'un ton doucereux.

Un froncement de sourcils fut sa seule réponse. Il posa le cube au milieu de la pièce, puis se dirigea vers Jade.

Estimant qu'il valait mieux ne pas être allongée sur un lit alors qu'il était dans sa chambre, elle se leva.

— Tu as besoin de vêtements, dit-il simplement.

Sans blague, Sherlock. Agacée, Jade leva la hanche et fit un geste vers le petit cube.

— Tu les as mis dans cette boîte ?

Il lui glissa le rectangle fin entre les mains.

— Tu peux choisir ce que tu veux avec ça.

Il fit glisser sa main sur le dessus de l'appareil qui s'illumina. Des photos de différents types de vêtements étaient affichées à l'écran. Elle toucha l'image qui ressemblait à une robe, et des photos de diverses robes apparurent.

— Donc, c'est comme une tablette. Et tu veux que je fasse des achats en ligne.

Jade fit défiler les robes et appuya sur une robe courte et fluide qui semblait confortable.

Soudain, le corps d'une femme apparut au centre de la pièce.

Jade fit un bond en arrière, et la tablette lui tomba des mains.

La main de Théo jaillit plus vite que l'éclair et rattrapa l'objet avant qu'il ne touche le sol.

— Attention.

— Désolée. J'ai été surprise par l'apparition du corps sans tête d'une femme dans la pièce. Tu ne peux pas m'en vouloir, quand même ?

En regardant de plus près, Jade vit que la boîte noire sur le sol projetait l'*image* d'une femme. Elle vit également que la projection portait la robe qu'elle avait choisie.

— Oh, cool. Ça montre à quoi ressemble le vêtement sur une personne. C'est intelligent.

— Il montre ce à quoi il ressemblera sur toi, corrigea Théo. J'ai entré tes mensurations dans le programme.

— Tu connais mes mensurations ? demanda Jade, consternée.

Théo répondit le plus naturellement du monde :

— Elles étaient dans ton dossier.

Jade n'avait pas de problème avec son corps. Elle était peut-être un peu plus ronde que l'idéal de beauté de son pays, mais *elle* se trouvait très bien proportionnée. Pour une raison quelconque, cela l'irritait de savoir que Théo savait combien elle pesait.

Pourquoi devrait-elle s'en soucier ? C'était un fou, de toute façon. Qui soufflait le chaud et le froid. Elle n'aurait pas dû se soucier de ce qu'il pensait de son corps.

— Sur Terre, il n'est pas poli de demander aux gens leur poids ou leurs mensurations. Nous sommes sensibles à ce genre de choses, expliqua-t-elle maladroitement.

— Pourquoi ? demanda-t-il, imperturbable.

— Qu'est-ce que tu veux dire par « pourquoi » ?

Elle le regarda et fit claquer sa langue.

— Tu ne comprendrais pas. Je n'ai pas vu une seule personne en surpoids depuis que je suis ici. Vous avez tous des corps parfaits.

Théo promena silencieusement son regard sur son corps. L'intensité de son expression lui donna des frissons.

Elle ne savait pas quoi dire d'autre, alors elle continua à essayer de s'expliquer.

— Tout le monde est différent sur Terre. Certaines personnes sont grosses, d'autres sont minces. Certaines sont musclées, ajouta-t-elle en jetant un coup d'œil à ses bras. Généralement, les gens veulent être minces et en forme.

Elle pinça les lèvres et fronça les sourcils.

— Je pensais que les normes de beauté chez moi étaient irréalistes, mais chaque personne sur cette planète est parfaite, alors je suppose que j'ai juste été paresseuse.

En lui jetant un regard en coin, elle admit :

— Ça me met un peu mal à l'aise de savoir que *tu* sais combien je pèse et que j'ai besoin de perdre du poids, d'accord ? termina-t-elle dans un soupir.

Inclinant la tête, il étudia son corps.

— Tu ne devrais pas perdre de poids, dit-il sans ambages.

— Ouais, c'est ça.

Il tourna son regard de braise vers elle. La voix basse, il gronda :

— Je n'ai senti les douces courbes de ton corps que deux fois, mais ça a été le point culminant de mon année et je ne t'ai même pas encore vue en entier.

À peine avait-il dit cela que la colère s'afficha sur son visage.

Le silence s'installa entre eux alors qu'ils se fixaient l'un l'autre.

Est-ce qu'il regrettait de lui avoir dit ça ? Même si c'était le cas, elle s'en fichait. Elle avait aimé l'entendre. La façon dont il l'avait dit avec une telle conviction. Ses seins étaient devenus lourds et sensibles. Elle avait senti la chaleur envahir son corps.

Théo inspira profondément, ses yeux s'agrandissant.

— Le fonctionnement de cet appareil te semble clair ? demanda-t-il précipitamment.

Avant d'entendre sa réponse, il se dirigea vers la porte.

— En plus de vêtements, tu peux acheter tout ce que tu désires. Ne te préoccupe pas du coût. Je n'ai rien pour toi ici.

Il se retourna sans la regarder dans les yeux.

— Descends à la cuisine quand tu auras fini. Le dîner devrait être prêt d'ici là.

Jade fixa la porte par laquelle il avait disparu longtemps après son départ. Elle dit à Cebo :

— S'il continue à se comporter comme ça, je vais peut-être finir par l'apprécier.

* * *

Ainsi donc, au lieu de s'assurer qu'elle se sente mal à l'aise, il la gratifiait de compliments et l'autorisait à acheter ce qu'elle voulait ? Formidable.

Assis dans sa chambre, Théo fulminait. *Maudite femelle !*

Quand elle avait commencé à parler d'elle en mal, il n'avait pas pu se taire. Les canons de beauté terriens étaient ridicules. Théo ne pouvait pas imaginer qu'un mâle ne salive pas devant elle. Lui bavait clairement.

Finalement, ce qui l'avait poussé à parler, c'était le regard qu'elle avait eu quand elle avait parlé d'elle et s'était comparée aux Clecaniennes. Pendant un moment, il avait cru qu'elle pensait vraiment qu'elle était inférieure à la moyenne. Son instinct lui avait crié de la réconforter et de la convaincre qu'elle se trompait.

En repassant leur échange dans son esprit, il voyait combien il était absurde pour quelqu'un qui lui ressemblait de penser qu'elle devait modifier une partie de son apparence. C'était évidemment de la comédie. Un jeu visant à faire appel à ses propres insécurités.

Théo avait appris autre chose. Le doux parfum qui lui faisait perdre la raison était son excitation, pas sa peur.

La nuit précédente, quand il l'avait véritablement effrayée, il avait identifié l'odeur de sa peur. Elle était douce-amer, plus semblable à ce qu'il aurait attendu. L'idée qu'elle ait été excitée non seulement dans la cuisine, mais aussi pendant le test était plus troublante que l'idée qu'il lui ait fait peur.

À l'instant, dans sa chambre, il l'avait de nouveau senti et avait dû partir le plus vite possible. Les foutus sous-vêtements portés par les Clecaniennes étaient censés masquer les odeurs afin que les mâles puissent se contrôler autour des femelles qui étaient excitées pour une raison ou une autre, mais ils n'avaient pas suffisamment dissimulé l'odeur de l'excitation de Jade au goût de Théo.

Théo se demanda ce qui avait pu l'exciter. *Moi ?* pensa-t-il momentanément. Aurait-elle pu être attirée par *lui* ? Aurait-elle pu le choisir pour cette raison ?

Théo secoua la tête misérablement. Son ego masculin avait trop souvent été blessé pour qu'il puisse y croire. Il trouverait toujours plus logique qu'elle se serve de lui et soit une très bonne actrice.

Ce qu'il avait prévu pour ce soir-là allait sûrement la mettre à l'épreuve.

21

—Ouf. C'est fait, dit Jade en lançant la tablette sur le lit. Jetant un coup d'œil à travers la vitre, elle vit qu'il faisait à présent nuit dehors. Cebo ronflait bruyamment sur le lit à côté d'elle.

—Je ferais mieux de descendre dîner, chuchota-t-elle.

Elle avait passé les dernières heures à acheter des vêtements pour l'année. C'était le temps qu'elle était censée rester sur cette planète, après tout. *Trois mois ici, neuf mois à chercher quelqu'un pour me ramener sur Terre.*

Elle avait également parcouru la vaste sélection d'articles de toilette et de produits de beauté proposés, mais n'avait finalement rien acheté. Il était facile de reconnaître des vêtements, d'autant plus qu'elle pouvait les voir sur la projection dans sa chambre. Tous les autres produits étaient un mystère pour elle.

Elle ne savait pas de quoi il s'agissait, car les descriptions des produits étaient écrites en clecanien. Jade avait décidé qu'il était préférable d'attendre d'en savoir plus sur leur fonction et leurs ingrédients avant d'acheter ces articles. Pour ce qu'elle en savait, ils pouvaient être fabriqués à partir de cette plante à laquelle elle était allergique.

Note subsidiaire : penser à demander à nouveau comment s'appelle cette plante.

Ce soir-là, au dîner, elle avait prévu de demander à Théo si elle pouvait inviter Asivva à venir lui rendre visite. Elle aurait bien aimé la revoir. Parler avec quelqu'un qui n'avait pas l'air d'être en colère contre elle 75 % du temps. De plus, Asivva pourrait lui expliquer ce qu'étaient les articles qu'elle avait fait défiler plus tôt et l'aider à choisir ceux dont elle avait le plus besoin.

Jade sortit de sa chambre sur la pointe des pieds pour ne pas réveiller Cebo et se dirigea vers la cuisine. En s'approchant, elle aperçut Théo assis à table et regardant par la fenêtre d'un air contemplatif. Des assiettes de nourriture à l'odeur délicieuse étaient déjà empilées devant lui.

En passant devant l'îlot en pierre sur le chemin, elle demanda :

— Comment se fait-il qu'il soit parfois là et parfois pas ?

— Il se rétracte dans le sol lorsqu'il n'est pas utilisé, expliqua Théo d'un ton neutre, comme si rétracter des îlots de 500 kg était somme toute banal.

Jade regarda le sol pendant un moment, se demandant à quoi ressemblait le dessous de la maison de Théo. Y avait-il toute une sélection de meubles qui n'attendaient que d'être appelés à la surface ?

S'approchant de la table, elle s'assit en face de lui et attendit qu'il la remarque.

Sans lever le nez, il remplit son verre, puis le sien, d'un liquide rouge pétillant.

— As-tu acheté tout ce dont tu avais besoin ?

— J'ai acheté des vêtements et des chaussures, mais je voulais attendre de te parler avant d'acheter le reste. Je ne lis pas le clecanien, donc je n'ai pas compris ce qu'étaient la plupart des produits.

Un muscle se contracta dans sa mâchoire et il fit signe vers la nourriture et les boissons sur la table.

— J'ai utilisé les recommandations de ton dossier pour préparer le repas. Espérons que les suggestions étaient justes et que tu aimeras. Si ce n'est pas le cas, dis-le-moi.

Prenant le verre qu'il venait de remplir et en buvant une gorgée, il ajouta :

— Le scanner estime que tu aimeras ce breuvage.

Levant son propre verre, elle demanda :

— Qu'est-ce que c'est ?

Croisant son regard, il répondit :

— C'est une boisson alcoolisée à base de Wanget, un fruit.

Jade prit une gorgée en hésitant. Une saveur douce et légèrement acidulée explosa sur la langue.

— Mmm.

Elle prit une plus grande gorgée cette fois. Ça lui rappelait un vin mousseux expérimental.

— Ça a le même goût qu'une de mes boissons préférées sur Terre.

— Tant mieux.

Théo se pencha en avant et écarta les petites lampes à bulles lumineuses qui gardaient la nourriture au chaud.

— Mangeons.

Bien que son visage ne le montre pas, elle sentit qu'il était heureux qu'elle apprécie ce qu'il lui avait servi. Après tout, il semblait avoir fait beaucoup d'efforts pour choisir des choses qu'elle apprécierait.

Jade examina son verre et remarqua qu'il était déjà à moitié vide.

— Attends. C'est fort comme boisson ? demanda-t-elle, incertaine.

Il fronça les sourcils.

— Ce que j'ai bu dans la voiture avait très bon goût, mais c'était aussi très alcoolisé.

Le coin de la bouche de Théo se retroussa en un sourire.

— Tu es la première femelle que je rencontre qui trouve que la mott a bon goût.

Il avala le reste de sa boisson d'un trait et remplit son verre.

— Ce n'est pas aussi fort. La mott est trois fois plus forte que ça.

Le bon côté des choses : il avait enfin souri. Le mauvais : son goût pour les alcools forts la faisait passer pour une alcoolique.

Tous les aliments qu'elle mangea pendant le dîner étaient à la fois déroutants et délicieux. Rien dans l'assiette ne lui était familier et chaque fois qu'elle mangeait quelque chose de nouveau, elle était totalement déconcertée.

Elle décida de goûter d'abord des sortes de baies bleues et rondes, car elles lui faisaient penser aux myrtilles, mais lorsqu'elle mordit dedans, elle trouva la texture plus croquante que moelleuse et la saveur plus épicée que sucrée. Après chaque bouchée, Jade devait prendre un moment pour faire appel à ses sens confus et décider si elle aimait ce qu'elle mangeait.

Après quelques essais plus ou moins couronnés de succès, Jade parvint à déterminer quels aliments elle appréciait le plus. Abandonnant ses préjugés sur le goût des aliments, elle goûta à tout et trouva certains mets réellement délicieux.

Celui qui l'avait noté sur ses talents culinaires ne s'était pas trompé. Théo aurait pu être un grand chef sur Terre.

— Tu apprécies le repas ? demanda-t-il doucement.

Il était assis sur sa chaise et la regardait, ayant terminé son propre repas depuis un moment.

Entre deux bouchées, elle répondit :

— C'est incroyable, mais étrange. Je ne sais pas du tout ce que c'est, mais tout est divinement bon. Vous mangez toujours aussi bien ?

Comme il l'avait fait plusieurs fois au cours du repas, il remplit leurs verres avant de répondre.

Est-ce qu'il essaie de me rendre ivre ?

Il se pencha en avant et posa ses coudes sur la table.

— Pas toujours. Les Clecaniens utilisent surtout le synthétiseur de nourriture.

Jade finit d'avaler une bouchée de bouillie rouge qui avait un goût de fromage et d'ail, puis demanda :

— Le quoi ?

Théo leva la main et désigna un petit panneau dans le coin de la cuisine.

— Le synthétiseur fabrique de la nourriture. Il te suffit de choisir le plat que tu veux et il apparaît.

— Waouh, c'est incroyable ! Mais alors, pourquoi est-ce que tu cuisines ? Si j'avais ça chez moi, je l'utiliserais tous les jours.

Une machine capable de cuisiner pour vous, c'était un rêve !

— Je suis une piètre cuisinière. Ma tante disait toujours que je pouvais brûler de l'eau bouillante.

Jade détourna le regard, prenant une autre bouchée. L'évocation soudaine de sa tante avait fait naître une vague de tristesse en elle.

Théo posa son coude sur la table et leva son verre pour prendre une nouvelle gorgée.

— La nourriture a tendance à être un peu fade quand elle est faite au synthétiseur. Cuisiner la nourriture soi-même donne toujours de meilleurs résultats. C'est préférable pour des occasions spéciales comme ce soir.

Jade mastiqua plus lentement devant son ton froid. Sa bouche était encore pleine et elle haussa les sourcils, laissant entendre qu'elle avait une question.

— Ce soir, nous allons prendre un bain ensemble en tant que mari et femme pour la première fois.

En essayant d'avaler trop vite, Jade s'étouffa et toussa. Au bout d'un moment, elle réussit à dire :

— Pardon ?

Lui tendant le verre auquel elle s'était accrochée, il répéta calmement :

— Ce soir, nous allons prendre un bain ensemble en tant que mari et femme pour la première fois.

Les yeux encore humides, Jade posa ses paumes sur la table et prit quelques grandes respirations.

— J'ai bien compris les mots, mais je ne sais pas de quoi tu parles. Il est hors de question que je prenne un bain avec toi.

Théo s'adossa à sa chaise et étira ses longues jambes devant lui. Irritée, elle réalisa qu'il se délectait de la situation.

— Traditionnellement, une femme et un mari nouvellement mariés prennent un bain ensemble la deuxième nuit de leur mariage, puis une fois par semaine par la suite.

Ses yeux s'agrandirent plus encore.

— Je me fiche de vos traditions ! Je ne veux pas prendre de bain avec toi. Je n'étais pas au courant de cette pratique et je refuse.

— Prétexter l'ignorance ne te sortira pas de là. Ce n'est pas ma faute si tu n'as pas appris suffisamment de choses sur notre culture avant de m'épouser, déclara-t-il froidement.

Jade vit rouge. Elle ouvrit et ferma la bouche sans mot dire avant de hurler :

— Comment oses-tu ? Je n'ai pas *choisi de* me marier ! Je…

— Peu importe comment tu es arrivée ici, fit-il avec un geste dédaigneux de la main, tu rentreras dans ce bain d'ici la fin de la nuit, que tu le veuilles ou non.

— Tu ne peux pas me forcer à entrer là-dedans avec toi ! Je le sais bien.

— Qui va m'en empêcher ? Toi ? gloussa-t-il.

— Je vais le dire à Zikas !

— Comment ?

Il lui adressa un sourire malicieux, comme s'il avait attendu cette menace.

— Sais-tu où se trouve le communicateur ? Sais-tu comment l'utiliser ? Peux-tu au moins lire les numéros ?

Comment l'appellerait-elle ? Elle ne l'avait pas réalisé jusqu'à présent, mais il n'y avait aucun moyen pour elle d'entrer en contact avec quelqu'un à moins que Théo ne lui montre comment faire. Il avait raison. Il pouvait faire ce qu'il voulait, et elle ne pourrait pas l'arrêter.

Il sourit.

— C'est ce que je pensais.

Un plan. Elle avait besoin d'un plan d'évasion. Elle pouvait tenter sa chance dans les bois. La porte d'entrée semblait trop lourde pour être ouverte rapidement, elle devrait donc passer à travers la vitre menant à la plage. Elle avait appris lors de son exploration de la matinée que tout ce qu'elle devait faire pour sortir était de marcher près de la vitre.

— Tu n'arriverais pas jusqu'à la porte, lui dit-il, lisant dans ses pensées. Il est l'heure. Allons-y.

Je dois essayer ! pensa-t-elle en se levant de son siège. Elle leva la chaise au-dessus de sa tête et la jeta sur lui.

Avant de voir si elle l'avait touché ou non, elle se précipita vers la paroi vitrée. Un panneau de verre se forma à partir du mur solide et s'écarta en silence. Elle s'élança par l'ouverture nouvellement formée et courut vers un sentier sur le côté opposé de la plage.

Jetant un coup d'œil derrière elle, elle vit Théo entrer dans le patio. Il ne prit pas la peine de courir au début. Il s'approcha d'elle, comme un prédateur. Puis il dévoila ses dents dans un sourire terrifiant et commença à sprinter.

Ses jambes lui faisaient mal alors qu'elle essayait de prendre de la vitesse en courant dans le sable. L'air nocturne était froid, mais le sable était chaud sous ses pieds, comme si la couleur sombre du sable avait emprisonné la chaleur du soleil de la journée.

Elle pouvait voir le petit chemin se rapprocher. *Plus que quelques mètres.*

Des bras forts s'enroulèrent autour de sa taille et la projetèrent en avant. Avant qu'ils ne touchent le sol, il fit en sorte qu'elle atterrisse sur lui.

Une fois au sol, il roula et la coinça sous lui. Ses poignets étaient bloqués au-dessus de sa tête dans une de ses grandes paumes. Il cala ses hanches contre les siennes et écarta ses jambes avec les siennes, s'assurant qu'elle ne pourrait pas le frapper.

Jade se tordait et crachait sous lui comme un chat sauvage.

— Lâche-moi !

— Calme-toi ! hurla-t-il.

Sa prise sur ses poignets se resserra douloureusement. Jade gémit, mais se calma.

Théo posa son avant-bras dans le sable près de sa tête.

— Je préfère ça, dit-il en desserrant à nouveau sa prise.

Les lunes créaient un faux jour et elle ne pouvait pas voir le visage de Théo. Elle devinait qu'il était excité, cependant, à son sexe dur alors qu'il faisait onduler ses hanches contre elle apparemment sans s'en rendre compte.

— Tu n'aurais pas dû t'enfuir, dit-il d'une voix rauque, le corps tout entier tendu.

Il commença à se déhancher plus vigoureusement, et c'était merveilleux. Jade dut étouffer un gémissement lorsque sa tige se pressa contre son clitoris.

Ça ne pouvait pas arriver. Il venait de la poursuivre comme un animal.

— Théo, dit-elle, la voix tremblante.

Il parut avoir besoin de tout son contrôle pour s'arrêter, car il tremblait violemment.

— Théo ? appela-t-elle doucement.

En grognant, il plaqua sa main gauche sur sa bouche. Il se pencha et appuya son front contre le sien. Il lui fallut quelques instants pour reprendre le contrôle de lui-même, mais quand il le fit, il s'écarta d'elle.

Secouée, elle se leva, mais avant qu'elle ait pu se relever complètement, il la jeta par-dessus son épaule et se dirigea vers la maison.

22

Je vais le tuer !

Après tout ça, elle avait quand même fini dans la salle de bain. Il l'avait laissée là, puis il était reparti en l'enfermant à l'intérieur.

Son organisme perfide ressentait encore les effets de leur corps à corps sur la plage. Comment quelqu'un qu'elle méprisait autant pouvait-il l'exciter à ce point ? S'il ne s'était pas arrêté, elle se serait laissé aller sur le sable. Sans aucun doute.

Jade frissonna. *Ça aurait probablement été un formidable orgasme.*

Allait-il revenir ? Que ferait-elle dans ce cas ?

La peur de se retrouver nue et trempée en présence d'un parfait inconnu n'était pas la seule raison pour laquelle elle cherchait tant à s'échapper. L'attirance sexuelle qu'elle ressentait pour Théo était indéniable. Elle avait peur de ce qu'elle pourrait faire si elle se retrouvait nue dans un bain en sa compagnie.

Ils étaient ensemble depuis moins de deux jours, mais elle était déjà tellement frustrée sexuellement que prendre un bain avec lui risquait de la pousser à bout.

Elle fouilla dans un placard, mais ne trouva que des serviettes de toilette et un grand flacon contenant un liquide épais et chatoyant. En refermant le tiroir, elle repéra quelque chose de brillant au mur.

Elle en conclut qu'il s'agissait d'une sorte de panneau de contrôle. L'écran s'illumina lorsqu'elle passa la main devant. Quatre petits carrés apparurent.

Qu'est-ce que je risque, dans le pire des cas ? Que le bain se vide et que je puisse partir ?

Le premier bouton sur lequel elle appuya fit naître une lumière aveuglante dans la pièce. Se protégeant les yeux, elle appuya à nouveau dessus pour réduire la luminosité. Les deux boutons suivants augmentèrent et diminuèrent respectivement la vapeur dans la pièce.

Un fort vrombissement emplit la salle de bain lorsqu'elle appuya sur le dernier bouton. Elle se retourna et vit que les jets du bain s'étaient activés. Ses épaules s'affaissèrent. *Formidable, il ne manquait plus que ça.*

Je vais peut-être les laisser quand même. Quand elle était jeune, son père avait possédé un jacuzzi pendant un certain temps et elle avait toujours aimé activer les jets et flotter sur l'eau bouillonnante. Quand elle avait environ sept ans, ils avaient dû s'en débarrasser, car…

Une idée lui vint. Elle se précipita vers le placard et ouvrit le tiroir contenant la bouteille de liquide épais. Elle courut jusqu'au bord du bain et en versa le contenu dans l'eau, tout en scandant :

— Faites que ce soit du savon. S'il vous plaît, faites que ce soit du savon.

Des bulles d'écume commencèrent à se former, couvrant la surface de l'eau comme une couverture.

Ah ah ! Elle eut un sourire triomphant.

Si son père avait dû se débarrasser du jacuzzi quand elle était petite, c'était parce qu'elle l'avait cassé. Elle avait versé du bain moussant dans l'eau, pensant que ce serait amusant, sans savoir que le savon boucherait les jets.

Soudain, la porte s'ouvrit et Théo entra, portant deux grandes bouteilles de cette boisson rouge. Il regarda, bouche bée, la montagne de bulles qui se formait dans le bain.

Lui jetant un regard mortel, il se dirigea vers le panneau de contrôle pour éteindre les jets.

— Tiens, dit-il en lui tendant la bouteille.

Elle la regarda d'un œil méfiant, mais ne manifesta aucune envie de la prendre.

Il serra la mâchoire et se mit à marcher vers elle. Elle recula rapidement. Posant la bouteille sur le sol, il revint se placer à l'entrée de la pièce.

Il la fixa d'un air menaçant tandis qu'elle récupérait la bouteille et en buvait une gorgée.

— Déshabille-toi et entre là-dedans.

— Non, dit-elle fermement.

— Si je dois venir et le faire pour toi, je le ferai, mais je doute que tu veuilles de moi en ce moment.

Elle croisa les bras et plissa les yeux.

Il suffit d'un pas dans sa direction pour qu'elle s'écrie :

— D'accord ! Tourne-toi au moins.

— Pour que tu puisses me jeter cette bouteille sur la tête ? Non merci, dit-il.

— Je ne vais pas me déshabiller devant toi, rétorqua-t-elle en lui lançant un regard glacial.

Petit à petit, il se détourna.

— Tu as dix secondes pour entrer dans ce bain ! aboya-t-il.

Elle se déshabilla rapidement, puis se glissa dans le bain depuis le rebord. Une fois dans l'eau, elle s'assura que les bulles protégeaient son corps des regards.

Théo se retourna et fixa les bulles comme s'il essayait de voir à travers.

Après avoir bu une gorgée de sa bouteille, il la posa par terre et commença à se déshabiller. Jade essaya de détourner le regard, mais c'était comme si ses yeux étaient attirés par lui comme par un aimant.

Il ôta sa chemise en la faisant passer par-dessus sa tête et révéla ses larges épaules, son torse dur comme de la pierre et ses abdominaux ciselés. Elle peina à contenir un soupir d'appréciation. Alors qu'il commençait à déboutonner son pantalon, Jade se força à détourner le regard et récupérer son alcool.

Bouteille à la main, elle jeta un coup d'œil par-dessus son épaule et vit que Théo était à présent assis dans l'eau et la regardait fixement.

— Qu'est-ce que c'était sur la plage ? cracha-t-elle. Est-ce que plaquer les gens t'excite ?

Théo se frotta le menton avec une main.

— La traque, oui. Pas le plaquage.

Jade arqua un sourcil. Elle ne s'attendait pas à cette réponse et elle n'arrivait pas à comprendre en quoi cette pensée l'excitait.

Ne sachant pas quoi dire d'autre, elle demanda :

— Combien de temps devons-nous rester ici ?

— Nous pourrons partir quand nous aurons fini de nous baigner tous les deux.

Théo étira ostensiblement ses bras sur le rebord du bain.

Pinçant les lèvres, Jade dit :

— Et je suppose que tu as décidé de prendre tout ton temps.

— Rien ne presse, répondit-il avec désinvolture.

Repérant un autre rebord immergé, Jade s'installa confortablement. Il était si têtu qu'il la forcerait probablement à rester là toute la nuit.

— Que faisais-tu sur Terre ?

Les seules conversations qu'elle avait eues avec Théo étaient soit chargées de tension sexuelle, soit de colère. Jade fut surprise d'entendre une vraie question sur sa vie. Ne sachant pas comment aborder ce nouveau terrain, elle décida qu'une réponse honnête serait la meilleure solution. Quel mal y avait-il à ce qu'il connaisse sa vie ?

— Eh bien, je vivais seule dans une maison et je travaillais comme paysagiste.

À son expression confuse, elle ajouta :

— J'aidais les gens à embellir leur cour et leur jardin.

— Est-ce que tu aimais ce travail ?

La conception de paysages était-elle sa passion ? Non. Jade avait choisi sa carrière parce que sa tante, qui l'avait élevée en grande partie, avait été paysagiste. Bien que très bonne dans son travail, Jade ne l'avait jamais apprécié.

— J'étais bonne dans ce domaine et ça payait les factures. Et toi, tu aimes ton travail ?

Théo se crispa et ignora sa question.

— Pourquoi vivais-tu seule ?

Elle ne savait pas exactement comment répondre à cette question.

— Pourquoi ? Je n'avais trouvé personne avec qui je voulais vivre, je suppose.

— Pas de mari ou de famille ?

Son ton était très décontracté, presque trop décontracté. Jade leva les yeux au ciel.

— Tu te fiches de tout ça. Tu essaies juste de m'interroger à nouveau. N'est-ce pas ?

Sinon, pourquoi s'intéresserait-il à sa vie sur Terre ?

— Pourquoi ça ne pourrait pas être les deux ?

S'il était gêné par ses doutes soudains, il ne le montra pas.

— Que penses-tu de ça… Je répondrai à tes questions si tu réponds aux miennes. Mais si tu ne réponds pas à mes questions, alors je pourrai partir.

Jade se disait que le questionner aiderait à détourner l'attention du fait qu'ils étaient nus dans un bain ensemble. Et c'était la seule raison. Ce n'était certainement pas parce qu'elle voulait en savoir plus sur l'homme sexy, mystérieux et maussade assis en face d'elle.

En réponse à sa proposition, Théo fit un petit signe de tête.

Le seul inconvénient de cet accord était qu'elle devait à présent répondre à sa question précédente sur sa famille. Jade avait toujours détesté parler de sa famille ou de son absence de famille. Elle avait le cœur serré dès qu'elle parlait de ses parents et de sa tante. La pitié qu'elle voyait dans les yeux des gens ne faisait qu'empirer les choses.

Il vaut mieux que ça sorte vite, pensa Jade en prenant une longue gorgée de sa bouteille.

— Mes parents sont morts quand j'étais jeune. J'ai été élevée par ma tante.

Elle parlait rapidement, craignant que ses émotions déjà fragilisées ne se brisent.

— Après la mort de ma tante, j'ai décidé de rester dans notre maison. J'y vis seule maintenant. Je n'ai pas d'autre famille.

Quand elle croisa son regard, elle s'attendait à y voir la pitié habituelle. Comme si elle était un animal avec une patte cassée que tout le monde était désolé, mais sans pouvoir l'aider.

Au lieu de cela, elle vit… de la compassion ?

— Comment sont morts tes parents ? demanda-t-il gravement.

Plus curieuse qu'auparavant, elle choisit de ne pas répondre à sa question et dit à la place :

— C'est mon tour. As-tu de la famille ?

Il bougea les épaules, puis répondit :

— Oui. Quatre frères et une sœur. Mes parents sont tous les deux décédés.

— Tu vois souvent tes frères et sœurs ? Est-ce qu'ils vivent près d'ici ?

Il eut l'air de peser soigneusement sa réponse avant de répondre.

— Ils habitent près d'ici, mais je ne les vois pas aussi souvent que je le voudrais. De tous, c'est ma sœur que je vois le plus.

— Tu me dois deux réponses maintenant. Qu'est-il arrivé à tes parents et à ta tante ? demanda-t-il fermement.

Son bouclier d'humour bien en place, elle répondit :

— Ils ont refusé de m'offrir le poney que je voulais pour Noël, alors je les ai tous tués. C'est ainsi que ma vie d'assassin a commencé.

Le coin de la bouche de Théo se plissa, mais il resta silencieux et attendit une véritable explication.

— Tu es un public difficile, s'esclaffa Jade.

Puis avec un profond soupir, le regard fixé sur les bulles en face d'elle, elle répondit honnêtement :

— Ma mère est morte en couches… en me mettant au monde, ajouta-t-elle en sentant un serrement familier dans sa gorge. Mon père m'a élevée pendant un moment, mais il est tombé malade. Je ne veux pas entrer dans les détails, alors je dirai simplement qu'il a été très malade pendant longtemps et qu'ensuite, quand j'avais dix ans, il est mort et je suis allée vivre avec ma tante.

Un sentiment de tristesse et de solitude la traversait toujours lorsqu'elle parlait de son père et de sa tante. Cependant, lorsqu'elle parlait de sa mère, elle ressentait de la culpabilité.

Lorsque Jade avait été assez âgée pour comprendre ce qui lui était arrivé, elle s'était sentie responsable, car sa naissance avait causé la mort de sa mère.

Son père, gentil, avait toujours essayé de la rassurer en lui disant que ce n'était pas sa faute. Il lui avait dit qu'il l'aimait plus que tout au monde et que sa mère ne lui en aurait jamais voulu, mais une petite partie de Jade ne l'avait jamais cru.

Peut-être que s'il s'était remarié, elle l'aurait cru, mais il ne l'avait jamais fait et il avait toujours eu les larmes aux yeux quand il parlait du grand amour de sa vie, sa mère.

— Je suis désolé que tu n'aies jamais connu ta mère et que ton père soit mort quand tu étais enfant, dit Théo en toute franchise. Ma mère est morte quand j'étais jeune aussi.

Jade regarda Théo et reconnut la douleur dans ses yeux.

— Jade, je… je suis désolé que tu aies eu à subir toute cette douleur et ces morts.

La sincérité brillait dans ses yeux lorsqu'il dit cela, et elle se sentit un peu mieux. Il était étrange de constater à quel point ce constat – non pas de sa « perte », comme tant de gens aimaient à l'appeler, mais de sa douleur – l'apaisait.

Ne voulant plus parler de ses parents, Jade s'empressa de finir de répondre à sa question.

— Bref, j'ai été élevée par ma tante, et il y a cinq ans, elle est tombée malade de la même façon que mon père. Après sa mort, j'ai commencé à m'éloigner de tout le monde.

Jade prit une longue gorgée de sa bouteille.

— On ne peut pas ressentir la douleur de la perte si on n'a personne à perdre.

L'émotion menaçant de l'étouffer, elle tenta de changer de sujet.

— Y a-t-il d'autres rituels obligatoires auxquels je dois m'attendre ?

Au lieu de la presser pour obtenir plus d'informations sur sa famille, il laissa la conversation dévier.

— Quelques-uns. Mais je ne voudrais pas gâcher la surprise.

L'agacement qu'elle éprouva devant son ton suffisant chassa la tristesse qu'elle avait ressentie un instant auparavant. Jade se demanda s'il avait employé ce ton à dessein pour chasser sa morosité. Elle sourit intérieurement à cette pensée, puis se réprimanda.

Arrête de craquer pour l'alien qui vient de te malmener ! Elle partirait dans un an, et même si elle ne partait pas, il la détestait. Bien sûr, il voulait clairement coucher avec elle, mais ils ne pourraient jamais avoir une vraie relation.

Jade avait besoin d'un rappel de son tempérament. Elle décida donc de lui demander la seule chose qui l'énerverait et le ferait sortir de ses gonds.

— C'est quoi l'histoire avec tes marques ? Elles sont différentes de celles des autres. Pourquoi ?

Il se crispa instantanément.

— Je ne veux pas parler de mes marques de naissance, répondit-il dans un faible grognement.

— Pas de réponse ? L'heure du bain est terminée alors ? demanda Jade avec espoir.

Théo devrait choisir quelle bataille il allait perdre.

Alors que Jade attendait sa réponse, elle pouvait presque voir les engrenages tourner dans sa tête.

— Nous allons rester, dit-il finalement.

La déception et l'excitation l'envahirent simultanément. Elle allait enfin découvrir ce qu'étaient ces marques.

— Ma mère était une étrangère, commença-t-il.

Jade ne voyait pas le rapport avec ses cicatrices, mais elle ne voulait pas l'interrompre.

— Elle était la cheffe de son clan, originaire d'une planète appelée Traxia, une planète de classe 3. La vie est beaucoup plus rude là-bas. La planète entière est très chaude et sèche. Recouverte par le désert. Le peuple de Traxia est scindé en différents clans et ils sont tous constamment en guerre les uns contre les autres.

Ce n'était pas étonnant que sa mère veuille rester là à la place. Mais quel était le rapport avec ses cicatrices ?

— L'un des clans les plus impitoyables d'une ville voisine préparait une attaque contre le peuple de ma mère. Ma mère savait qu'ils ne gagneraient pas s'ils étaient attaqués, alors elle est allée chercher de l'aide. Elle a passé un accord avec les Clecaniens. Elle resterait sur Clecania et essaierait d'avoir une descendance, si on lui fournissait des soldats.

— Que s'est-il passé ? demanda Jade, fascinée.

— Elle est restée et a eu beaucoup d'enfants et les mercenaires de Clecania ont combattu le clan envahisseur jusqu'à ce qu'ils soient vaincus.

Les yeux de Théo devinrent flous.

— Tout s'est bien passé pendant un certain temps. Elle a choisi de rester mariée à un mâle, et ils étaient heureux ensemble. J'étais leur premier-né.

Théo s'arrêta pour prendre une longue gorgée de sa bouteille, redoutant visiblement la suite de son histoire.

— Quand j'étais un jeune mâle, elle a décidé qu'il était temps pour moi de visiter Traxia et de rencontrer le reste de ma famille. Mes frères et sœurs étaient encore trop jeunes pour y aller, ils sont donc restés avec mon père. Un jour après notre arrivée, la ville a été attaquée. Ils ont volé tout ce qui avait de la valeur et ont brûlé tout le reste.

Les yeux de Théo devinrent flous tandis qu'il continuait :

— Je me souviens des feux qui faisaient rage tout autour de moi pendant que ma mère et moi courions. Puis une explosion a retenti juste à côté de nous, et j'ai été assommé. Quand je me suis réveillé, tout le monde était mort. Les intrus étaient partis, et j'étais seul. J'ai erré sur cette planète pendant des semaines, survivant grâce à des insectes et des petits animaux. Il n'y avait aucun abri contre le soleil, puisque tous les bâtiments avaient été détruits et que la plupart de mes vêtements étaient carbonisés. Quand mon père m'a enfin trouvé, j'étais si gravement brûlé que j'étais méconnaissable.

— Et ta mère ? demanda Jade dans un souffle.

— Ma mère avait été écrasée par des débris en me sauvant. Mon père ne s'est jamais remis de sa perte. C'était un soldat de métier et il est mort au combat sur une autre planète il y a quelques années.

Théo déglutit et prit une autre gorgée de mott.

Il reporta son attention vers elle et la fixa.

— Ma mère est morte à cause de moi aussi. La culpabilité… peut être une chose difficile à surmonter.

Il savait ce qu'elle ressentait pour sa mère sans qu'elle ait à expliquer ces émotions. Elle n'aurait jamais à justifier la culpabilité irrationnelle qui la rongeait. Il comprenait.

Jade s'émerveillait à l'idée que deux personnes issues de mondes différents, séparés par des galaxies, puissent partager des émotions aussi similaires. Elle hocha la tête en signe d'assentiment silencieux.

— Quel âge avais-tu ?

Théo fixait stoïquement l'eau devant lui.

— Treize ans.

Treize ans ? Quel genre de dommages émotionnels lui avaient été infligés ? Les gens l'avaient-ils toujours traité avec peur et dégoût ? Même en tant que jeune homme à l'école des maris ? Ce n'était pas étonnant qu'il ait eu du mal à croire qu'elle le trouvait attirant. Il avait probablement été rejeté en permanence.

Avait-il déjà été regardé ou touché par une femme avec affection ? *Non*, conclut Jade.

Elle s'adoucit en se rappelant la façon dont son corps s'était détendu, les paupières lourdes, lorsqu'elle avait soigné sa main blessée la nuit précédente.

— Ces machines ne pourraient-elles pas te guérir ?

Le regard de Théo revint sur Jade comme s'il venait de se rappeler qu'elle était là.

— En temps normal, oui. Mais nos marques de naissance sont différentes. La peau y est plus sensible et ne répond pas aussi bien que le reste de notre corps à nos machines de guérison. Si on m'avait retrouvé assez tôt, elles auraient pu être effacées, mais après des semaines au soleil, elles étaient irrécupérables, termina Théo.

Sans réfléchir, Jade lâcha :

— Je comprends pourquoi tu les détestes. Les marques, je veux dire.

Théo plissa les yeux et serra les poings.

— Alors, tu admets enfin…

— Attends ! Non, je ne voulais pas dire ça, l'interrompit-elle. Je voulais juste dire que ça doit être dur de voir constamment ces marques et de se souvenir de ce qui s'est passé.

Peu convaincu, Théo continua de la regarder fixement. Comment pouvait-elle lui faire comprendre qu'elle ne voyait pas la même chose que les autres ?

— Je ne trouve pas qu'elles ressemblent à des brûlures. Quand je t'ai vu la première fois, j'ai cru que c'étaient des tatouages.

— Des tatouages ? grinça Théo.

— C'est très courant sur Terre. Ce sont comme des dessins permanents sur le corps. La plupart des gens en ont de nos jours. Le motif choisi a généralement une signification particulière pour la personne qui se fait tatouer.

Il ne semblait toujours pas convaincu.

— Ceci, dit-il en désignant les marques qui couraient le long de son bras, n'est pas intentionnel. Ce sont des cicatrices de brûlure. *Ici,* sur Clecania, elles sont laides et elles représentent l'imperfection et la faiblesse.

— Pas pour moi, dit-elle en le regardant d'un air grave. Toutes les filles ne veulent pas d'un chevalier à l'armure flamboyante.

— Un quoi ?

— C'est une expression. Il y a longtemps, sur ma planète, certains soldats, appelés chevaliers, portaient de lourdes pièces de métal argenté sur tout le corps pour se protéger des armes. L'image d'un chevalier à l'armure flamboyante est devenue une référence pour les femmes lorsqu'elles souhaitent qu'un homme bien entre dans leur vie.

Théo continua à la scruter.

— Alors aujourd'hui, au lieu de dire : « J'aimerais qu'un homme fort et beau se présente et prenne soin de moi », elles disent : « Où est mon chevalier à l'armure flamboyante ? »

Jade commençait à s'échauffer en pensant à la façon dont Théo avait eu ses cicatrices et à la façon dont tout le monde l'avait traité comme une sorte de paria.

— Le problème avec cette expression, c'est qu'aucune femme ne devrait souhaiter un chevalier à l'armure flamboyante. Un tel chevalier n'a probablement jamais fait la guerre. Il ne s'est jamais battu et n'a jamais été blessé. Si vous voulez un homme fort qui puisse vous protéger, alors vous devez attendre un chevalier en armure cabossée, rayée et rouillée. *Ce* chevalier s'est battu et a survécu.

Elle fit un geste vers Théo et dit :

— Tu portes ces cicatrices. Tu as survécu. Les marques qui couvrent ton corps sont une représentation extérieure de ta force intérieure. Ces marques représentent le contraire de la faiblesse et quiconque pense le contraire est un idiot.

Il la fixait à présent, la tête penchée sur le côté.

— De plus, les gens parfaits sont ennuyeux, dit-elle. Chaque imperfection raconte une histoire. Je serais très contrariée si je n'avais pas certaines de mes cicatrices. C'est pour ça que j'ai demandé au médecin de ne pas les guérir.

Elle avait toute son attention.

— Tu as choisi de garder tes cicatrices ?

— Certaines d'entre elles. Mon tatouage… elle tira son oreille en avant, exposant le petit tatouage d'étoile derrière,… et quelques autres qui me rappellent différentes choses.

Il inspecta les parties exposées de son corps.

— Elles ne sont pas dans un endroit visible en ce moment.

Les yeux de Théo se baissèrent sur la fine couche de bulles qui protégeait la vue de son corps et il émit un grognement.

Elle frissonna et ressentit l'envie inexplicable de sauter hors de l'eau pour lui offrir une meilleure vue. *Tout doux, ma fille ! C'est l'ennemi, tu te souviens ?*

En en apprenant plus sur lui, Jade commençait à se demander si c'était encore vrai. Bien sûr, il avait du caractère et n'y allait pas de main morte, mais il n'avait rien fait pour la blesser. Physiquement ou verbalement. Toutes ses fanfaronnades étaient destinées à lui faire peur parce qu'il pensait qu'elle était là pour le trahir d'une manière ou d'une autre.

Si ce qu'Asivva avait dit à propos de son travail était vrai, alors elle pouvait comprendre comment un homme avec de telles insécurités pouvait arriver à cette conclusion.

Jade avait besoin de temps pour réfléchir à ses sentiments. Pour l'heure, elle ne pouvait pas se faire confiance en sa présence. Elle devrait s'assurer de choisir ses mots plus soigneusement.

Même après ce que tout le monde lui avait dit, Jade ne comprenait toujours pas pourquoi les femmes ne voulaient pas de lui. Elle avait supposé que l'attrait inexplicable du « mauvais garçon » était universel. Avait-il déjà eu des relations avec des femmes ?

Se sentant audacieuse, Jade décida de poser sa question.

— As-tu souvent des rapports sexuels ?

Il ne s'attendait clairement pas à ce qu'elle lui demande ça. Il ne lui fallut qu'un instant pour se remettre.

— Toutes les semaines. Pourquoi ?

— Je pense que tu exagères à propos de tes cicatrices. Tu as dit que les femmes ne t'aimaient pas, mais elles t'aiment assez pour coucher avec toi de temps à autre.

Avec une profonde grimace, il dit :

— Il y a quelques femelles du coin qui aiment me rendre visite de temps en temps, c'est vrai. Elles ont choisi d'épouser des mâles bien sous tous rapports et d'avoir de jolis bébés. Elles viennent me voir quand elles veulent être baisées.

Ouaip. Jade avait raison. L'attrait du « mauvais garçon » était universel.

— Quand ces femelles me rendent visite, je les prends sur la surface la plus proche. Elles ne passent pas beaucoup de temps à admirer mon apparence, ricana-t-il. Combien de mâles as-tu fréquentés ?

Jade estima qu'il était logique qu'il lui pose aussi la question.

— Comment ça « fréquentés » ? Avec qui je suis sortie ? Avec qui j'ai couché ? Que j'ai embrassés ?

Théo avait l'air perplexe.

— Embrassé ?

— Tu sais… embrassé. Avec ta bouche.

Jade ne savait pas quoi dire. Un baiser était un baiser. Ils ne s'embrassaient donc pas ici ?

— Tu veux dire une stimulation orale ? Les femelles font-elles ça pour les mâles sur Terre ? demanda-t-il.

Le visage de Jade vira au rouge lorsqu'elle déduisit ce qu'il pouvait entendre par « stimulation orale ».

— Oui, les femmes de la Terre font… ça, mais ce n'est pas ce dont je parle. Le baiser, c'est quand tu presses ta bouche contre celle de l'autre.

Expliquer comment embrasser n'était pas facile, réalisa Jade. Elle n'arrivait pas à trouver une façon de le décrire qui soit agréable.

L'expression du visage de Théo montrait clairement que les baisers n'étaient pas courants à Clecania.

— Ça n'a pas l'air agréable.

Les yeux de Jade se fixèrent sur ses lèvres et elle s'imagina l'embrasser pour la première fois. Bien qu'il n'ait jamais embrassé auparavant, quelque chose lui disait qu'il apprendrait vite.

— Embrasser quelqu'un est merveilleux. Je suppose que ça peut sembler dégoûtant au premier abord, mais crois-moi, ça peut être merveilleux. Si on embrasse la bonne personne, en tout cas.

Il regarda sa bouche, les sourcils froncés, essayant de l'imaginer.

Oh oh. Je dois changer de sujet avant de décider d'en apprendre plus à l'alien sur les baisers.

— Théo, je me demandais si je pouvais te demander une faveur ?

Ses yeux se fixèrent sur les siens.

— Je voudrais inviter une femme nommée Asivva pour m'aider à finir de choisir les choses dont j'aurai besoin. Elle a été très gentille avec moi à la cérémonie et elle a dit qu'elle te connaissait.

Jade vit la mâchoire de Théo se contracter à la mention du nom d'Asivva et de nouveau, elle eut le sentiment qu'il y avait une longue histoire entre eux.

Toujours en la regardant fixement, il dit :

— C'est d'accord, mais je veux aussi te demander quelque chose.

— Comme c'est étonnant, marmonna-t-elle. Qu'est-ce que tu veux ?

Oh, mon Dieu, qu'allait-il demander maintenant ? Elle était déjà nue et dans un bain avec lui. Maintenant qu'il savait que les terriennes taillaient des pipes, il allait certainement le lui demander. Surtout si les femmes d'ici ne le faisaient pas.

— J'aimerais accepter ton offre.

— Mon offre ?

— De lécher mes cicatrices.

Il lui adressa un sourire de prédateur qui fit se contracter son estomac.

C'était manifestement une sorte de test. La façon dont il la regardait d'un air suffisant, comme s'il était sur le point de la prendre en flagrant délit de bluff, l'empêchait de refuser catégoriquement.

Jade voulait-elle lécher le bel homme endommagé ? Oh que oui. Pensait-elle qu'elle devait le faire ? Probablement pas.

Si elle s'approchait suffisamment de lui et le touchait, elle risquait de vouloir en faire plus. Un vieux livre pour enfants qu'elle avait adoré lui revint en mémoire. *Donnez à une fille des pectoraux sculptés, elle vous demandera des biceps gonflés.*

Quel autre choix avait-elle ? Elle avait besoin de voir Asivva. Elle avait tellement de questions, et chaque fois qu'elle parlait à Théo, elle se mettait en colère.

— Très bien, dit-elle finalement.

Théo se racla la gorge et se déplaça sur son siège.

— Très bien ?

— Oui. D'accord, dit fermement Jade. J'étais gênée que tu m'entendes dire ça, mais je ne mentais pas sur mon envie de le faire. Je ne lécherai qu'une seule cicatrice et tu garderas tes mains pour toi. D'accord ?

Ces règles étaient plus pour elle que pour lui.

Il grogna, mais abaissa ses mains dans l'eau à ses côtés.

Jade termina sa bouteille et s'avança lentement vers lui. Elle s'assura de rester sous la surface de l'eau et d'accumuler des bulles en cours de route.

Et merde. Plus elle s'approchait, plus elle remarquait à quel point il était délicieux. Ses cheveux d'un noir de jais humides étaient ébouriffés. Sa peau bronzée était recouverte d'eau et les muscles de ses bras et de sa poitrine brillaient.

Quelle cicatrice choisir ? Un motif dentelé sur le haut de son épaule et un motif incurvé sur son cœur attirèrent son attention en premier. Puis, elle regarda sa gorge, se souvenant de la fois où il l'avait léchée à cet endroit.

Jade décida de lui rendre la pareille. Une longue ligne sombre partait de sa nuque, s'enroulait autour de son cou et se terminait en pointe près de sa clavicule.

Une fois qu'elle se fut approchée de lui, elle dut se placer entre ses jambes afin d'être assez proche pour atteindre son cou. Elle trouva son regard rivé sur ses seins à peine cachés.

Elle claqua des doigts sous ses yeux pour attirer son attention.

— Rappelle-toi, on ne touche pas.

Il fronça les sourcils en la regardant.

Elle se pencha en avant et posa doucement ses mains sur son torse pour se stabiliser. Ses muscles tressaillirent à son contact et il étouffa un gémissement.

Alors qu'elle se rapprochait de son tatouage, elle pouvait sentir les battements de son cœur s'accélérer. Il était excité et elle voulait que ce soit agréable pour lui.

Elle lécha son cou en commençant près de sa pomme d'Adam. Atteignant la zone où se trouvait *son* point sensible à elle, elle commença à l'embrasser lentement. Quand elle le mordilla, il inspira profondément.

Bon sang, il sentait bon. Sa peau était chaude et lisse.

Lorsque Jade s'approcha d'un endroit situé juste sous son oreille, la poitrine de Théo se mit à vibrer et un grondement en sortit.

En s'éloignant de lui, elle éclata de rire.

— Est-ce que tu ronronnes ?

Jade n'avait jamais entendu un tel son venant d'un humain. On aurait dit un très gros chat, et elle était ravie de l'avoir poussé à produire ce son satisfait.

— Quoi ? dit-il, étonné.

En un instant, il changea d'attitude. Ses yeux redevinrent perçants et il se figea.

— Éloigne-toi de moi, grogna-t-il.

— Je pensais que tu aimais…

— Recule !

Jade sursauta et recula précipitamment. En baissant les yeux, elle comprit.

Les bulles avaient disparu, et ses seins étaient bien visibles.

23

Et merde ! Il l'avait encore effrayée. L'expression de son visage lorsqu'elle avait plongé dans l'eau et avait couvert ses seins avec son bras en disait long.

Il se secoua intérieurement. Pourquoi se souciait-il de lui faire peur ? *C'est ce que tu essayais de faire !*

Pourtant, il se sentait coupable. Il n'avait pas eu l'intention de l'effrayer, mais il était trop excité. Quand elle s'était tenue devant lui, il avait d'abord vu son magnifique sourire, puis son corps nu. Cette vue l'avait presque poussé à rompre sa promesse et à la prendre sur place.

Ses mots avaient semblé plus durs qu'il ne l'avait voulu parce qu'il avait du mal à garder le contrôle.

Sans dire un mot, il était sorti du bain. *Il s'était enfui.*

Théo n'avait jamais fui quoi que ce soit ! Les guerres. Les assassins. Les mâles parfois trop confiants. Les menaces devaient être affrontées de front.

Cette petite femelle l'avait tellement ébranlé avec ses belles paroles et son corps de rêve qu'il devait fuir sa propre salle de bain !

Prenant une serviette au mur, il se retourna et vit qu'elle n'avait pas bougé.

Il ouvrit et ferma la bouche plusieurs fois avant de dire finalement :

— À demain matin.

Avant de claquer la porte, il s'arrêta et ajouta :

— N'essaie plus de t'enfuir. Mon sang traxien me forcerait à te poursuivre. C'est l'instinct. Je ne sais pas si j'arriverais à me contrôler la prochaine fois.

Comment les choses avaient-elles pu déraper à ce point ? se demanda Théo en marchant jusqu'à sa chambre.

Chaque fois qu'il pensait avoir le dessus sur elle, elle parvenait à renverser la situation. Il avait trouvé une personne à sa hauteur, conclut-il en s'installant dans un fauteuil devant la cheminée.

Il avait appris beaucoup de choses sur elle pendant le bain. Elle avait beaucoup souffert dans sa vie. Ce qu'il avait vu dans ses yeux quand elle avait parlé de la mort de sa famille l'avait convaincu qu'elle était sincère. Au moins à ce sujet.

Il sentit la fierté lui gonfler la poitrine en voyant à quel point elle était forte, mais il réprima rapidement cette émotion. *Tu ne peux pas être fier de quelque chose qui n'est pas à toi*, se dit-il.

Son sexe encore dur comme la pierre frémit. *Elle a été à toi pendant un moment.*

Il prit sa tige en main, se rappelant sa langue chaude sur son oreille. Il avait besoin de relâcher la pression.

Se servant de son poing, il se souvint de ses seins coquins. Ils étaient plus généreux que celles des femelles de Clecania. Ils avaient rebondi quand elle s'était éloignée de lui. Il jouit violemment en imaginant prendre un de ses petits tétons roses dans sa bouche.

Théo se nettoya et enfila un pantalon de pyjama agréable. Il était comme du papier de verre contre son érection implacable, et il gémit. La nuit allait être longue.

Il récupéra la mott qu'il avait laissée près de son lit et retourna près du feu pour ruminer. Jade était-elle encore dans le bain ? Toujours nue ?

Théo frappa l'accoudoir de son fauteuil. *Ça suffit ! Elle n'est pas pour toi !*

Elle aurait dû être dégoûtée. Lui demander de lécher ses cicatrices avait semblé être un excellent moyen d'exposer ses mensonges. Il s'attendait au moins à une grimace et tout au plus à un coup de langue peu enthousiaste. La façon dont elle lui avait lavé le cou avait été extatique.

Cela lui rappela qu'il devrait s'assurer de réparer le banc du bain rapidement. Quand elle l'avait légèrement mordu, il avait dû déployer toutes ses forces pour ne pas l'attirer sur ses genoux. Le marbre en avait pâti.

Jamais de sa vie il n'avait été touché par ce genre de tendresse. En fait, personne n'avait touché ses marques depuis qu'elles avaient noirci. Quand il était enfant, il était très tactile. Il demandait toujours à être pris dans les bras ou câliné. Sa proximité dans le bain et le simple contact de ses mains sur son torse lui avaient fait l'effet d'une drogue.

Perdant le contrôle, il avait inconsciemment ronronné, ce qu'il n'avait pas fait depuis longtemps.

Ce qu'elle avait dit pourrait-il être vrai ? Et si pendant un moment, il se laissait aller à croire à son histoire ? Croire qu'elle l'avait vraiment choisi et qu'elle aimait ses cicatrices.

Avant de la rencontrer, il ne s'était pas rendu compte à quel point il était seul. Si elle était bien la seule femelle dans l'univers entier à *le* vouloir, alors elle était une bénédiction. S'il l'acceptait, il pourrait connaître la paix pour un moment.

Il repensa, honteux, à la façon dont il l'avait traitée. Il lui avait crié dessus et avait essayé de trouver des moyens de la torturer. Il avait probablement ruiné toutes ses chances.

Ne jamais être choisi par une femelle avait presque été un soulagement pour Théo au fil des ans. Il savait trop bien que sa nature agressive et possessive n'était pas compatible avec des mariages de trois mois.

Le peuple de sa mère, les Traxiens, était barbare et vicieux, mais ils s'accouplaient aussi pour la vie. C'était l'une des raisons pour lesquelles sa mère avait choisi de rester avec son père, même si cette pratique était très inhabituelle.

Théo s'accommodait très bien des femelles qui recherchaient sa compagnie pour le sexe à défaut du mariage. Jade était différente, cependant. Il avait découvert qu'il aimait parler avec elle, même lorsqu'ils se disputaient. Elle avait un esprit vif et rapide.

Les quelques fois où il avait essayé de la rendre heureuse lui avaient procuré plus de satisfaction que n'importe quel ébat sexuel qu'il avait eu. La fierté l'avait envahi quand elle avait complimenté la nourriture qu'il avait choisie pour elle ce soir-là.

Il aimait aussi la voir dans sa maison. Quand il l'avait regardée marcher dans le salon plus tôt dans la journée en parlant doucement à Cebo, elle avait l'air à l'aise. Comme si elle avait déjà déambulé dans sa maison un millier de fois.

L'accepter comme épouse risquait de le briser à long terme. Elle n'était pas sa partenaire pour la vie, et à la première occasion, elle le quitterait.

Si ses ennemis l'avaient envoyée là pour le rendre malheureux, ils avaient réussi.

Il savait ce qu'il devait faire. Ne plus essayer de démasquer Jade. Plus besoin d'essayer d'être plus malin qu'elle pour qu'elle se trahisse. Pour son propre bien, il devait rester aussi loin d'elle que possible.

***

Lorsque Théo sortit en trombe de la salle de bain, elle resta confuse et contrariée qu'il lui ait encore crié dessus. Elle se renfonça dans le bain et poussa un juron en sentant une douleur aiguë et lancinante à l'arrière de sa cuisse.

En observant de plus près, elle découvrit que le marbre du siège immergé était brisé à certains endroits, laissant derrière lui des bords déchiquetés. Là où les mains de Théo s'étaient trouvées.

Ses yeux s'élargirent quand elle réalisa qu'il avait dû faire ça à mains nues. À cause d'elle.

Pour tenir sa parole de ne pas me toucher, pensa-t-elle, des papillons dans l'estomac.

Il avait dû partir pour la même raison.

— Est-ce que je suis censée m'en soucier ? dit Jade à haute voix.

Oui, décida-t-elle. Plus Jade passait de temps avec Théo, plus elle se sentait tiraillée.

Elle prit une serviette et la chemise abandonnée de Théo. Jade marcha jusqu'à sa chambre. Elle regarda sa porte quand elle s'approcha et murmura :

— J'aurais dû le choisir stupide et beau. Toujours choisir des hommes stupides et beaux, Jade.

Quand elle entra dans la pièce, Cebo sauta de son lit et la salua avec enthousiasme.

— Oh, bien. Tu es là, dit Jade à Cebo. J'ai besoin de ton aide pour savoir quoi faire avec ton maître.

Cebo s'assit en face d'elle et pencha la tête sur le côté.

Elle commença à faire les cent pas devant l'animal. Parfois, le fait d'énoncer des problèmes à voix haute l'aidait à y voir plus clair.

— Il agit comme un dur en colère contre moi parce qu'il pense que je suis une sorte d'espionne ou quelque chose comme ça, mais quand il oublie qu'il est censé me détester, il est en fait plutôt gentil.

Cebo se coucha, ses yeux suivant ses pas.

— Il ne m'a pas fait de mal et ne s'est pas imposé à moi. Il a été un peu brutal parfois, mais ne te méprends pas, Cebo.

Jade se pencha et dit, la bouche en coin :

— J'aime que les hommes soient un peu rudes. Il t'a toi et il a cette merveilleuse maison.

Elle fit un geste autour d'elle.

— Les deux personnes que j'ai rencontrées et qui ont l'air sympas disent qu'il est génial.

Jade se dirigea vers la cheminée où un feu brûlait vivement. Elle se retourna et regarda Cebo, momentanément distraite.

— Les cheminées sont toujours allumées ? Est-ce qu'il y a une fée cachée qui entretient le feu ?

Cebo souffla, mais se leva et se dirigea vers elle.

— Bref, dit-elle en se disant qu'elle contemplerait les feux magiques plus tard. Ses mauvais comportements découlent de cette seule conviction que je ne l'aurais jamais choisi de mon propre chef.

Assise dans un fauteuil moelleux, elle regardait le feu.

— Et si je parvenais à le convaincre du contraire ?

Si Jade laissait tomber sa fierté et décidait d'arrêter de combattre son attirance pour Théo, alors il finirait par voir que ce n'était pas de la comédie. Les réactions physiques qu'elle aurait pendant le sexe, par exemple, seraient une preuve suffisante.

Cebo posa sa tête sur ses genoux et elle caressa distraitement ses oreilles.

— Si je peux faire en sorte qu'il m'aime assez, peut-être qu'il me laissera rester une année entière.

Une idée la frappa alors. *Peut-être même qu'il serait capable de m'aider à rentrer chez moi.*

Si son travail était d'être sous couverture, alors peut-être connaissait-il des gens assez sournois pour enfreindre la loi et la ramener.

Jade avait pris sa décision. Elle avait besoin d'être aussi proche de Théo que possible.

24

Comment suis-je censée me rapprocher de lui s'il n'est jamais là ?
Jade s'était réveillée dans un lit chaud, avec la lumière du matin qui pénétrait doucement à travers la paroi vitrée. Elle se sentait détendue et excitée à présent qu'elle avait décidé de faire en sorte que le géant l'apprécie.

La nuit précédente, elle s'était endormie en pensant aux différentes choses qu'elle pourrait faire, la plupart d'entre elles de nature sexuelle, pour s'attirer les faveurs de Théo.

Prête à passer à l'acte, elle passa par la salle de bain, enfila la chemise de Théo et se dirigea vers la cuisine en chantant doucement :

— Hé ho, hé ho, je m'en vais au boulot.

Quand elle arriva dans la cuisine, cependant, Théo n'était pas là. Des assiettes de nourriture délicieusement odorante étaient disposées sur la table, mais personne ne l'attendait pour manger avec elle.

Elle fouilla toute la maison et ne le trouva nulle part.

Il doit être sorti. Décidant de ne pas s'énerver qu'il soit parti sans explication, elle commença à manger.

La nourriture était aussi délicieuse que d'habitude. Elle remarqua qu'il y avait moins d'assiettes qu'à l'accoutumée, mais elles contenaient tous les aliments qu'elle avait le plus appréciés.

La bouche pleine d'un délicieux haricot acidulé – qu'elle avait décidé de considérer davantage comme un fruit qu'un vrai haricot –, elle sourit. Gardait-il une trace des aliments qu'elle aimait le plus et ne lui préparait-il que ceux-là ?

Elle ressentit des papillons dans son estomac et se demanda si elle ne courait pas à sa perte. Son plan exigeait qu'elle le séduise et qu'elle finisse par le quitter. Serait-elle capable d'empêcher ses sentiments pour lui de devenir plus forts ?

Elle n'était là que depuis trois jours et déjà elle sentait une chaleur se répandre en elle dès qu'elle pensait à Théo. Si ses gestes attentionnés continuaient, elle doutait qu'elle ait son mot à dire sur ses sentiments pour lui à la fin de leur mariage.

Après avoir fini de manger, Jade passa l'heure et demie suivante à maudire différentes machines dans la cuisine tout en essayant de comprendre comment laver une assiette.

L'appareil carré qu'elle avait pris pour un lave-vaisselle lui envoya un grand jet d'eau en plein visage dès qu'elle ouvrit sa porte.

Rien dans la cuisine n'était normal. Même les aliments réfrigérés étaient répartis dans la cuisine dans différentes zones plutôt que dans un seul grand contenant.

Comme le super appareil maléfique était le seul à comporter de l'eau, elle s'était dit qu'il devait s'agir d'un lave-vaisselle. Après avoir été aspergée trois fois de plus, elle renonça à utiliser le lave-vaisselle et disposa la vaisselle sale aussi proprement qu'elle le put sur le comptoir.

Alors qu'elle avait presque fini de passer la serpillière — avec une serviette, puisque la serpillière lui échappait aussi, elle entendit frapper à la porte.

Cebo, qui n'avait pas été d'un grand secours dans cette épreuve, tenta de se précipiter vers la porte, mais glissa sur le sol lisse et se retrouva étalé au milieu de la cuisine.

En gloussant, Jade se dirigea vers la porte, mais ne l'ouvrit pas. Ce n'était pas forcément l'idée du siècle d'ouvrir la porte à un inconnu, vêtue seulement d'un T-shirt trempé.

— C'est Asivva, dit une voix de femme à travers la porte épaisse. Jade, tu es là ?

Rapidement, ou aussi rapidement qu'elle le put, compte tenu du fait que la porte devait peser environ 500 kg, Jade ouvrit. Le sourire chaleureux d'Asivva disparut lorsqu'elle détailla Jade et s'effaça complètement lorsque Cebo essaya une fois de plus de courir vers la porte, mais glissa et s'écrasa sur une table dans l'entrée.

— Tout va bien ici ? demanda-t-elle, commençant à glousser devant les tentatives maladroites de Cebo pour l'atteindre.

— Oui, dit Jade en enlevant une mèche de cheveux de son visage. Un des appareils de la cuisine et moi avons eu un désaccord.

Jade s'écarta, laissant Asivva passer.

— Je suis si contente de vous voir. Entrez, je vous en prie !

Jade s'apprêtait à refermer la porte derrière Asivva, mais trois autres femmes la suivaient, faisant rouler des portants de vêtements et apportant des boîtes.

Asivva se tourna vers Jade et dit :

— Théo m'a appelée et m'a dit que tu voulais me voir. Je me suis dit que je pourrais t'apporter les vêtements que tu as commandés.

Elle regarda Jade de haut en bas.

— C'est une bonne chose que je l'ai fait.

Jade jeta un coup d'œil à la chemise de Théo.

— Il a des chemises très confortables, mais de vrais vêtements seraient les bienvenus.

Asivva dirigea les femmes vers la chambre de Jade avant de prendre place sur le canapé du salon. Un amer sentiment de jalousie traversa Jade. *Comment sait-elle où tout se trouve ?*

Cebo réussit finalement à s'approcher d'Asivva qui lui caressa la tête avant qu'il ne s'effondre à ses pieds, épuisé.

Jade demanda, d'un ton qui se voulait nonchalant :

— Alors vous êtes déjà venue ici ?

— Oui, très souvent, dit Asivva, en tapotant le canapé à côté d'elle en guise d'invitation.

— Pourquoi ? laissa échapper Jade, n'arrivant plus à se retenir.

Pourquoi cette superbe femme viendrait-elle chez Théo *« très souvent »* ?

Jade lui jeta un coup d'œil par-dessus son épaule. Que ferait-il s'il rentrait à la maison maintenant ? Il ne serait pas difficile de choisir entre un mannequin à couper le souffle et Jade qui, pour l'instant, ressemblait à un chat noyé.

Asivva fixa Jade avec une expression confuse pendant un moment, puis dit :

— Théo t'a-t-il dit comment il me connaît ?

— Il a dit que des femmes venaient parfois pour avoir des relations sexuelles avec lui.

Asivva sourit.

— Après la cérémonie, j'étais très inquiète que vous ne vous entendiez pas.

Jade se renfrogna et Asivva se mit à rire.

En gloussant, elle réussit à dire :

— Je suis contente de voir que mon *frère* a trouvé quelqu'un d'aussi possessif envers lui.

— Votre frère ?

Theo avait dit que sa sœur vivait près d'ici.

Le visage de Jade s'empourpra devant son embarras. Elle n'avait jamais été du genre jalouse auparavant. Ce type lui faisait un sacré effet. Elle s'assit et dit à la hâte :

— Je suis vraiment désolée. Je ne voulais pas…

Asivva leva la main et dit :

— C'est déjà oublié.

Elle regarda à nouveau la chemise de Jade.

— Pourquoi ne pas voir si on peut te trouver quelque chose d'autre à te mettre ?

Jade suivit Asivva dans le couloir. Quand elles arrivèrent dans sa chambre, Asivva s'allongea sur le lit.

— J'aimerais savoir comment les choses se passent entre toi et Théo.

Jade dut s'empêcher de rire aux éclats. La scène était si… normale. Comme si une amie était venue chez elle pour parler des garçons et essayer des vêtements. *Et pourquoi pas une bataille d'oreillers ?*

— Vous devez… Tu dois me comprendre, Asivva, je n'ai pas ma place ici. Ton frère et moi, on s'entend bien, mais je dois trouver comment rentrer chez moi.

Jade espérait qu'elle serait compréhensive à ce sujet.

Asivva se mordilla la lèvre et réfléchit aux paroles de Jade.

— Pourquoi ?

— Pourquoi quoi ? fit Jade, confuse.

— Pourquoi veux-tu tant retourner sur Terre ? Je ne t'ai pas entendue en parler souvent.

Jade hésita. Pourquoi voulait-elle revenir ? Sa vie sur Terre était ennuyeuse et solitaire. Elle s'était d'abord rebellée contre la vie sur une planète étrangère par peur et par principe, mais Asivva avait raison. Il n'y avait pas grand-chose qui l'attendait chez elle.

Une silhouette derrière elle attira son attention. Les trois femmes qui avaient apporté les portants avaient presque fini de ranger les vêtements dans le placard. Elle n'arrêtait pas de les surprendre en train de lui jeter des regards curieux.

— Ignore-les, dit Asivva. Ce ne sont que des commères.

Son ton était celui de la réprimande, mais l'une des femmes jeta un coup d'œil à Asivva avec un sourire enjoué.

Asivva lui rendit son sourire.

— Elles savent que tu as choisi Théo, et elles ont eu la même réaction que beaucoup d'autres.

— Je devrais peut-être attendre qu'elles partent avant de te parler de lui.

S'abstenant de répondre à la question surprenante d'Asivva sur sa vie sur Terre, Jade se dirigea vers son placard et essaya de décider ce qu'elle allait mettre.

Tout ce qu'elle se souvenait d'avoir choisi était là et tout était parfaitement à sa taille. *Je pourrais bien m'y habituer.*

En regardant dans son armoire, elle remarqua qu'il y avait aussi beaucoup de choses qu'elle n'avait pas choisies.

— J'ai pris la liberté de commander quelques pièces supplémentaires pour toi, dit Asivva derrière elle. Tu as été assez économe dans tes achats.

Jade avait acheté suffisamment de vêtements pour tenir bien plus longtemps que les trois mois qu'elle était censée passer dans cette maison. Elle s'était sentie mal de le faire. Dépenser l'argent de quelqu'un d'autre en sachant qu'elle allait finir par prendre tous ses achats et partir, c'était terrible.

Elle avait choisi une tonne de vêtements et quelques chaussures, mais elle n'était pas gourmande. Elle avait pris soin d'éviter la section des bijoux et des accessoires.

En examinant les étagères et les tiroirs, Jade réalisa qu'Asivva avait acheté un certain nombre de choses pour elle. Elle avait aussi fait un bien meilleur travail que Jade ne l'aurait fait. Elle avait bon goût.

— C'est trop, dit Jade, alors même qu'elle admirait un délicat collier en or orné d'une gemme bleue scintillante.

En se forçant à détacher les yeux des bijoux, elle jeta un regard en biais vers Asivva.

— Ça a dû te coûter une fortune et je ne peux pas tout porter. Est-ce qu'on peut les renvoyer ?

— Tu n'avais pas acheté assez de choses, dit Asivva en passant en revue quelques robes. Théo est très riche.

— J'en ai acheté assez pour une année entière. C'est… c'est…

Jade secoua la tête et fit un geste vers le placard.

— Ce n'est que le début. Sur *notre* planète, commença Asivva en inclinant la tête vers Jade, une épouse est censée recevoir ces choses. Le style et la quantité d'articles que tu as achetés auraient insulté Théo. Tout le monde sait qu'il est extrêmement riche et si on apprenait qu'il n'a acheté que ces quelques articles pour toi, cela aurait été mal vu.

En fronçant les sourcils, elle dit à voix haute :

— J'ai peur que ce ne soit pas encore suffisant.

— C'est tellement stu…

Jade se tut devant le regard dur qu'Asivva lui jetait. Elle savait qu'Asivva n'aimait pas que Jade juge leurs coutumes, mais là, c'était vraiment ridicule.

— Et les hommes qui ne sont pas riches ? Ils n'ont pas le droit d'avoir des épouses ? Ou bien leurs femmes dépensent-elles tellement qu'ils finissent par être ruinés ?

— Quand vous choisissez votre mari, vous choisissez ce que vous allez dépenser. Une épouse dépense moins si elle a un mari qui gagne moins. Comme tu es mariée à Théo, tu dois dépenser beaucoup d'argent, termina Asivva en tendant une robe fluide bleu royal à Jade.

Et si je ne veux pas acheter d'autres choses ? Je n'ai besoin de rien d'autre et c'est du gaspillage.

Asivva soupira et baissa la robe.

— C'est quelque chose dont tu devras discuter avec Théo. J'essaie simplement d'aider.

Elle fourra la robe dans les bras de Jade.

Alors qu'elle se dirigeait vers la porte pour dire au revoir aux autres femmes, Jade réfléchit à ce qu'elle avait dit. *Théo ne peut pas vouloir que je dépense tout son argent. Quel serait le but de la manœuvre ?*

Jade enfila la robe et suivit Asivva, qu'elle trouva à nouveau allongée sur son lit.

— Tu dois te rappeler qu'il s'agit d'une planète étrangère. Notre rapport à l'argent est probablement très différent de celui que vous entretenez sur Terre.

Asivva avait raison.

— D'accord, dit Jade lentement. Alors, que se passerait-il s'il n'avait plus d'argent ? Comment paierait-il cette maison, la nourriture et les soins médicaux ?

Asivva plissa les yeux, semblant confuse par la question.

— C'est dommage qu'il n'y ait pas plus d'informations sur les coutumes terriennes dans le dossier. Ce serait plus facile pour moi de te comprendre. Sur Terre, devez-vous payer votre nourriture et vos soins médicaux ? Vous ne faites qu'emprunter votre maison, vous n'en êtes pas propriétaire ?

Jade comprit ce qu'Asivva voulait dire. Il y avait manifestement de très grandes différences entre leurs cultures, mais aucune d'elles ne savait exactement quelles étaient ces différences.

— Oui, nous achetons notre propre nourriture et certains endroits sur Terre exigent que les gens paient pour leurs soins médicaux. Vous êtes propriétaire de votre maison, mais la plupart des gens ne peuvent pas la payer en une seule fois. Beaucoup remboursent leur maison pendant trente ans ou plus. Certains louent simplement une maison parce qu'ils n'ont pas les moyens d'en acheter une.

— Comme tu dis « C'est stupide », ricana Asivva. Chaque être sur cette planète a droit à des soins médicaux et à de la nourriture. Ils sont gratuits. Si vous n'avez pas assez d'argent pour acheter une maison, vous vivez avec d'autres mâles dans un logement qui vous est fourni jusqu'à ce que vous gagniez suffisamment d'argent. Il est impossible d'acheter une chose pour laquelle vous n'avez pas l'argent.

La réponse d'Asivva laissa Jade avec plus de questions que de réponses.

— Donc, la qualité de la nourriture n'a pas d'importance ? Que ce soit rare et très bon ou commun et dégoûtant, tout est gratuit ? Et pour l'école et la retraite ?

— On pourrait continuer comme ça longtemps, fit Asivva en secouant la tête. Laisse-moi essayer de t'expliquer à quoi sert l'argent. Peut-être que ça t'aidera à mieux comprendre. Dans notre culture, l'argent que vous gagnez tout au long de votre vie représente votre dynamisme et votre travail acharné. Cet argent est utilisé pour offrir un confort supplémentaire à vous-même et à votre famille. Si un mâle décidait de ne pas gagner d'argent, il vivrait quand même très confortablement et on s'occuperait de lui jusqu'à sa mort, mais il n'aurait pas le droit d'avoir une épouse parce qu'il n'en aurait pas prouvé un désir suffisant. L'accès à la nourriture, au logement et aux soins médicaux est un droit pour chaque être vivant sur Clecania. Une femelle et une famille, cependant, sont une bénédiction et vous devez travailler dur et contribuer à la société pour montrer que vous la méritez. Les besoins fondamentaux sont assurés par notre gouvernement. Les conforts supplémentaires tels qu'une maison, des vêtements de marque et des aliments haut de gamme sont des choses qui se paient.

Un monde comme celui-là doit être merveilleux.

— Et les gens qui héritent d'argent et de maisons ?

De nouveau confuse, Asivva répondit :

— Il n'y a pas d'héritage. L'argent ou les biens qui vous restent à votre mort sont remis à l'État. Tous les enfants commencent avec les mêmes chances.

Asivva se pencha en avant, l'intérêt se lisant dans ses yeux.

— Sur Terre, on hérite de l'argent de ses parents ? Comment s'assurer que les personnes fortunées ne continuent pas à l'être sans travailler dur ?

— Eh bien…

Jade ne trouva pas de réponse. N'était-ce pas l'un des plus gros problèmes sur Terre ? L'inégalité financière ? Si toutes les choses nécessaires à la survie étaient gratuites et que vous ne pouviez pas transmettre l'argent que vous aviez gagné à votre mort, les gens seraient-ils aussi impitoyables ? La cupidité serait toujours présente, mais la prochaine génération devrait repartir de zéro et gagner son argent.

En levant les bras au ciel, Jade dit :

— Tu as gagné. Ce que tu dis est logique. Je suis désolée. Je me souviendrai de ne pas partir du principe qu'une chose est illogique avant d'essayer de la comprendre.

Asivva se pencha en arrière, l'air suffisant.

— Le but des mâles sur cette planète est de gagner assez d'argent pour attirer une femelle. S'il a une épouse, un mâle voudra dépenser tout l'argent qu'il a gagné pour elle. S'assurer que tous ses désirs sont satisfaits et qu'elle est heureuse. Cela prouve qu'il est capable de faire la même chose pour un enfant.

Jade essaya d'éviter tout jugement lorsqu'elle dit :

— Et ça ne semble pas injuste aux hommes ? Les femmes travaillent-elles et gagnent-elles aussi de l'argent ou utilisent-elles seulement l'argent de leur mari ?

La tristesse s'afficha sur le visage d'Asivva.

— Notre monde est en détresse. Les femelles sont la clé pour s'assurer que nous ne disparaissions pas. Une femelle peut travailler si elle le souhaite, mais elle serait méprisée pour cela si elle ne se mariait pas aussi. Afin de perpétuer notre espèce, nous nous marions et avons des enfants. Puis nous passons à autre chose et les laissons derrière nous pour nous marier à nouveau et avoir d'autres enfants. Une femelle clecanienne doit abandonner ses enfants et tout mâle qu'elle aime pour assurer la survie de l'espèce. Les possessions matérielles fournies par nos maris ne peuvent pas remplir le trou qui reste, mais elles peuvent aider.

Jade réalisa que cette culture dans laquelle elle avait été jetée *semblait* à première vue avoir une vision archaïque de la place de la femme, mais en en apprenant davantage, elle découvrait que ce monde était en réalité dominé par les femmes. Tout ce que ses habitants faisaient était destiné à empêcher l'extinction de leur espèce, pas à forcer les femmes à faire des mariages malheureux.

Les femmes de cette planète étaient plus honorables que toutes celles qu'elle avait rencontrées. Elles faisaient passer le bien de leur peuple avant leur propre bonheur. Jade sentit les larmes lui monter aux yeux. La force. Elle avait toujours admiré la force, surtout chez les femmes.

— Je suis tellement désolée, Asivva, chuchota-t-elle. As-tu des enfants ?

Asivva sourit tristement.

— Oui, deux. Ils vivent avec leurs pères.

— Tu peux aller les voir ?

— Je pourrais, mais je crains que cela ne fasse plus mal. Tu dois penser que les femelles d'ici sont insensibles, et nous le sommes. Nous devons l'être. Si j'allais voir mes enfants, je ne sais pas si je serais capable de partir. Si toutes les femelles faisaient de même, nous finirions par nous éteindre. Quel genre de monde laisserais-je à mes garçons ?

Le regard d'Asivva s'était fixé au loin, mais elle reporta son attention sur Jade.

— L'école des maris, les vêtements, les bijoux et même une chambre séparée, dit-elle en englobant la pièce, sont tous destinés à atténuer nos souffrances et à nous empêcher de trop nous attacher tout en donnant aux mâles l'occasion de prouver qu'ils ont travaillé assez dur pour élever un enfant seuls.

Jade essuya une larme qui avait roulé sur sa joue. Asivva avait toujours été si patiente et si gentille. Découvrir la douleur qui l'habitait lui faisait mal au cœur.

Au départ, elle avait pensé que les femmes de ce monde étaient sans cœur. Elles avaient boycotté Théo à cause de son apparence et semblaient ne se soucier que des possessions matérielles ou de ce que leur mari pouvait faire pour elles, mais elle comprenait maintenant qu'elles devaient être ainsi. Avec tout ce qu'elles avaient abandonné – le confort d'un foyer permanent, un partenaire à aimer et des enfants à élever –, elles avaient gagné le droit d'être aussi insensibles, vaniteuses et même carrément méchantes qu'elles le voulaient.

S'éloigner de tout le monde pour ne pas être blessée était exactement ce que Jade faisait depuis la mort de sa tante. Être froide était un bon moyen de se protéger, mais c'était aussi une existence très solitaire.

Prenant une profonde inspiration, Asivva dit :

— Comprends-tu maintenant que tes maigres dépenses se refléteraient sur Théo ? Ça lui ferait l'effet d'une gifle et lui indiquerait que tu n'as aucune estime pour le dur labeur qu'il a accompli pour subvenir à tes besoins et à ton bonheur. Ça indiquerait aux autres que tu penses qu'il n'est pas apte à avoir un enfant. Ses chances de trouver une autre épouse après toi, qui étaient presque inexistantes au départ, disparaîtraient complètement.

Jade acquiesça et se dirigea vers un fauteuil près de la cheminée. En chemin, elle s'aperçut dans le miroir.

— Eh bien, dit-elle en se regardant. Vous ne plaisantez pas en matière de robe.

Le tissu bleu était si léger qu'on aurait dit de l'eau sur sa peau. La coupe de la robe simple épousait ses courbes aux bons endroits et était fluide aux autres.

— Oui, en effet. Je savais que cette couleur t'irait à merveille.

En souriant malicieusement, elle ajouta :

— C'est la couleur préférée de Théo.

Jade jeta un sourire en coin par-dessus son épaule. *Belle-sœur sournoise.*

Asivva la rejoignit près de la cheminée et elles restèrent assises ensemble. Jade ressentit une étrange vague d'émotion en regardant la femme. Elle aimait pouvoir partager des choses avec quelqu'un. Jade n'avait pas eu d'amie depuis si longtemps. Tous ses efforts avaient visé à ne pas trop ressentir de choses pour Théo, mais elle réalisait maintenant qu'elle ne s'était pas protégée avec Asivva, et elle commençait à se soucier d'elle.

C'était difficile à admettre, mais elle avait tissé plus de liens émotionnels avec les gens de cette planète qu'avec ceux de la sienne. Voulait-elle vraiment retourner à son existence solitaire après qu'on lui eut rappelé ce que c'était que d'être proche de quelqu'un ?

— Alors, demanda à nouveau Asivva, comment ça se passe entre toi et Théo ?

Par où commencer ?

— Eh bien… il pense que je suis une espionne. Que je suis là pour le bercer d'un faux sentiment de sécurité et ensuite voler ses secrets ou le tuer ou une autre bêtise du genre.

— Hmm, dit Asivva pensivement. Et c'est le cas ?

Jade tourna un visage choqué vers elle. Voyant le regard espiègle dans ses yeux, Jade éclata de rire.

— Ah ah ! Très drôle.

— Mon frère a toujours été un peu intense. Il semble être dans le déni.

Les sourcils se rapprochant, elle demanda :

— Est-ce qu'il te traite mal ?

— Il essaie. Je pense qu'il veut me pousser à bout pour que je lui révèle que je suis une traîtresse et que je le supplie de partir.

Jade sourit en pensant aux tentatives ratées de Théo.

— Sans s'en rendre compte, il fait accidentellement des choses que j'aime.

— Comme quoi ?

— Comme Cebo. Jade fit un geste vers le lit où Cebo s'était installé. Je suppose que les femmes d'ici n'aiment pas beaucoup les animaux et n'en veulent pas chez elles. J'adore les animaux et je trouve normal que mon animal de compagnie soit à mes côtés.

— Les épouses préfèrent garder leurs distances avec les animaux de compagnie pour s'assurer de ne pas trop s'attacher à eux, expliqua Asivva. Et comment as-tu réagi face à Cebo ? C'est un animal très étrange.

— Pas pour moi ! Je pense qu'il est apparenté à un type d'animal très commun sur Terre.

Le visage de Jade se fendit d'un large sourire.

— Tu aurais dû voir le visage de Théo. Il était tellement sûr que je serais en colère.

— Qu'a-t-il fait d'autre pour essayer de te mettre en colère ? dit Asivva, les lèvres pincées.

— Eh bien, il n'arrête pas de me dire des choses sexuelles. Il espère me dégoûter, mais, comme tu le sais, je le trouve attirant.

Jade leva les yeux au ciel, exaspérée.

— Il m'a aussi forcée à prendre un bain avec lui, mais si c'est la coutume ici, alors je suppose que je devais le faire de toute façon.

— La coutume ? intervint Asivva.

— Oui, au bout de deux jours, le mari et la femme doivent… prendre un…

Jade fixa Asivva qui peinait à s'empêcher de rire.

— Il n'y a pas de telle coutume, n'est-ce pas ?

— Je crains que non.

Asivva riait à présent à gorge déployée.

— Eh bien, comment suis-je censée le savoir ?

Maudit alien. Jade leva les bras au ciel.

— Y a-t-il des choses dont je devrais être consciente ? J'aimerais bien le mettre face à ses âneries la prochaine fois.

— Qu'est-ce qu'un âne ? demanda Asivva avec curiosité, puis elle secoua la tête. Peu importe. La seule chose que l'on attend de toi, c'est que tu ailles au rassemblement avec lui pour que les autres puissent vous voir ensemble. On l'organise à la fin du premier mois de mariage.

Elle gloussa.

— Tout ce qu'il te dira d'autre est probablement un mensonge.

En se levant, elle dit :

— Je dois rentrer maintenant. Botho, mon mari, aura bientôt fini de préparer le dîner. Tiens, dit Asivva en tendant à Jade un appareil noir. C'est un appareil de communication. Si tu veux nous parler, à moi ou à Zikas, tu peux l'utiliser.

Anticipant la prochaine question de Jade, elle lui montra comment utiliser l'appareil et sur quels boutons appuyer pour l'appeler, elle ou Zikas.

Quand elle atteignit la porte, elle se retourna et demanda :

— Penses-tu que tu pourrais être heureuse ici ? Avec mon frère ?

Jade répondit en toute honnêteté :

— S'il arrête de me traiter comme une invitée non désirée, je pourrais. Mais je ne suis pas sûre qu'il arrive à accepter que je l'ai choisi parce que je l'apprécie.

Asivva hocha la tête.

— Je t'aiderai de toutes les manières possibles.

Une pensée sournoise entra dans l'esprit de Jade.

— Je crois que j'ai une idée, mais ça implique de mentir.

Asivva sourit.

— Quel est le plan ?

25

Théo avait passé sa journée à essayer d'en apprendre plus sur les femelles humaines. Ses contacts avaient été utiles, mais ils n'en savaient pas beaucoup plus que ce qu'il avait appris par lui-même. Parmi les nouvelles informations qu'il avait glanées, très peu étaient intéressantes.

Il se murmurait parmi certains de ses contacts les plus louches qu'une offre d'emploi concernant des humains avait circulé quelques années plus tôt. Quand ils en sauraient plus, ils transmettraient l'information à Théo contre une petite fortune.

En se rendant rapidement dans un avant-poste commercial clandestin à quelques villes de là, dans le désert de Sparno, Théo avait pu retrouver le commerçant qui lui avait vendu Cebo des années plus tôt. Le marchand lui avait confirmé que Cebo venait d'une lignée de bêtes domestiquées provenant d'une planète de classe 4, mais il n'avait pas su lui dire laquelle.

Théo avait également sollicité l'aide de son ami proche, Rhaego. Comme lui, Rhaego était un mercenaire engagé par le gouvernement. Contrairement à Théo, Rhaego était un grand mâle tuvasta cornu que Théo soupçonnait d'accepter des missions secondaires bénévoles pour aider les habitants de sa ville natale.

Rhaego était un mâle honorable et avait immédiatement accepté d'aider Théo à tenter de découvrir la vérité. Son imposant ami resterait près de l'informateur et veillerait à ce qu'il s'attelle à en apprendre davantage.

Légèrement plus grand que Théo, il avait un corps plus massif et des cornes acérées, et Théo se doutait que son informateur redoublerait d'efforts pour apprendre la vérité afin de se débarrasser au plus vite de Rhaego.

Sur le chemin du retour, Théo s'aperçut que ses pensées revenaient sans cesse à Jade. Il avait beau essayer de penser à autre chose, l'image d'elle nue devant lui dans le bain s'imposait sans cesse à lui.

Ce n'était pas seulement sa nudité qui rendait cette image si viscérale pour lui, bien que ses seins nus et étincelants soient souvent présents dans son esprit. C'était sa façon d'être à ce moment-là. Jade avait eu un grand sourire en le regardant. Elle semblait détendue et heureuse en le touchant.

Puis j'ai tout gâché. Théo soupira en appuyant sa tête contre son siège.

Il passa le reste de son voyage retour à se reprocher d'avoir pensé à Jade… et à penser par conséquent à elle.

Quand Théo arriva chez lui, il tomba sur Asivva qui partait.

— Bonjour, mon frère, dit-elle en souriant.

Théo lui adressa un rapide signe de tête en guise de réponse.

— Toutes ses affaires ont été livrées ? Est-ce qu'elle les aime ?

Au lieu de répondre, Asivva répliqua :

— D'après ce qu'elle m'a dit de ton comportement, je suis surprise que tu te soucies de savoir si elle les aime ou non.

Théo fronça les sourcils, mais ne dit rien. *Je ne devrais pas me préoccuper de savoir si elle les aime !* se réprimanda-t-il.

— C'est une femelle exceptionnelle, Théo. Plus je lui parle, plus je sens qu'elle est faite pour toi. J'espère que tu t'en rendras compte avant qu'il ne soit trop tard. Toutes ces bêtises sur le fait qu'elle soit là pour t'espionner sont… Oh, quel est ce nouveau mot qu'elle m'a appris ?

Elle ferma les yeux en se concentrant.

— Oh, oui ! Des âneries.

— J'ai déjà vu ça arriver à des mâles, Asivva, rétorqua-t-il. J'ai même piégé certains mâles pour qu'ils soient séduits par des femelles que j'employais ! L'année dernière encore, j'ai engagé une travailleuse du plaisir deali pour séduire et droguer un homme que je surveillais. Il n'est pas improbable que quelqu'un me fasse la même chose.

Une fois le mâle hors d'état de nuire, Théo avait pu récupérer un scan biométrique de sa main qu'il avait utilisé pour s'introduire chez lui. Il avait placé des appareils de surveillance partout et continuait à le surveiller à ce jour.

Théo savait mieux que quiconque qu'à travers l'univers, de nombreux mâles avaient tendance à sous-estimer les femelles.

Asivva pinça les lèvres, mais n'insista pas.

— Ça te dérange si je prends ton véhicule pour rentrer ?

Avant qu'il ait pu lui répondre, elle était montée dedans et lui fit un signe d'adieu.

Lorsque le véhicule commença à s'éloigner, il se demanda : *Que peut bien être un âne ?*

***

Jade avait choisi quelques bijoux pour aller avec sa robe, mais avait décidé de rester pieds nus. Après avoir vécu en T-shirt pendant quelques jours, même porter une simple robe à la maison semblait extravagant.

Elle entendit Cebo aboyer avec excitation de l'endroit où il se prélassait sur son lit, puis sortir de la pièce en courant.

Il est rentré ! Elle sentit des papillons dans son estomac. Elle fronça les sourcils. L'excitation qu'elle éprouvait à l'idée de son retour était troublante.

Tu as le droit d'apprécier l'alien. Tu as le droit d'avoir un crush pour l'alien. Tu as le droit de t'envoyer en l'air avec l'alien. Tu n'as pas le droit de tomber amoureuse de l'alien !

Elle s'observa à nouveau dans le miroir avant de quitter la pièce. Ne sachant pas ce qu'il préférait, elle avait opté pour un maquillage minimal et détaché ses cheveux.

Quand elle atteignit le salon, elle le trouva penché sur Cebo, qu'il caressait affectueusement. Ses cheveux noirs lui tombaient dans les yeux et il releva la tête pour la regarder.

Il s'immobilisa et la scanna lentement de haut en bas. Jade eut l'irritante envie de tournoyer devant lui, mais s'en empêcha.

Cebo laissa échapper un gémissement et poussa la main de Théo.

— Où es-tu allé ? demanda Jade.

— Dehors, répondit-il seulement.

Jade dut fermer la bouche pour ne rien répliquer. *Ne le laisse pas t'énerver.* Elle alla s'asseoir sur un canapé près de l'endroit où il se tenait.

— Tu as passé un bon moment pendant que tu étais *dehors* ?

Il haussa les épaules, mais ne répondit pas.

Sois un peu coopératif !

— Asivva est venue aujourd'hui, fit Jade. Pourquoi tu ne m'as pas dit que c'était ta sœur ?

— Ça n'avait pas l'air important.

Sans lui adresser un regard, il se dirigea vers la cuisine.

Jade laissa échapper un soupir de frustration et le suivit.

— Tu aurais pu dire quelque chose quand j'ai demandé à la voir.

— Oui. J'aurais pu.

Théo s'arrêta brusquement et examina le sol, levant le pied de façon comique, comme s'il n'avait jamais vu d'eau.

— Pourquoi le sol est-il mouillé ?

— J'ai essayé en vain de faire la vaisselle de ce matin.

Il la regarda en clignant des yeux.

— Pourquoi essaierais-tu de faire la vaisselle ?

— Pour aider.

Comme sa réponse ne semblait pas le satisfaire, elle ajouta :

— Tu as cuisiné, alors je me suis dit que je devais nettoyer.

Encore une fois, il la scruta.

— Je ne te comprends pas, femelle.

Jade posa ses coudes sur le comptoir et prit sa tête entre ses mains.

— On me le dit souvent.

— Je pensais…

Il s'interrompit, hésitant visiblement à continuer.

— Tant mieux. Sinon, tu ne serais qu'un beau morceau de viande, dit Jade, essayant d'alléger son humeur.

Le coin de sa bouche se retroussa légèrement.

— Je pensais que tu serais en colère après la nuit dernière.

Il ajouta avec lassitude :

— Je ne comprends pas ton humeur aujourd'hui.

— Tu dois savoir que mon humeur peut changer en un clin d'œil.

Devant son expression confuse, elle ajouta :

— C'est vrai, vous ne faites pas de clin d'œil ici. Je veux juste dire que mon humeur est prompte à changer. Quand tu as quitté le bain hier soir, je suis passée de la frustration à la colère, puis à la solitude.

Comme il continuait à la fixer, elle continua :

— Si l'on omet la *façon* dont j'ai fini dans le bain, dit-elle avec un air de reproche qui le fit remuer, mal à l'aise, j'ai passé un bon moment. J'ai apprécié de parler avec toi.

Elle lui adressa un sourire timide.

— J'ai aussi aimé te lécher.

Son regard s'assombrit et il se frotta la mâchoire d'une main.

— J'ai décidé que j'en avais fini de me battre avec toi. Avec le temps et si je ne te trahis pas ou ne te tue pas, tu comprendras que je ne suis pas une espionne. Alors au lieu de me disputer avec toi et de devenir folle, je vais essayer de m'amuser.

Elle sentit un frisson amusé la traverser devant l'éclair de panique qui passa sur le visage de Théo.

— Et comment, exactement, as-tu l'intention de t'amuser ?

Elle sourit.

— Disons que je ne suis plus opposée à notre bain hebdomadaire.

Théo déglutit, puis se retourna pour prendre une bouteille de mott dans un compartiment réfrigéré d'un meuble bas.

— Sauf la semaine prochaine, bien sûr, dit Jade.

— La semaine prochaine ? demanda Théo après avoir bu une longue gorgée de sa bouteille.

— Oui. Asivva m'a expliqué la coutume.

Jade sourit innocemment.

— Au lieu d'un bain de couple, c'est moi qui choisirai ce qu'on fera. Elle appelle ça « le choix des femelles ».

26

Il allait étrangler Asivva la prochaine fois qu'il la verrait.

— Elle a dit que tu avais probablement oublié de le mentionner.

Jade tendit la main vers la bouteille de mott, et Théo la lui remit distraitement.

— Je voulais m'assurer qu'il n'y avait pas d'autres traditions que je ne connaissais pas. Elle a dit que c'étaient les seules.

Il ne pouvait pas le nier maintenant ou Jade saurait que le rituel du bain était un mensonge. Il ne pensait pas qu'elle le ferait, mais si elle s'énervait et le dénonçait, il pourrait avoir de sérieux problèmes.

Il devait appeler Asivva et découvrir ce qu'elle avait dit d'autre à Jade.

Jade observa la bouteille de mott.

— Les femmes d'ici boivent-elles généralement de l'alcool ?

Réalisant qu'il lui avait donné *sa* bouteille sans réfléchir, il répondit :

— Oui, mais pas ce genre d'alcool en général.

Il lui arracha la bouteille des mains.

— C'est très fort.

Elle leva les yeux au ciel.

Comment allait-il faire durant les trois mois à venir ? Elle avait laissé entendre qu'elle accepterait ses avances. C'était presque impossible pour lui de garder ses mains loin d'elle.

Elle était magnifique dans sa nouvelle robe. La matière soyeuse épousait ses courbes et le décolleté descendait bas et exposait le haut de ses généreux seins couleur crème.

Son seul défaut était qu'elle avait maintenant une odeur différente. Il avait réalisé avec frustration qu'elle sentait différemment parce qu'elle ne portait plus sa chemise. Son parfum ne se mêlait plus au sien. Lorsqu'elle l'avait salué, il lui avait fallu faire un effort considérable pour ne pas courir se frotter sur elle, la marquant de son odeur.

— J'ai besoin de ton aide pour quelque chose, dit-elle lentement. Mais c'est un peu embarrassant.

— Je suis à ton service, mon épouse, dit-il sombrement.

Elle lui sourit. Cette vue était presque aussi belle que le sourire non dissimulé qu'elle lui avait offert dans le bain la veille quand il avait ronronné.

— Après ton départ hier soir, je me suis coupée sur un carreau cassé dans le bain.

Merde, c'était de sa faute. Il l'avait brisé pour ne pas la toucher.

— Ma coupure est située dans un endroit très inconfortable et difficile à atteindre. Aurais-tu un de ces bâtons de guérison magique dans le coin ?

Elle était blessée depuis tout ce temps ?

— Pourquoi tu n'as rien dit ? aboya-t-il.

Elle sursauta, surprise par sa colère soudaine. Plutôt que de se recroqueviller, elle dit :

— Ne me crie pas dessus !

D'une voix plus forte, elle poursuivit :

— Hier soir, tu as quitté la pièce en claquant la porte et il était clair que tu voulais rester seul ! Ce matin, tu es parti sans dire un mot et sans me laisser un moyen de te joindre. Je t'en ai parlé à la première occasion. Ce n'est pas ma faute si tu es rarement à la maison.

Théo rougit. Elle avait raison. Il avait essayé de garder ses distances avec elle.

— Viens avec moi, dit-il d'une voix râpeuse.

Il la conduisit à sa propre chambre, mais s'arrêta avant d'y entrer.

— Attends-moi ici.

Elle croisa les bras dans un mouvement d'impatience, mais n'essaya pas d'entrer dans sa chambre.

Théo n'était pas gêné par sa chambre, mais il ne voulait pas qu'il y ait le moindre soupçon d'odeur de Jade à l'intérieur, sans quoi il ne pourrait plus jamais dormir.

Il se rendit dans sa salle de bain pour récupérer l'appareil de guérison et lorsqu'il revint, elle était debout au milieu de la pièce en train d'examiner sa chambre.

Femelle impossible !

— Tu n'écoutes jamais ce qu'on te dit ?

— Je ne vois pas pourquoi tu en fais tout un plat, dit-elle, ignorant sa question. C'est une belle pièce. Je n'aurais pas pensé que tu étais du genre à aimer les choses moelleuses, dit-elle en passant ses mains sur un de ses oreillers en fourrure.

— J'aime être à l'aise, dit-il sur la défensive.

Jade se pencha pour caresser le tapis de fourrure, mettant parfaitement en valeur ses fesses en forme de cœur.

Il se sentit durcir. *Avec ses courbes, elle ne joue pas à la loyale. Comment suis-je censé résister ?* Sa main le démangeait de la toucher et il se retrouva à faire un pas en avant malgré ses protestations intérieures.

— Comme je te l'ai déjà dit, dit-il en serrant les poings, j'aime les choses douces.

Elle tourna la tête et sourit quand elle le surprit en train de la reluquer. Il détourna rapidement le regard.

— Pas besoin d'être timide, dit-elle en s'approchant de lui. C'est là que se trouve ma coupure.

— Quoi ? dit Théo, fasciné par son déhanchement.

— Je me suis coupé l'arrière du haut de la cuisse en essayant de m'asseoir sur le banc. Je ne peux pas atteindre ou voir cette zone.

Alors que ses mots s'enfonçaient dans son esprit, il sentit son sexe durcir plus encore. *La coupure est-elle très haute ?* Aurait-il un aperçu de son superbe cul s'il l'aidait ?

Il commença à s'éloigner d'elle.

— Je devrais peut-être demander à Asivva de venir t'aider.

— Ne sois pas stupide.

Elle continua à marcher vers lui avec un sourire malicieux sur le visage.

— Tu es mon mari. Ça ne prendra qu'une seconde pour me guérir.

Son sourire indiqua à Théo qu'elle était consciente de l'effet qu'elle avait sur lui. Sa colère commença à monter.

Essayait-elle de lui faire baisser la garde parce qu'elle était dans sa chambre ? Son bureau était à côté, mais il n'y avait aucun moyen pour elle d'accéder à des informations précieuses.

— Tu vas trop loin, se renfrogna-t-il. Si ton plan est de me distraire pour pouvoir fouiller dans mes affaires, ça ne marchera pas.

Au lieu de s'éloigner le plus possible de lui, comme elle aurait dû le faire, elle se mordit la lèvre inférieure et continua à avancer jusqu'à ce que trente centimètres seulement les séparent.

— Je ne veux pas regarder dans tes affaires. On peut aller dans ma chambre si tu préfères.

Pourquoi n'avait-elle pas peur de lui ? La plupart des femelles n'osaient même pas marcher près de lui sur les marchés. Celle-ci l'avait vu enragé la veille encore et pourtant il ne ressentait aucune peur chez elle.

Elle *aurait dû* avoir peur de lui en ce moment. Tous ses instincts lui dictaient de la traîner jusqu'au lit, de lui coincer les bras au-dessus de la tête et d'enfoncer sa queue au plus profond de son être jusqu'à ce qu'elle crie son nom.

Elle balaya son corps du regard. Lorsqu'elle aperçut la preuve de son excitation, ses yeux s'agrandirent et son souffle s'accéléra.

Par la Déesse, il pouvait sentir son excitation croissante.

Le visage de Jade revint vers le sien quand il commença à émettre un grognement. Son érection palpitait douloureusement.

La nuit précédente, quand il l'avait rattrapée, il avait eu toutes les peines du monde à s'empêcher de la posséder. La seule chose qui l'avait retenu avait été son gémissement de peur.

Théo ne pensait pas avoir la force de s'en empêcher à nouveau, surtout si elle ressentait la même envie. Il voulait lui donner ce dont elle avait besoin. Elle était peut-être un peu différente des femelles clecaniennes d'un point de vue anatomique, mais il était sûr de pouvoir apprendre à la satisfaire.

Théo n'était pas connu pour être un amant doux. Les ancêtres de sa mère étaient un peuple dominateur et brutal, plus prédateur que des êtres civilisés évolués. L'envie de chasser, de capturer et de posséder une femelle étaient des pulsions qui coulaient dans son sang traxien. Aucune

Clecanienne n'avait jamais fait ressortir ce côté de lui comme le faisait cette étonnante humaine.

Elle semblait admirer sa puissance et sa brutalité. Elle ne semblait pas choquée par son apparence, contrairement aux autres. Elle pourrait même apprécier son agressivité au lit. En avoir envie. Un frisson lui parcourut l'échine à cette idée.

Mais… *elle est si petite. Si délicate.* S'il perdait le contrôle avec elle, il pourrait la blesser par inadvertance.

C'est à moi de la protéger. Il ne savait pas d'où venait cette pensée, mais il la repoussa immédiatement. Elle n'était pas à lui. Elle ne le serait jamais.

Quelque chose en lui lui disait que s'ils faisaient l'amour maintenant, il ne serait plus jamais le même. Elle le quitterait et il resterait derrière avec un vide qu'aucune autre femelle ne pourrait jamais combler. Ses instincts possessifs pourraient même le pousser à essayer de l'enlever, ce qui lui vaudrait une condamnation à mort.

— Tu dois partir, lâcha-t-il. Ou tu le regretteras.

— Et ma jambe ? demanda-t-elle doucement.

Il tendit l'appareil vers elle, même s'il craignait que le moindre frôlement de sa main ne le fasse basculer.

Elle jeta un coup d'œil à l'appareil, puis leva les yeux vers lui avec un demi-sourire. D'une voix innocente, elle demanda :

— Dois-je soulever ma robe ?

27

Dans un grognement, la main de Théo s'élança vers sa gorge et la serra, le dispositif de guérison oublié sur le sol. Ses muscles étaient tendus et son torse massif se soulevait et s'abaissait rapidement.

Elle l'avait poussé trop loin. Son regard sombre la transperça. Mais ensuite… ses yeux changèrent. Le vert tendre passa au noir, puis redevint vert. Était-ce le fruit de son imagination ?

Il les fit tourner tous les deux, la guidant avec sa main massive toujours sur sa gorge et la forçant à reculer jusqu'à ce que ses épaules touchent le montant du lit.

Lorsque le cerveau de Jade prit conscience de la situation, elle commença à s'agripper à ses mains et à lutter pour se libérer. Il montra les dents et serra. Il n'appliquait pas suffisamment de pression pour la blesser ou l'empêcher de respirer. Sa prise était juste assez ferme pour lui faire comprendre qu'elle n'irait nulle part jusqu'à ce qu'il décide de la lâcher.

Elle arrêta de le griffer. *Laisse-le se calmer. Il ne te fait pas de mal.*

Lorsqu'elle posa ses mains sur son avant-bras, elle remarqua sa rapide inspiration. Sans lâcher son cou, il s'approcha si près d'elle qu'elle dut lever la tête pour le regarder.

Il la surplombait et, finalement, Jade commença à questionner sa décision de le séduire, même si son entrejambe perfide était inondée. Il était tellement plus fort qu'elle. Elle savait qu'il pouvait lui briser le cou comme une brindille en un instant s'il le voulait. Son côté logique lui disait qu'elle aurait dû s'éloigner de lui.

Malgré ses craintes, elle ne pouvait nier qu'elle était très excitée. Sa culotte était trempée et ses seins mouraient d'envie qu'il les touche.

— Laisse-moi partir, dit-elle d'un ton mal assuré.

Mais le voulait-elle vraiment ?

Il baissa la tête vers elle, puis approcha sa bouche de son cou, balayant sa peau de son souffle chaud et effleurant sa gorge de ses lèvres. Un doux gémissement lui échappa à ce contact.

Lentement, il glissa sa main libre le long de son dos et gronda contre sa peau :

— Tu dois jouir, petite femme.

Elle laissa échapper un gémissement involontaire et se cambra vers lui en guise de réponse. Il avait l'air sauvage et puissant et était indubitablement excité… par elle. Sa main était assez grande pour englober tout son cou. Elle se sentait si petite en comparaison, et ça la ravissait.

Il serra fort son cul et lui mordilla l'oreille.

— Tu dois être à point. Ton odeur me rend fou.

Elle frissonna.

— Mon odeur ?

Il se déplaça pour la regarder avec un sourire de prédateur.

— Ton excitation.

Les yeux de Jade s'écarquillèrent de surprise.

— Tu… tu peux sentir… sentir quand je…

— Je peux, chuchota-t-il d'une voix rauque.

Elle rougit d'embarras. Plaçant ses mains sur son torse, elle essaya de le repousser, mais elle aurait tout aussi bien pu essayer de déplacer un mur de briques. Il ne bougea pas d'un pouce.

En un éclair, la main qui tenait sa gorge disparut, se glissa sous sa robe et lui arracha sa culotte.

— Elle masque l'odeur.

Il jeta le sous-vêtement incriminé, puis inspira profondément.

— Maintenant, on va « soulever cette robe », dit-il, reprenant les mots qu'elle avait employés plus tôt.

Jade commença à trembler alors que ses doigts chauds exploraient ses lèvres humides. Lorsque son pouce lubrifié effleura son clitoris, elle poussa un cri étranglé en s'agrippant à sa chemise.

Sa main se figea et elle faillit gémir de frustration.

— Regarde-moi, grogna-t-il.

En ouvrant les yeux, elle essaya de se concentrer sur les siens. Il observait son visage avec attention.

Il appuya à nouveau sur son clitoris et elle commença à onduler sous sa main.

Un gloussement profond et sans humour émana de son torse.

— C'est donc à ça que ça sert. Quand j'ai examiné la section sur l'anatomie humaine féminine dans ton dossier, j'admets que j'étais curieux.

Son sourire disparut et son pouce continua à la caresser.

— Si réactif. Si humide.

Les yeux de Jade se retournèrent dans leurs orbites et un gémissement guttural lui échappa. Quand avait-elle écarté les jambes ?

— Il ne te faudra pas beaucoup de temps pour jouir, n'est-ce pas, femme ?

Son autre main glissa le long de son corps pour toucher sa poitrine.

— Oh, oui ! Vas-y, Théo !

Son cri dut briser son *self-control*, car ses mouvements devinrent plus agressifs.

Plus vite. Elle y était presque.

— N'arrête pas, je t'en supplie !

Elle haletait, se déhanchant au rythme de ses doigts.

— Jouis pour moi, petite femme, gronda-t-il.

Il glissa un doigt épais en elle, et son corps explosa dans un orgasme. Des vagues de plaisir déferlèrent sur elle alors qu'elle criait :

— Oui ! Oh oui, Théo ! Je jouis !

— Je le sens. Tu es tellement serrée, fit-il.

Ses mains habiles continuèrent à s'affairer jusqu'à ce que ses cris diminuent pour devenir de petits halètements.

Alors que la brume du meilleur orgasme qu'elle n'ait jamais connu se dissipait, elle le regarda et un sourire lent et rassasié se dessina sur ses lèvres.

Il recommença à ronronner.

— Magnifique, dit-il en la regardant fixement.

Elle sentit une bouffée d'affection l'envahir à son compliment chuchoté.

— Œil pour œil, mon grand.

Devant son expression confuse, elle laissa sa main parcourir son corps jusqu'à ce qu'elle touche son sexe dur comme la pierre.

Sa queue tressauta en réponse et il aspira l'air entre ses dents.

Juste à ce moment-là, un fort tintement retentit quelque part dans la maison. Il grogna et étouffa un juron.

— Tu pourrais l'ignorer ? proposa-t-elle en commençant à frotter sa tige rigide à travers son pantalon.

Son ronronnement devint plus fort, faisant vibrer tout son corps.

Elle se demanda distraitement ce que ça ferait s'il était capable de vibrer comme ça pendant le sexe. *Qui a besoin d'un rabbit quand son petit ami est équipé d'une énorme bite vibrante ?*

Le tintement retentit à nouveau, plus insistant cette fois. Il laissa échapper un grognement et attrapa son poignet pour arrêter ses mouvements.

— Je dois m'en occuper.

Au prix d'un grand effort visiblement, il s'éloigna d'elle, mais continua à la regarder.

Puis il fit quelque chose de si inattendu qu'elle se surprit à mouiller à nouveau. Tout en la regardant droit dans les yeux, il porta à sa bouche la main qu'il avait utilisée pour l'amener à l'orgasme et lécha ses fluides sur ses doigts.

— Reste ici ! exigea-t-il.

Son souffle resta bloqué dans sa gorge jusqu'à ce qu'il quitte la pièce.

***

Il allait accueillir avec son poing la personne qui avait estimé que c'était le bon moment pour venir chez lui. Il passa une main sur son érection tendue, souhaitant qu'elle se calme. Il pouvait encore sentir la paume chaude de Jade sur lui comme une marque au fer rouge.

Prenant une profonde inspiration, il marcha jusqu'à la porte d'entrée et l'ouvrit. La fureur de Théo devait être bien visible, mais debout devant lui, Xoris, un membre éminent du conseil de Tremanta, ne semblait pas être affecté.

— Bonsoir, Théo, dit-il froidement.

— Que faites-vous là ? demanda-t-il avec un peu plus de vigueur qu'il n'aurait dû.

Xoris avait autrefois été un puissant commandant stellaire, mais il était devenu un fonctionnaire de confiance de Tremanta après une horrible bataille avec un groupe d'insurgés traxiens. Il n'avait jamais apprécié Théo à cause de ses liens avec Traxia, et l'aversion était mutuelle.

Xoris jeta un coup d'œil à la silhouette massive de Théo.

— Vous comptez m'inviter à entrer ?

Impatient, Théo s'écarta pour permettre à Xoris de passer.

— J'ai des nouvelles concernant l'enlèvement de Jade. Est-ce qu'elle est en train de dîner ? fit Xoris en jetant un coup d'œil à la maison.

Théo croisa les bras sur son torse.

— Elle est indisposée. Je lui transmettrai la nouvelle.

Face à lui, Xoris fit la moue.

— J'espère que vous ne la traitez pas mal. Si vous ne répondez pas aux besoins de votre épouse, elle pourrait être renvoyée de votre maison, vous le savez.

Un muscle se contracta dans la mâchoire de Théo, mais il ne dit rien.

— Très bien.

Xoris lui adressa un petit sourire arrogant.

— Après avoir examiné les données du traducteur de Jade, nous avons appris qu'il n'était programmé que pour le clecanien et l'anglais, une langue terrestre. Pas d'autres langues.

Les sourcils de Théo se rapprochèrent. Tout traducteur sur le marché aurait été automatiquement programmé pour traduire toutes les langues connues de n'importe quelle planète de classe 1, 2 ou 3. Il n'y avait aucune raison pour que seulement deux langues soient programmées, à moins que…

— Il semble que celui qui l'a enlevée de la Terre l'ait fait dans le but premier de l'amener ici, poursuivit Xoris. Vous êtes un mâle intelligent et comme vous pouvez le déduire, il n'y aurait que deux raisons de prendre un tel risque.

Théo hocha la tête.

— Parce qu'il y a un traître clecanien parmi nous qui a cherché à enlever une femelle.

— C'est possible, mais pour y parvenir, il faudrait pouvoir contourner nos systèmes de détection atmosphérique.

Xoris était perplexe.

— Il n'y avait aucune trace de son vaisseau entrant dans l'orbite de Clecania ou atterrissant à la surface. Trente soldats loyaux, au moins, auraient dû être mobilisés pour le dissimuler, et je ne peux pas les imaginer le faire juste pour qu'un mâle égoïste puisse cacher une femelle extraterrestre.

Les tripes de Théo se serrèrent.

— Elle pourrait aussi avoir été envoyée ici en tant qu'espionne. D'autres espèces ont déjà trompé nos systèmes auparavant. Il est possible qu'ils l'aient encore fait.

— Des Traxiens, ricana Xoris. Les Traxiens ont déjà trompé nos systèmes par le passé.

Théo plissa les yeux.

— Je suppose que vous croyez qu'ils sont derrière tout ça ?

— Peut-être, peut-être pas.

Son masque de calme politique remis en place, Xoris poursuivit :

— J'ai du mal à croire qu'une petite humaine fragile, qui ne connaissait soi-disant rien de la vie extraterrestre avant la semaine dernière, ait pu survivre seule pendant des jours dans la nature. Beaucoup de Clecaniens adultes n'en auraient pas été capables.

Xoris regarda Théo.

— Vous a-t-elle donné une raison de suspecter un acte criminel ?

Bien sûr, Théo la soupçonnait depuis le début, mais il préférait découvrir la vérité par lui-même plutôt que de la livrer à Xoris. Si les rumeurs étaient vraies, Xoris n'était pas contre le fait d'utiliser la douleur pour obtenir des informations et, malgré ses doutes concernant Jade, Théo ne l'aurait jamais mise en danger.

— Elle n'a rien fait qui puisse nous inquiéter, mentit-il.

Xoris ne parut pas satisfait de sa réponse, mais il inclina vivement la tête.

— Gardez l'œil ouvert. Nous ne…

Ses yeux s'agrandirent et ses narines se dilatèrent soudain.

Jade. Théo pouvait aussi sentir son parfum enivrant. Pourquoi avait-il cru qu'elle resterait dans la chambre alors qu'elle lui désobéissait à chaque occasion ?

Ils se retournèrent tous deux et la virent apparaître. Elle était toute rouge et le parfum inimitable de son excitation précédente flottait dans la pièce.

— Oh, rebonjour, dit-elle gentiment à Xoris.

Le regard de Xoris s'embrasa devant Jade, qui ne semblait pas se rendre compte de l'effet qu'elle produisait.

Théo aurait voulu arracher la gorge du mâle avec ses dents.

— Va-t'en, Jade ! dit-il.

Elle parut blessée pendant un instant, puis devint furieuse.

— Tu n'as pas le droit de me parler comme ça !

Xoris fit un pas vers Jade, mais Théo bondit devant lui.

— Elle est à moi, Xoris.

Pendant un bref instant, Xoris sembla vouloir défier Théo. Puis il se reprit.

— Faites-lui comprendre son erreur. Les autres mâles ne seront peut-être pas aussi maîtres d'eux-mêmes que moi.

Lorsque Xoris eut quitté précipitamment la maison, Théo s'approcha de Jade.

— C'était quoi, ça ? s'exclama-t-elle.

— Je t'ai dit de rester dans la chambre !

Jade leva les yeux au ciel et souleva trois doigts.

— D'une, dit-elle, tu n'as pas d'ordres à me donner. De deux, tu m'as *aussi* dit que tu ne voulais pas me laisser dans ta chambre parce que tu avais peur que je fouille. Je ne voulais pas que tu te fasses des idées, alors j'ai choisi de ne pas rester dedans toute seule. Et de trois, la dernière fois que nous avons eu un visiteur, c'était Asivva et je voulais lui dire bonjour. Je ne savais pas que ce serait le connard de la réunion.

— Tu ne sais rien, Jade ! dit Théo en s'éloignant vers la cuisine. Sers-toi de ta tête !

Haussant les sourcils, elle dit très lentement :

— Attends, tu viens de citer *Game of Thrones* ?

Game of Thrones ? Prenant une profonde inspiration, il la regarda fixement.

— Je t'ai dit que je pouvais sentir ton excitation. C'est le cas de la plupart des Clecaniens. C'est un aphrodisiaque capiteux auquel la plupart des mâles ne peuvent résister.

Le visage de Jade pâlit à ce moment-là.

En serrant les dents, il continua :

— Non seulement tu as quitté ma chambre encore couverte de l'odeur de ton orgasme, mais en plus tu ne portes aucun sous-vêtement pour masquer cette odeur. J'ai presque dû tabasser Xoris pour le faire partir.

Elle poussa un profond soupir.

— Je suis désolée. Je ne savais pas que c'était si intense ou que ça pouvait perturber quelqu'un.

Théo essaya de se calmer. Les réactions des autres mâles à son égard n'étaient pas de sa faute. Il était de la responsabilité du mâle de contrôler ses pulsions, même s'il était confronté à une femelle qui semblait à point.

La rage de Théo brûlait en lui, non seulement parce qu'elle le contrariait terriblement, mais aussi parce que Xoris l'avait regardée avec de la luxure dans les yeux. Il était plus en colère à cause de sa propre réaction envers Xoris que de l'attitude de Jade.

Théo avait encore dit qu'elle était « à lui ». Si le grand mâle n'avait pas reculé, il savait au fond de lui qu'il l'aurait battu à mort. Pourquoi se sentait-il si possessif envers cette femelle ? Était-ce seulement juste son sang de Traxien ? Il n'avait jamais eu d'épouse auparavant et n'avait aucun moyen de savoir si cette possessivité était instinctive ou propre à elle.

— Ça ne se reproduira plus, dit-il d'une voix nature.

— Très bien, fit-elle sans insister.

L'estomac de Jade gronda alors et Théo étouffa un juron.

Je ne peux même pas m'occuper d'elle correctement ! Elle ne peut pas être à moi.

— Je vais te faire à manger.

Il inspira, fermant brièvement les yeux.

— Va te laver.

Avant qu'elle ait pu dire quoi que ce soit, il se dirigea vers la cuisine pour commencer à préparer le dîner et au bout d'un moment, elle finit par tourner les talons.

***

Jade grommela tout le long du chemin jusqu'à sa chambre en passant par la salle de bain attenante et jusqu'à son coin toilette. Elle avait été stupide de suivre Théo, elle en était consciente, mais à ce moment-là, elle avait juste voulu être à nouveau près de lui.

Son contact ferme et la chaleur que dégageait son corps imposant lui avaient manqué. Dès qu'il était parti, elle s'était sentie froide et seule. Alors, comme un chiot trop zélé, elle lui avait couru après.

Bon sang, ils avaient fait des progrès dans leur relation ! Qui savait jusqu'où les choses auraient pu aller s'ils n'avaient pas été interrompus par cet abruti ? À présent, ils étaient de retour à la case départ. Il était furieux et essayait de s'éloigner d'elle.

Pourquoi ça ? Que lui avait dit Xoris ? Piquée par la curiosité, elle finit de se laver, enfila une combinaison faite d'une matière douce et extensible semblable à du cachemire duveteux et descendit pour demander à Théo pourquoi Xoris était venu.

Elle le trouva en train de hacher un légume violet qu'elle se souvenait avoir aimé. Il maniait le couteau comme un expert, coupant avec des coups rapides et réguliers. Une veine palpitait dans son imposant biceps pendant qu'il travaillait. Elle aurait aimé pouvoir s'éventer devant lui. *Quel homme.*

Ses épaules se crispèrent quand elle s'approcha.

— Je peux t'aider ? demanda-t-elle prudemment.

— Oui, dit-il sans lever les yeux vers elle. Tu peux aider en t'éloignant jusqu'à ce que je finisse.

Il était clair qu'il était encore contrarié.

— Bien, grommela-t-elle. Où est Cebo ?

Sans lâcher le couteau, il désigna la vitre menant à la plage.

L'humeur de Jade s'améliora légèrement quand elle vit que Cebo avait la tête collée contre la vitre, la léchant avec ferveur.

Cebo gémit d'excitation et tourna autour de ses jambes quand elle s'approcha de la vitre et lui permit d'entrer.

— Tu as froid ? Viens, on va s'asseoir près du feu pendant que ton maître boude.

Elle prononça la dernière phrase à voix basse, mais le raclement d'un couteau lui indiqua que Théo l'avait très bien entendue.

Elle jeta un regard agacé par-dessus son épaule et se dirigea vers le salon avec Cebo. Elle en profita pour s'asseoir par terre devant la cheminée et peigner de ses doigts ses cheveux emmêlés. Quand elle eut terminé, elle s'appuya sur un bras, se prélassant devant la chaleur du feu. De petits orbes lumineux flottaient au-dessus d'elle, lui fournissant de la lumière.

— Comment ça marche ? demanda-t-elle avec curiosité en faisant tourner un globe chaud dans sa paume.

— Ils fournissent de la lumière et de la chaleur à tout ce qui en a besoin, dit Théo en s'affairant en cuisine.

Jade fit claquer sa langue.

— Merci, j'aurais deviné. Je voulais dire, comment sont-ils capables de fournir de la chaleur et de la lumière ? Sur Terre, les lumières fonctionnent grâce à l'électricité qui est câblée dans la maison.

Elle examina la délicate bulle de plus près.

Elle se retourna pour voir Théo jeter un coup d'œil entre elle et une lumière flottante près de sa tête.

— L'extérieur de la maison piège les rayons du soleil et utilise l'énergie dans différentes parties de la maison. Lorsque les orbes ont épuisé leur énergie, ils retournent à leur station de charge.

— Beaucoup de gens sur Terre utilisent aussi l'énergie solaire, mais nous sommes loin d'être aussi avancés. C'est pour ça que l'extérieur de ta maison brille comme ça ? Et comment flottent-ils ?

Jade avait un million de questions à présent que Théo semblait enfin disposé à lui répondre.

— Oui, c'est pour ça que la maison brille et je ne sais pas vraiment comment ils flottent.

Cebo posa sa tête sur ses genoux et elle caressa ses longues oreilles. De sa position, elle pouvait voir Théo dans la cuisine.

— Comment c'est possible que tu ne saches pas comment ils flottent ? C'est incroyable ! dit Jade en repoussant l'orbe loin d'elle.

— C'est la normalité, ici, dit Théo en haussant les épaules. Ils ont toujours été là, alors je n'ai jamais pensé à me demander comment ils fonctionnaient. Je crois que ça a quelque chose à voir avec les aimants.

Il se concentra à nouveau sur sa cuisine, ajoutant sur la défensive :

— Sais-tu comment fonctionne chaque technologie sur ta planète ?

— Je suppose que non, marmonna-t-elle en essayant de penser au fonctionnement exact d'une télévision.

Jade observa Théo en silence. Il était si beau qu'elle aurait pu soupirer en le regardant. Ses cheveux noirs sauvages, qui lui arrivaient aux épaules, étaient attachés sur sa nuque et quelques mèches indisciplinées tombaient sur son visage. Il les portait de cette façon chaque fois qu'elle le voyait travailler ou faire de l'exercice. Son visage, avec ses pommettes hautes, sa forte mâchoire ciselée et ses lèvres pleines, était un masque de concentration.

Soudain, elle laissa échapper un petit rire. Il leva la tête, ses beaux yeux verts interrogateurs.

Aucun homme ne devrait être aussi sexy !

— Désolée, dit-elle en lui faisant signe de poursuivre tout en continuant à rire. Je pensais juste que je suis assise devant une cheminée dans la plus belle maison que j'ai jamais vue, avec la tête d'un chien posée sur mes genoux, me remettant du meilleur orgasme que j'ai eu depuis je ne sais combien de temps et regardant l'homme le plus sexy que j'ai jamais vu me préparer ce que je suppose être encore le meilleur repas que j'ai jamais mangé.

Elle eut un rire incrédule.

— C'est dommage que tu ne m'aimes pas beaucoup parce que je pourrais m'habituer à ça.

Théo la fixa pendant un long moment, une expression indéchiffrable sur le visage, puis il grogna et continua son travail.

Alors qu'elle pensait qu'il allait continuer à l'ignorer, il dit :

— Tu as entendu ce que Xoris m'a dit ?

Jade s'allongea complètement devant la cheminée et s'étira comme un chat au soleil.

— Je suis arrivée et l'enfer s'est déchaîné. Tout ce que j'ai entendu, c'est un mâle immature qui grognait.

— Il a exprimé les mêmes inquiétudes que moi.

Jade se leva sur ses coudes pour observer Théo.

— Il pense aussi que je suis une espionne ?

Le regard froid de Théo lui confirma ce qu'elle savait déjà.

— J'ai vraiment besoin de rencontrer d'autres Clecaniennes. Apparemment, les femmes auxquelles vous êtes habitués sont bien plus coriaces que la plupart des femmes que je connais.

Elle s'affala sur le sol et leva les mains au ciel.

— Je ne cherche plus à essayer de te convaincre. Crois ce que tu veux.

Elle murmura :

— L'art de gâcher les bonnes dispositions d'une fille.

Jade ressentit une profonde tristesse en apprenant la nouvelle. Après les événements de la journée, elle avait commencé à peser le pour et le contre d'une tentative de retour sur Terre. Elle se sentait plus vivante sur cette planète qu'elle ne l'avait été sur Terre depuis de nombreuses années.

Certes, la Terre était sûre et familière, mais sur Clecania, il y avait tant de nouvelles choses à découvrir et à expérimenter. Sa vie ne consisterait plus à enchaîner boulot et dodo jour après jour.

Ces dernières semaines avaient été marquées par la terreur, le désespoir, la colère, la tristesse, la passion et l'émerveillement. Pour la première fois depuis longtemps, Jade avait l'impression de vivre en couleur.

Théo s'insinuait lentement, mais sûrement sous sa peau, mais ses soupçons continus lui donnaient l'impression qu'il ne voudrait pas rester marié avec elle après la période de trois mois et pour une raison inexplicable, cela lui faisait mal.

— Le dîner est prêt, dit Théo en posant une assiette sur la table.

— Je n'ai plus faim, dit Jade d'un ton irascible.

Elle le regarda marcher vers la porte.

— Mange quand tu auras faim. Je dois sortir un moment.

Roulant sur le ventre, elle demanda :

— Tu pars encore ?

— Oui. Je ne rentrerai pas avant un moment. Je suis sûr que tu trouveras de quoi te divertir.

Puis il partit.

Jade s'assit et fixa le feu, essayant de contenir sa déception. Elle adressa un demi-sourire à Cebo et dit :

— Au moins, il doit être bien frustré maintenant. Ça lui apprendra.

28

— Entre, je t'en prie, dit Asivva avec sarcasme lorsque Théo franchit sa porte sans invitation.

— Qu'as-tu dit à Jade ? exigea-t-il.

Elle se dirigea vers un fauteuil rembourré et s'assit au lieu de lui répondre.

Il s'approcha d'elle et répéta :

— Que lui as-tu dit ?

— Ça fait plaisir de te voir aussi, mon frère. Merci de ta visite.

Il rejeta la tête en arrière et laissa échapper un aboiement de frustration, puis expira lentement.

— Bonjour, magnifique sœur. Je suis très heureux de te voir. Ton mari est-il à la maison ? Comment se passe le quatrième mois de ton mariage ? Et sinon… Qu'est. Ce. Que. Tu. As. Dit. À Jade ?

Sa bouche se transforma en un sourire.

— C'est-à-dire ? Nous avons parlé de beaucoup de choses.

— Sur le mariage et ce que ça implique.

— Oh, tu veux dire que j'ai révélé ton mensonge qui pourrait t'attirer de sérieux ennuis ? dit-elle en haussant un élégant sourcil.

Entre ses dents serrées, il dit :

— Je pensais plus à quelque chose qu'elle a appelé « le choix des femelles ».

— Oh, *ça.*

Asivva sourit doucement.

— Je me suis dit que ce serait juste qu'elle ait sa propre nuit où elle ferait ce qu'elle veut, puisque tu l'as apparemment forcée à entrer nue dans un bain.

Théo ouvrit et ferma la bouche, ne sachant pas trop quoi répondre.

— Alors, qu'est-ce que tu lui as dit que c'était ? Je veux savoir ce qui m'attend.

En se penchant en arrière, elle dit :

— Rien d'important. Je lui ai juste dit que pendant cette nuit-là, elle pourrait te dire de faire ce qu'elle voudrait et que tu devrais le faire.

— *Quoi ?*

Théo s'arracha les cheveux, imaginant ce qu'elle pourrait bien lui demander.

— À en juger par la dernière fois que je vous ai vus ensemble, elle pourrait demander que tu restes dans ta chambre et que tu la laisses tranquille. Ça n'aurait rien d'étonnant.

Il s'enfonça dans le fauteuil adjacent à celui d'Asivva.

— Tu as l'air fatigué, mon frère, dit-elle, l'inquiétude se lisant sur son visage.

— Tu ne comprends pas, Asivva. Je ne peux pas contrôler mes réactions devant elle.

Il baissa la tête.

— J'ai failli attaquer Xoris quand il est passé aujourd'hui parce qu'il la regardait avec convoitise.

— Vraiment ? dit Asivva avec de l'intérêt dans les yeux. Je ne t'ai jamais vu perdre le contrôle à cause d'une femelle avant. Perdre patience, oui, mais pas perdre ton sang-froid.

— Exactement. Elle me fait quelque chose d'inexplicable. Je ne sais pas comment je vais faire pour supporter le reste du mariage.

Asivva posa la main sur son épaule.

— Peut-être que tu devrais te laisser aller, Théo. T'autoriser à être heureux pendant quelques mois.

Il renifla.

— Et comment ça va finir ?

— Pour l'instant, ton plan est de l'ignorer et de passer ces quelques mois sans trop d'interactions, non ?

— Si je pouvais découvrir ses arrière-pensées, ce serait mieux, mais oui, c'est le plan, marmonna Théo.

— De la manière dont je vois les choses, cela laisse augurer trois mois très douloureux et frustrants, au terme desquels elle partira.

Asivva marqua une pause.

— Si tu crois vraiment qu'il n'y a aucun moyen pour elle de passer outre tes procédures de sécurité et d'obtenir des informations sur tes clients, alors cela se terminera de la même façon, a priori. Si c'est une espionne, tu en profiteras pendant quelques mois, elle n'arrivera à obtenir aucune information, puis elle partira.

Asivva poursuivit :

— Si ce n'est pas une espionne, tu en profiteras pendant quelques mois, puis elle partira. À mon avis, ces deux options peuvent t'offrir un certain bien-être. Même si c'est temporaire.

Elle souleva son visage pour qu'il rencontre le sien.

— C'est mieux que l'état lamentable dans lequel tu es. Tu peux connaître le bonheur pour un temps.

Ce qu'Asivva disait était logique. De toute façon, Jade le quitterait dans trois mois. Il pouvait passer ce temps à être malheureux ou le passer près d'elle. Chaque jour qui passait lui donnait envie d'elle de plus en plus.

Il avait été hypnotisé par la vue de cette femelle allongée près du feu. Ses cheveux roux ondulés formant des vaguelettes brillantes et la lumière du feu dansant sur sa peau pâle et douce. Elle lui avait dit qu'elle était heureuse et satisfaite à ce moment-là. S'il s'était allongé avec elle, aurait-elle caressé ses cheveux comme elle le faisait avec Cebo ?

Il écarta la main d'Asivva et se leva pour partir, avec la soudaine envie de la revoir.

— Je vais y réfléchir.

Asivva fronça les sourcils, mais ne dit rien et Théo partit.

***

Le désir. Théo ne se souvenait pas de la dernière fois où il avait ressenti un tel désir. Quand il était rentré chez lui, il avait trouvé Jade dans une de ses chemises, dormant recroquevillée sur le canapé. Elle était si paisible. Même Cebo n'avait pas adressé à Théo son salut habituel. On aurait dit que la bête se taisait pour elle. La scène tout entière semblait… familière. Il aimait que sa maison soit remplie de choses douces, confortables et belles. Elle avait sa place chez lui.

— Très bien, petite femme. On va te mettre au lit.

Il la souleva doucement du canapé, mais elle ne se réveilla pas.

Son cœur se serra quand elle se blottit dans le creux de son cou.

Quand il atteignit son lit, il hésita. Il aimait la tenir et aurait aimé ne pas avoir à la lâcher. Quand la chair de poule se répandit sur ses jambes nues, il la glissa finalement sous les couvertures.

Avant de partir, il effleura sa joue du dos de la main et murmura :

— Ma vie d'avant, telle que je la connaissais, s'est terminée quand je t'ai rencontrée. J'ai quelqu'un qui compte maintenant.

29

Jade n'avait aucune idée de ce qui avait provoqué un changement aussi radical chez Théo, mais elle ne se plaignait pas. Ces derniers jours avaient été carrément agréables.

Le matin suivant son soudain départ, elle était descendue pour prendre le petit-déjeuner, prête pour une autre conversation décevante au cours de laquelle elle se serait montrée amicale et il l'aurait ignorée. Même s'il avait été loin de manifester un grand enthousiasme, il lui avait parlé.

Elle avait posé des questions sans fin sur Clecania et les différentes parties du monde. Elle l'avait interrogé sur son enfance et ses parents. Il lui avait parlé de ses quatre frères et du fait qu'ils se voyaient rarement.

Au cours de la journée, ils avaient continué à parler et à en apprendre davantage l'un sur l'autre. Elle avait fait de son mieux pour lui expliquer l'attrait des films et de la télévision, mais il n'avait pas semblé comprendre leur importance.

Un sujet qu'elle n'avait jamais abordé était le travail de Théo. La curiosité brûlait en elle, mais elle ne voulait pas l'énerver ou le rendre à nouveau méfiant à son égard. En général, Jade faisait attention à ne rien faire ou dire qui puisse l'énerver. À son grand dam, cela signifiait éviter toute conversation sexy.

La veille, il s'était promené avec elle à travers bois, lui montrant diverses plantes et arbres et discutant de leurs utilisations possibles.

Le soir, il lui permettait même de le regarder cuisiner pour qu'elle apprenne à le faire elle-même. Il était toujours perplexe quant à la raison pour laquelle elle voulait cuisiner, mais il l'y autorisait quand même.

Le temps qu'ils passaient ensemble était très agréable, mais il y avait encore un problème. Il était toujours sur la retenue. S'il n'explosait plus et ne se mettait plus en colère, il ne riait pas et ne souriait pas beaucoup non plus. C'était comme si sa passion avait été remplacée par une tiède réticence.

Elle voyait bien qu'il la voulait toujours. De temps à autre, elle le surprenait en train de lui jeter des regards affamés. À un moment donné, alors qu'ils marchaient dans les bois, elle avait trébuché et failli tomber la tête la première. Il l'avait rattrapée et l'avait maintenue contre lui pendant un trop long moment avant de la remettre sur pied et de la lâcher.

Pourtant, elle n'avait pas insisté. À chaque fois qu'elle était excitée, elle s'assurait de partir rapidement pour qu'il ne la sente pas.

Mais ce soir-là, les choses allaient être différentes. Ce serait le « choix des femelles ». La cérémonie qu'Asivva et elle avaient inventée lui permettrait de faire ce qu'elle voudrait et il ne pourrait pas se dérober. Oui, ce soir-là, elle comptait bien faire voler en éclats ce calme implacable qu'il avait récemment adopté.

Voulait-elle qu'il la touche à nouveau ? Absolument. Mais c'était plus que ça. Cet homme avec qui elle traînait ces derniers jours était sympa, mais ce n'était pas vraiment lui. Elle avait du mal à l'admettre, mais il lui manquait. Sa férocité, sa sexualité, la façon dont il la fixait de son regard noir lui manquait. Jade voulait qu'il abandonne ce contrôle qu'il portait comme un poids autour de son cou.

Elle avait un plan. Tout ce dont elle avait besoin maintenant, c'était d'avoir le courage de le faire.

***

Il avait l'air nerveux. Jade regardait Théo cuisiner comme elle l'avait fait ces derniers jours, mais ce soir-là, au lieu de l'expression calme et concentrée qu'il arborait habituellement, il avait un air tendu et anxieux.

Il n'arrêtait pas de lui jeter des regards à la dérobée et elle se sentait rougir devant l'effet qu'avait sa tenue. Le tissu transparent et gazeux était recouvert de broderies vert émeraude et doublé d'un tissu couleur chair, donnant l'illusion que Jade était nue sous les broderies. Quand il l'avait vue pour la première fois dans sa robe moulante, Théo avait dû s'éclaircir la gorge avant de parler.

Une robe ? Fait. Un alien sexy ? Fait. Cebo ? Fait.

Avant de descendre dîner, elle avait enfermé Cebo dans sa chambre pour qu'il ne les distraie pas.

Quand il eut fini de cuisiner, il la guida vers la table du dîner, une bouteille de mott en main.

Chaque repas qu'il préparait était meilleur que le précédent. Le fait qu'il continue à prêter attention à ses choix alimentaires afin de cuisiner davantage de plats à son goût faisait fondre Jade. Cela lui confirmait également qu'elle prenait la bonne décision.

Elle avait décidé qu'elle voulait rester sur Clecania indéfiniment. Elle avait également accepté, malgré sa peur du rejet, de s'ouvrir émotionnellement à une vraie relation avec Théo. Se mettre à nu était terrifiant, mais elle avait réalisé pendant son séjour sur place que la terreur pouvait avoir du bon.

Théo avait beau aboyer, il n'avait pas beaucoup de mordant. Pas envers elle, en tout cas. Alors qu'elle mâchait un légume d'un magenta profond semblable au brocoli, elle regarda Théo avec nostalgie. Jade avait appris qu'il n'était qu'un gros dur au cœur tendre.

Théo lui jeta un coup d'œil, puis reporta rapidement son regard sur son assiette.

— Tu aimes ma robe ? dit Jade avec un sourire en coin, ne prenant pas la peine de déguiser sa pêche aux compliments.

Théo lui lança un regard exaspéré.

— Je crois que tu sais déjà ce que j'en pense.

Jade inclina la tête vers lui.

— Une fille aime toujours avoir la confirmation verbale que ses efforts n'ont pas été vains.

Le coin de la bouche de Théo se retroussa à ce moment-là.

— J'ai reçu la meilleure note possible en art culinaire et pourtant j'ai brûlé notre repas trois fois en cuisinant ce soir. Est-ce une confirmation suffisante pour toi ?

En posant ses couverts, elle eut un faux haussement d'épaules de déception.

— Je suppose que ça fera l'affaire.

Jade termina son repas rapidement ce soir-là. Elle se concentra ensuite sur la boisson rosée pétillante qu'elle avait surnommée prosecco 2.0. Théo, quant à lui, mangeait beaucoup plus lentement que d'habitude.

Tu gagnes du temps, mon grand ? pensa-t-elle en descendant son verre et en s'en servant un autre.

En le regardant manger ainsi, elle remarqua qu'il n'avait pas l'air d'apprécier la nourriture qu'il avait mis tant de temps à préparer. Maintenant qu'elle y pensait, elle ne se souvenait pas qu'il ait jamais savouré un repas. Un sentiment de culpabilité la traversa à l'idée qu'il ait pu manger l'équivalent pour elle du foie et des oignons ces derniers jours pour la rendre heureuse.

— Quels sont tes plats préférés, Théo ?

Il jeta un coup d'œil à son assiette et haussa légèrement les épaules.

— J'aime bien cette nourriture.

— On dirait que tu cuisines ces plats parce que je les aime, mais pas toi.

Jade se pencha en avant sur la table.

— Quel est ton plat préféré ?

Il la regarda comme si elle lui demandait :

— Quelle est ta saison préférée d'*American Idol* ?

De toute évidence, on ne lui avait jamais posé cette question auparavant.

— Si je n'étais pas là, et que tu voulais cuisiner quelque chose de spécial, que ferais-tu ?

Il mâcha pensivement, puis répondit :

— Un steak *resh*. J'aime la viande.

Bien sûr qu'il aime ça. On n'obtient pas des muscles comme ça sans protéines.

— On peut peut-être manger du steak demain ? suggéra-t-elle.

Il la regarda avec méfiance.

— Tu n'aimes pas ça. J'ai essayé plusieurs types de viande, un steak le premier soir, et tu manges toujours le reste.

— Ça me va. On n'est pas obligés de toujours manger ce que j'aime. Je veux bien essayer à nouveau.

Il lui jeta un regard perplexe, puis hocha la tête.

— Comme tu veux.

Après avoir fini de manger, il s'appuya contre le dossier de sa chaise et prit une longue gorgée de sa bouteille.

Elle fit de même avec son verre.

— Je ne l'ai pas encore assez dit, mais merci pour la cuisine, les vêtements et tout le reste. J'apprécie vraiment les efforts que tu fais.

Le coin de sa bouche s'affaissa et il se déplaça sur son siège, comme si ce compliment le mettait mal à l'aise.

— Ce n'est pas un problème.

Alcool, donne-moi du courage.

— Allons nous asseoir sur le canapé, dit-elle en prenant son verre et la bouteille de prosecco 2.0.

Jade se rendit dans le salon et s'assit avec une jambe repliée sous elle. Après un long moment, elle entendit Théo la suivre. Il s'assit avec raideur sur le côté opposé du canapé.

— Tu as l'air nerveux, dit-elle en essayant de ne pas sourire.

Jade se sentait puissante, sachant qu'elle pouvait rendre nerveux un homme aussi beau et fort que Théo.

Comme si les mots lui étaient arrachés, il demanda :

— Que veux-tu faire ce soir ?

Se sentant d'humeur espiègle, elle demanda :

— Que crois-tu que je veuille faire ?

Il fixa le feu et se tortilla sur son siège.

— Je n'ose même pas imaginer les tortures que tu vas me faire subir.

Jade laissa échapper un petit rire.

— J'espère que ce ne sera pas trop insupportable.

Elle s'approcha pour tracer du bout des doigts une cicatrice apparente sur son avant-bras et grimaça lorsque la chair de poule apparut sur sa peau lisse.

— Je veux t'apprendre à embrasser.

Il lui lança un regard en coin et descendit sa bouteille.

— Très bien, fit-il, la voix devenue grave.

Il fit un geste pour se lever, mais elle l'arrêta.

— Non, tu peux rester là. Je viendrai à toi.

Jade commença à ramper jusqu'à lui sur le canapé. Ses yeux étaient désormais rivés sur elle. Quand elle se retrouva juste à côté de lui, elle remonta lentement sa robe jusqu'à ses cuisses, puis se mit à cheval sur lui.

Il semblait figé sur place. Un de ses bras était étendu sur le dossier du canapé. L'autre reposait sur l'accoudoir. Allait-il essayer de ne plus la toucher ? Elle pouvait voir qu'il était excité. Son torse se soulevait et s'abaissait rapidement, ses yeux étaient rivés sur ses seins et lorsqu'elle s'installa sur ses genoux, elle sentit sa tige dure tressaillir.

Il était si grand que même assise sur ses genoux, elle n'était pas tout à fait face à son visage. Elle devait encore relever la tête pour regarder dans ses yeux verts et chauds.

— Tu peux poser tes mains sur moi si tu veux.

Il expira longuement, posa sa bouteille de mott vide sur une table basse, puis posa doucement ses mains sur les zones encore couvertes du haut de ses cuisses.

Maudit soit son contrôle. On va faire voler ça en éclats ce soir, bébé.

Elle fit courir ses mains le long de son torse et sur ses épaules, ce qui le fit frémir.

— Fais comme moi, dit-elle en se penchant. Et ne me mords pas.

En souriant, elle ajouta :

— Du moins… pas trop fort.

Quand elle pressa sa bouche contre la sienne, les mains de Théo se resserrèrent sur ses cuisses, mais il ne lui rendit pas son baiser. Elle continua à faire courir sa bouche sur la sienne, l'amadouant pour qu'il réagisse. Enfin, lorsqu'elle lui mordilla la lèvre inférieure, sa rapide inspiration lui offrit une ouverture. Approfondissant le baiser, elle toucha sa langue du bout de la sienne.

Théo émit un grognement douloureux et glissa sa langue contre celle de Jade. Il commença à l'embrasser en retour. Lentement au début, mais plus fiévreusement à mesure que sa confiance en lui grandissait.

Rapidement, il prit les devants avec une habileté qui la fit gémir et balancer inconsciemment ses hanches contre lui. Une de ses mains serpenta pour saisir ses cheveux tandis que l'autre s'enroulait autour de sa taille, l'écrasant contre lui.

Ses mamelons étaient hyper sensibles et même le tissu souple de sa robe lui faisait mal. Elle recula avec l'intention d'enlever sa robe et la chemise de Théo pour pouvoir sentir sa peau contre la sienne, mais avec un grognement, il ramena sa bouche vers la sienne et continua à l'embrasser habilement.

Quand il voulut passer à sa mâchoire, elle haleta :

— Théo, ma robe. Enlève-moi ma robe.

Il s'immobilisa sous elle. Elle se pencha en arrière pour le regarder.

— C'est impossible, dit-il entre ses dents serrées.

Jade voulait crier de frustration.

Ses grandes mains se déplacèrent vers sa taille, mais il ne la lâcha pas.

Putain de contrôle ! Elle voyait bien qu'il était sur le point de perdre la tête. Sa prise était ferme, comme s'il n'arrivait pas à décider s'il devait l'éloigner ou la maintenir en place. Malgré ses mots, les hanches de Théo ondulaient. Pourquoi se retenait-il ?

Elle fit courir ses mains le long de ses bras puissants, appréciant la sensation de ses muscles qui sursautaient à son contact, et demanda :

— Pourquoi on ne peut pas le faire ? Je vois bien que tu as beaucoup aimé les baisers.

Elle s'appuya sur son érection pour souligner son point de vue.

D'un seul coup, il la souleva et la déposa sur le canapé. Il se leva alors d'un bond et recula.

Elle savait que ça allait arriver. Tout cela faisait partie de son plan, mais c'était terrible de voir qu'il parvenait à lui résister alors qu'elle pouvait à peine garder ses mains loin de lui.

— Pourquoi ? Dis-moi pourquoi ? cria-t-elle.

Ses yeux s'arrêtèrent sur sa bouche et il se lécha les lèvres avec avidité.

— Je n'arrive pas à me contrôler avec toi, Jade.

— C'est ce que je veux ! dit-elle en levant les mains. Je veux voir le vrai toi.

— Si je ne peux pas me contrôler, alors je ne peux pas être sûr que je ne te ferai pas de mal, dit-il en secouant la tête.

Il s'était éloigné d'elle à une distance raisonnable, mais elle pouvait voir qu'il luttait pour ne pas revenir. Ses poings se crispaient et se décrispaient comme s'il mourait d'envie de la toucher, et ses yeux parcouraient avidement son corps.

— Je crois que tu ne le feras pas, dit-elle obstinément. Je n'ai pas peur de toi.

Il laissa échapper un grognement étranglé.

— Tu ne crois pas que j'en ai envie ? Tous les jours, je ne pense qu'à t'allonger et à m'enfoncer dans ton intimité chaude et humide !

Il se passa la main dans les cheveux, l'air dément.

— Tu m'as demandé quel était mon plat préféré ?

Il aboya un rire.

— Aucun aliment n'a de goût. La seule chose qui me met l'eau à la bouche, c'est l'idée de dévorer ton nectar sucré pendant que tu te tortilles et t'agrippes à moi. Je peux encore sentir ton excitation dans mon lit et je dois me soulager dix fois par nuit juste pour ne pas faire irruption dans ta chambre pour te goûter !

Il la regarda, vaincu et peiné.

— Tout ce que je veux te faire est rude, brutal, irréfléchi et n'implique pas forcément ton consentement. Je te ferais du mal. Je ne serais pas capable de m'arrêter et je ne pourrais pas vivre avec cette culpabilité si je te blessais.

Jade avait l'impression d'être en feu. Chaque confession avait augmenté son excitation jusqu'à ce qu'elle se sente endolorie par le besoin. Il ne comprenait pas qu'elle le voulait tel qu'il était. La phase 1 de son plan avait été un échec.

C'est maintenant ou jamais, Jade. Début de la phase 2.

— Théo, je veux tout ça.

Un pied après l'autre, elle recula vers la porte vitrée menant à l'extérieur.

Il la regarda, les sourcils froncés.

— Je sais que tu ne seras jamais comme ça avec moi.

Elle sentit le mur de verre se rapprocher derrière elle.

Les épaules de Théo parurent se détendre.

— Sauf si je te force à perdre le contrôle, bien sûr.

L'air frais de la nuit s'engouffra à l'intérieur alors que la vitre coulissait.

Un éclair de compréhension passa dans ses yeux et il leva la main.

— Jade, ne fais pas ça.

Un sourire malicieux recourba ses lèvres.

— Attrape-moi si tu peux, mon grand.

Puis elle fila.

30

Elle courut aussi vite qu'elle pouvait, tête baissée, tirant sur ses jambes. Au lieu de courir le long de la plage comme la fois précédente, elle décida de s'élancer vers la forêt. Elle aurait plus de facilité à le perdre là-dedans.

Elle entendit un grondement sourd provenant de la maison et elle sourit, sachant qu'il avait finalement perdu le contrôle. Devant elle, il y avait un champ herbeux, la frontière de la forêt s'étendant de l'autre côté.

Elle jeta un coup d'œil derrière elle et aperçut Théo au bord de la plage, debout, la regardant avec des yeux devenus noirs. *Ce n'était donc pas le fruit de mon imagination.* Tous ses muscles étaient saillants et il avait une expression étrangement calme sur le visage.

La peur et l'anticipation lui serrèrent les tripes quand elle réalisa qu'il jouait avec elle. Il la laissait s'éloigner avant de la traquer. Elle venait de libérer un prédateur. Était-elle prête pour ça ?

Trop tard pour faire demi-tour maintenant.

Elle courut plus vite vers la forêt, scrutant les arbres à la recherche d'une branche basse. Il était peut-être grand et rapide, mais elle doutait qu'il soit aussi un bon grimpeur.

Lorsqu'elle fut arrivée à la lisière de la forêt, elle se concentra pour écouter les mouvements derrière elle, mais il ne lui semblait toujours pas qu'il la poursuivait. Elle jeta un nouveau coup d'œil en arrière pour voir s'il était toujours là, mais il était parti. Ses yeux balayèrent les environs sans l'apercevoir.

Finalement, elle atteignit les arbres. *Pas de branches basses, bon sang !* Son cœur battait la chamade sous l'effet de la peur et de l'expectative. Elle fonça tête baissée dans les bois. La lumière des lunes était beaucoup plus faible dans la forêt et le feuillage dense étouffait tous les sons extérieurs.

Une brindille craqua sur sa droite et elle se retourna, le cœur battant, mais ne vit rien.

Il était là, elle pouvait sentir qu'il la regardait. Elle se sentait comme un animal traqué. Un frisson parcourut sa colonne vertébrale. Elle aimait ça.

Ramassant une branche morte, elle plissa les yeux dans la faible lumière, prête à frapper tout ce qui s'approcherait d'elle. Un autre bruissement à sa droite la fit courir vers la gauche. Jade esquivait les arbres sur son passage, s'éloignant de tous les sons qu'elle entendait.

Bientôt, elle repéra une clairière éclairée par un doux clair de lune. Cet endroit au sein de cette forêt mystérieuse était idyllique. Elle réalisa qu'il avait dû l'amener là. L'effrayer pour qu'elle coure dans la bonne direction.

Soudain, un souffle chaud sur son épaule la fit crier et balancer la branche derrière elle comme une batte. Théo l'attrapa à quelques centimètres de son visage et la lui arracha des mains.

Ses yeux étaient toujours noirs, ses cheveux en bataille. À un moment donné de sa poursuite, il avait retiré ses vêtements et son corps scintillant attira son regard. Quand elle posa les yeux sur sa bite, elle dut se rappeler de respirer. Il était encore plus gâté que dans son souvenir.

Il s'avança vers elle, et elle trébucha en essayant de reculer. Elle tomba durement sur les fesses et atterrit dans la clairière. Un grognement grave et dangereux s'éleva de lui alors qu'elle continuait à reculer.

— Tu es à moi.

La voix de Théo était rauque et plus profonde que d'habitude.

Seuls quelques centimètres les séparaient à présent. Il la surplombait, son regard ratissant son corps, et elle en profita pour lui donner un coup de pied dans le tibia, se retourner et s'enfuir. Son coup de pied eut peu d'effet, cependant. Avant même de s'être remise à genoux, elle sentit deux mains fortes se refermer sur ses chevilles, la tirant en arrière.

Alors qu'elle était allongée face contre terre dans l'herbe, il s'accroupit au-dessus d'elle et coinça ses mains au-dessus de sa tête dans l'une des siennes. Puis d'un coup sec, il lui arracha sa robe, la laissant en sous-vêtements.

Il passa une main tremblante le long de son dos jusqu'à ce qu'il atteigne son cul. D'un second coup sec, il lui arracha ses sous-vêtements. Lâchant ses mains, il recula pour l'admirer.

Lorsqu'elle essaya de se redresser sur ses coudes, il lui donna une bonne fessée sur chaque fesse, puis les pétrit fermement. Elle poussa un cri et s'affala. Ses grandes mains l'exploraient, la frottant et la griffant jusqu'à ce qu'elle halète de désir. Tout son corps se mit à trembler et elle cria en sentant un long doigt se glisser dans son sexe par derrière.

Il retira son doigt épais de son intimité et elle gémit en se sentant vide. Il la fit basculer sur le dos et lui écarta les jambes. Elle resta immobile tandis que son regard noir se promenait sur son corps nu. En la regardant, il commença à ronronner bruyamment.

Je suppose qu'il aime ce qu'il voit. Le sentiment était réciproque.

Avant qu'elle ait eu le temps de se préparer mentalement, sa bouche chaude et vibrante était sur sa poitrine. Il suça et lécha son téton, lui envoyant des soubresauts de plaisir dans le bas ventre.

Elle pouvait sentir son énorme érection contre son intimité, mais il n'essayait pas d'entrer en elle. Il essayait de la préparer, réalisa-t-elle vaguement. L'affection pour lui fleurit dans sa poitrine. À en juger par ce qu'elle voyait, il était fou de désir, mais il prenait le temps de s'assurer qu'elle était prête pour lui.

Lentement, il commença à lécher et à embrasser son corps tremblant jusqu'à ce que sa tête soit entre ses jambes, ses gros biceps sous ses genoux. Pendant un moment, il se contenta de fixer sa chair. Jade se sentit mal à l'aise face à cet examen et essaya de se dégager. Saisissant ses hanches, il la maintint en place.

Jade gémit et ses yeux se retournèrent lorsque sa langue chaude passa sur sa fente. Un ronronnement profond retentit, puis il se jeta sur elle avec avidité avec sa langue puissante et vibrante. Jade cria en passant ses mains dans ses cheveux.

Toujours en ronronnant, il passa sa langue sur son clitoris et elle se cabra sous sa bouche.

— Oh oui, Théo ! C'est trop bon !

Théo grogna en réponse et sa langue chaude effleura son clitoris encore et encore. La tension en elle devenait quasi insupportable. Sa tête s'agita et elle agrippa les cheveux de Théo.

Il glissa un doigt en elle, faisant des va-et-vient au rythme de ses coups de langue.

— Oh oui ! Oui ! Théo !

Son dos s'arqua violemment et tout son corps explosa dans un orgasme. Théo attrapa le haut de ses cuisses, la tirant vers sa langue avide.

Le corps de Jade était encore sous le choc de son orgasme lorsqu'il la retourna sur le ventre. Il passa un bras sous ses hanches, la soulevant pour qu'elle soit à quatre pattes devant lui. Il écarta ses genoux avec les siens et de sa main libre, il palpa ses seins.

Le contact de sa tige dure effleurant son clitoris trop sensible la fit bondir de surprise. Comme un éclair, une grande main s'enroula autour de sa gorge et le bras autour de sa taille se resserra, la maintenant fermement en place.

Elle sentit son gland s'insinuer en elle. Petit à petit, il la pénétra, la remplissant presque jusqu'à la limite de la douleur, jusqu'à ce qu'il soit complètement en elle. Sa main relâcha sa gorge, mais s'attarda non loin, prête à la saisir à nouveau si elle s'éloignait. Son corps s'installa sur le sien, son souffle chaud sur son oreille. Léchant et mordillant son cou et son dos, il utilisa sa main pour taquiner ses mamelons jusqu'à ce qu'elle devienne humide à nouveau.

Lorsqu'elle couvrit une de ses mains avec les siennes, voulant le toucher, il se remit à ronronner. Elle cria lorsque la vibration traversa tout son corps comme une décharge d'électricité. Sa taille lui permettait d'être pressé contre toutes les terminaisons nerveuses de son corps.

Le corps entier de Théo tremblait à présent. Sa tige palpitait en elle. Elle se pressa davantage contre lui pour lui faire savoir qu'elle était prête.

— Tu as mal ? lui grogna-t-il à l'oreille d'une voix grave et gutturale.

Elle tourna la tête pour déposer un doux baiser sur ses lèvres et faire onduler ses hanches sur lui.

— Non, Théo. C'est tellement bon. Continue.

Il gémit et se frotta à son cou, comme libéré, avant de se retirer et de la pénétrer à nouveau. Elle cria d'extase. Il commença à accélérer les va-et-vient, augmentant son plaisir.

La force de ses coups de reins lui faisait perdre l'équilibre et elle avait beau lutter pour rester sur ses mains, elle s'effondra sur le sol. Ses grandes mains entourèrent ses bras et la relevèrent, soulevant le haut de son corps au-dessus du sol tandis qu'il s'enfonçait en elle.

La tension en elle augmentait rapidement. Les gémissements profonds de Théo, mélangés aux vibrations provenant de sa queue, allaient bientôt la faire basculer.

Comme s'il le sentait, Théo souffla d'une voix rauque :

— Jouis pour moi, femme.

Son deuxième orgasme l'inonda, faisant trembler son corps et le faisant vaciller. Lorsqu'elle cria son nom, ses coups de reins devinrent erratiques et brutaux, faisant grimper son orgasme à des hauteurs qu'elle ne pensait pas possibles. Il la plaqua soudain contre lui, la serrant contre son corps tout en la pénétrant, hurlant à l'intention du ciel tout en jouissant. Elle sentit le jet chaud de son sperme sur les parois de son sexe, et frissonna.

Il les inclina vers l'arrière tout en restant en elle, de sorte qu'elle soit entre ses jambes. Il embrassa langoureusement et frotta chaque centimètre de son corps couvert de sueur qu'il pouvait atteindre.

Ils restèrent ainsi pendant de longues minutes jusqu'à ce que leur respiration redevienne normale. Les paupières de

Jade étaient lourdes alors qu'il la caressait et la massait. Être enveloppée dans son grand corps comme ça, après avoir connu deux des meilleurs orgasmes de sa vie, la détendait au plus haut point.

Elle ferma les yeux et tourna la tête pour poser sa joue sur son torse massif. Elle sourit quand elle l'entendit ronronner doucement une fois de plus.

***

Aussi doucement qu'il le put, Théo parvint à s'extraire de Jade et souleva son corps ensommeillé dans ses bras. À moitié endormie, elle leva la main jusqu'à son torse et poussa un soupir de satisfaction.

La longue marche vers la maison lui donna le temps de réfléchir à ce qui venait de se passer. La honte l'envahit lorsqu'il pensa à comment il l'avait pourchassée et prise comme un animal dans la boue.

Plus tôt dans la nuit, elle l'avait rendu fou avec son baiser. Théo ne savait pas comment les Clecaniens avaient fait pour ignorer les baisers pendant si longtemps. Après l'avoir expérimenté, il avait envie de remettre ça chaque heure.

Déjà sur le point de lui arracher ses vêtements, il avait essayé de s'arrêter. De s'éloigner d'elle. Mais ensuite, elle s'était enfuie.

Les quelques minutes pendant lesquelles il s'était empêché de s'élancer derrière elle avaient exigé toute la maîtrise qu'il possédait, mais finalement, la bête en lui avait pris le dessus et était même passée au premier plan. Toute raison ou logique avait disparu alors qu'il l'avait traquée dans la forêt. Il s'était tapi dans l'ombre, comme le prédateur qu'il était, en regardant la jolie peau de ses joues rosir sous l'effet de l'effort. Sentant son excitation et sa peur.

La façon dont elle avait réagi était tellement enivrante. Elle s'était débattue, le forçant à la soumettre à lui, mais elle l'avait aussi rassuré quand il avait craint qu'elle ne souffre.

Il la regardait somnoler sans crainte dans ses bras. Des morceaux de feuilles étaient éparpillés dans ses cheveux roux sauvages. Ses mamelons étaient rose clair et gonflés par le traitement qu'il leur avait réservé.

Il n'y aurait pas de femelle dans l'univers plus parfaite pour lui que celle-là. D'aussi loin qu'il s'en souvienne, même avant d'avoir été marqué, on lui avait appris à cacher ses tendances traxiennes. Son tempérament et son agressivité animale étaient toutes des qualités traxiennes et n'étaient donc pas les bienvenues chez les femelles lignas pures de Tremanta.

Jade semblait désirer ce côté de lui. Ce soir-là, pour la première fois de sa vie, il s'était senti vraiment libre et accepté. Si seulement le concept de partenaires existait encore. Si elle était sa vraie partenaire, ils ne se seraient jamais séparés. Les lois de l'accouplement l'emportaient sur toutes les autres.

La tristesse et la honte l'envahirent une fois de plus. Il ne méritait pas de l'avoir comme partenaire. Il ne l'avait pas traitée comme telle jusqu'à présent. Quelques jours plus tôt, elle lui avait dit qu'elle voulait s'amuser pendant son séjour.

Ce qui signifiait qu'elle avait toujours l'intention de le quitter après les trois mois de mariage.

En arrivant dans sa chambre, il chassa du lit un Cebo endormi et la coucha délicatement sous les couvertures. Récupérant une serviette couverte de mousse dans la salle de bain, il entreprit de nettoyer la saleté et sa semence sur elle.

Elle laissa échapper un petit bruit quand il pressa le tissu sur son sexe.

— Désolé, dit-il en éloignant rapidement sa main.

Peut-être verrait-elle ça comme une intrusion.

Se redressant sur ses coudes, elle le regarda d'un air endormi.

— Ça va. C'est juste un peu endolori.

Un sourire sexy retroussa ses lèvres.

— Tu es vraiment bien membré.

En bâillant, elle se blottit sous les couvertures.

— Je me nettoierai demain. Je ne sais pas pour toi, mais moi, je suis épuisée.

— Dors bien, Jade.

Théo s'attarda à son chevet, ne voulant pas partir.

— Tu ne restes pas ?

Une expression blessée passa sur son visage.

Elle voulait qu'il reste ? Qu'elle partage son lit pendant qu'ils dormaient ? Il se souvenait que ses parents l'avaient fait, mais c'était inhabituel. Les Clecaniennes préféraient généralement dormir dans des quartiers séparés.

Théo avait toujours voulu savoir ce que cela faisait de tenir une femelle dans ses bras pendant qu'il dormait, mais il s'était résigné au fait que cela n'arriverait jamais.

— Je pensais que tu voulais que je parte. Dormir ensemble est…

Il passa sa main sur sa nuque.

— Eh bien, ça ne se fait pas.

— Vous ne vous faites pas de câlins ? Bizarre.

Elle bâilla.

— Tu préfères dormir dans ta chambre ?

Est-ce que je préfère dormir seul dans ma chambre ou dans un lit avec une belle femme nue ?

Théo grogna et Jade rit doucement.

— Eh bien, viens, dit-elle en soulevant les couvertures pour lui.

Il ne la rejoignit pas pour autant.

— Tu es sûre que tu ne voudrais pas un peu d'espace ? Après ce que je t'ai fait… je pensais que tu ne voudrais pas me voir pendant un moment.

Jade laissa échapper une inspiration frustrée et s'assit sur le lit. Les couvertures lui tombèrent au niveau de la taille, découvrant ses seins souples, et il se sentit durcir à nouveau.

Elle claqua des doigts devant lui et se couvrit.

— Théo, je ne suis pas une Clecânienne. J'ai apprécié ce que nous avons fait dans les bois. *Beaucoup*. Et au cas où tu l'aurais oublié, c'est moi qui t'ai poussé à le faire en premier lieu. Je savais ce qui allait se passer. Je me suis même battue pour que tu t'énerves. Si je n'étais pas super fatiguée et endolorie, je te sauterais dessus ici et maintenant. On peut faire la cuillère si tu veux.

Les mots qu'elle avait utilisés n'avaient pas beaucoup de sens, mais il comprit ce qu'elle voulait dire et la fierté gonfla sa poitrine.

— Essaie d'y penser de cette façon, poursuivit-elle. Oublie ce que font les Clecaniens, et fais confiance à ton instinct. Je te le dirai si je ne veux pas que tu fasses quelque chose. Sauf si je dis spécifiquement non, alors tu peux faire ce que tu veux.

Tout ce qu'il voulait ? Il pouvait la toucher et l'embrasser quand il voulait ? La tenir comme la plupart des femelles le détestaient ?

— Qu'est-ce que c'est « la cuillère » ? demanda-t-il en se mettant à côté d'elle.

Elle lui sourit et roula sur le côté.

— C'est quand on s'allonge sur le côté, mon dos contre ton ventre ou vice versa.

Faisant ce qu'elle lui disait, il se coucha sur le côté de façon à être contre son dos. C'était agréable, mais il aurait préféré regarder son visage.

Jade jeta un coup d'œil par-dessus son épaule et gloussa.

— Je vais devoir tout t'apprendre, n'est-ce pas ?

Elle recula jusqu'à ce que son dos nu soit collé contre lui et que son érection soit pressée contre ses fesses. Elle guida ses bras de façon à ce que l'un s'enroule sous son cou et l'autre autour de son ventre.

Elle veut dormir comme ça ? Si près de moi ?

Testant ses limites, il lova son corps contre le sien et resserra sa prise sur sa taille, la tirant plus fermement contre lui.

— Tu es à l'aise ? dit-elle doucement.

Théo ne s'était jamais senti aussi bien de toute sa vie. Il fit glisser son nez dans ses cheveux et son cou, respirant son parfum. Quand il se mit à ronronner d'un air satisfait, elle rit.

— Je vais prendre ça pour un oui. Vous ronronnez toujours ? Est-ce que tous les Clecaniens font ça ? Vous ne le faites que pendant les moments sexy ?

— Ça fait beaucoup de questions, femme. Je pensais que tu étais fatiguée.

— Je suis fatiguée, mais aussi curieuse.

— Beaucoup de Clecaniens le font. Avant toi, je n'avais pas ronronné depuis très longtemps.

Il n'était pas sûr de savoir comment répondre à sa dernière question.

— Nous ronronnons quand nous sommes… heureux. Quand nous sommes satisfaits.

Quand on se sent entier, se dit-il à lui-même.

— Mmm, marmonna Jade, à moitié endormie.

Théo ne savait pas combien de temps il était resté allongé avec elle, l'écoutant dormir. Ses respirations lentes et régulières et les battements rythmés de son cœur le berçaient, mais il luttait pour rester éveillé, appréciant de la tenir ainsi.

Il embrassa doucement son oreille, et son torse se contracta lorsqu'elle gémit et, dans son sommeil, tourna la tête vers lui.

Était-ce comme ça qu'elle serait avec lui ? Tout en confiance et en douceur ? Choisirait-elle d'être proche de lui pendant la journée et de se donner à lui la nuit ?

S'il pouvait tenir sa femelle rassasiée comme ça tous les soirs, alors toute la douleur qu'il avait endurée au cours de sa vie en aurait valu la peine.

Théo savait à présent avec certitude qu'il ne pourrait jamais la laisser partir. Il ne pourrait connaître le bonheur si elle n'était pas avec lui. Peut-être que s'il essayait vraiment, il pourrait la convaincre de prolonger leur mariage, ne serait-ce que pour quelques mois de plus.

***

Quand Théo se réveilla, il avait une érection douloureuse. À un moment donné pendant la nuit, il avait roulé sur le dos. Pendant un instant, la panique l'envahit, car il ne tenait plus sa femelle douce contre lui. La peur se dissipa lorsque la brume du sommeil s'estompa et qu'il vit que Jade dormait toujours paisiblement sur lui.

Ce n'était pas un rêve.

Elle était allongée avec sa tête sur son épaule et son bras tendu sur son ventre. Sa jambe était drapée sur son bassin, emprisonnant sa tige contre sa cuisse douce. Il étouffa un gémissement lorsqu'il sentit ses seins contre sa cage thoracique et la chaleur de son sexe contre sa hanche.

Elle bougea dans son sommeil et sa jambe se frotta contre lui, le faisant gémir. Il sentit le corps de Jade se raidir et sut qu'il avait merdé. Elle était réveillée et allait sûrement s'éloigner de lui maintenant. Sa prise autour de sa hanche se resserra en prévision.

Elle leva les yeux vers lui d'un air endormi et il retint son souffle, attendant de voir sa réaction.

Étonnamment, son corps se détendit et elle lui offrit un sourire endormi avant de s'étirer et de déposer un doux baiser sur sa bouche. Posant sa tête sur son épaule, elle commença à toucher légèrement sa poitrine et son ventre.

— Bonjour.

Il réussit à sortir un :

— Bonjour.

— Tu vas bien ? demanda-t-elle, l'inquiétude se lisant dans ses yeux.

Il attrapa sa main pour arrêter ses mouvements. Son excitation augmentait avec ses doux contacts. Il devrait partir. Aller se soulager avant de lui sauter dessus à nouveau. Il n'avait aucune idée du temps qu'il fallait à une petite femelle humaine pour se remettre d'un rapport sexuel et s'il se jetait sur elle avant qu'elle ne soit remise, il risquait de la blesser.

Avec la plupart des femelles, il aurait gardé une telle pensée pour lui, mais elle n'était pas comme la plupart des femelles. Il se souvint de son conseil de suivre son instinct et il choisit de lui répondre franchement. Jusqu'à présent, elle n'avait pas eu l'air de s'effrayer facilement.

— À moins que tu ne veuilles te faire chevaucher, tu ferais mieux d'arrêter de me toucher comme ça.

Pour son immense plaisir, sa bouche se recourba en un sourire coquin. La pression sur sa queue se relâcha quand elle retira sa jambe. Avant qu'il ait pu pousser un soupir de soulagement, elle le saisit dans sa douce paume. Sa tête bascula en arrière et il se pressa contre sa main.

— J'aurais aimé me nettoyer un peu avant de remettre ça, mais il semble que tu aies besoin d'une assistance immédiate.

Il la regarda, le souffle coupé, s'agenouiller entre ses jambes. Elle ne pouvait pas faire ce qu'il espérait. Ça ne se faisait pas ici.

Quand elle lécha ses lèvres, il faillit jouir sur-le-champ.

***

Jade contempla l'homme puissant et viril allongé sous elle, et ses tétons durcirent. Il était si beau, si masculin. Lentement, elle commença à passer ses mains sur ses muscles tendus. Elle l'explora tranquillement comme elle n'avait jamais pu le faire auparavant.

Elle se réjouissait de la façon dont son corps puissant réagissait à son contact et le regard intense qu'il lui lançait lui faisait comprendre qu'il était tout aussi fasciné par elle.

Malgré ce qu'elle prétendait, elle aurait été très heureuse qu'il la chevauche, mais elle voulait faire quelque chose de spécial pour lui. Le regard qu'il lui avait lancé lorsqu'elle avait admis que les terriennes taillaient des pipes lui revint en mémoire.

Son corps massif se cambra pour rencontrer sa bouche tandis qu'elle embrassait et léchait ses abdominaux, lui montrant clairement ses intentions. Lorsqu'elle se plaça au-dessus de son sexe luisant, elle le regarda :

— Essaie de rester tranquille, d'accord ?

Il hocha la tête précipitamment.

Jade prit l'extrémité de son sexe dans sa bouche, faisant tournoyer sa langue pour lécher les perles de liquide. Les yeux de Théo se révulsèrent et il poussa des jurons sous cape.

Enhardie, elle utilisa sa main libre pour attraper et caresser ses bourses lourdes. Elle utilisa l'autre pour caresser fermement la base de sa tige.

— Jade, c'est tellement bon.

Il frissonna.

Elle gémit et le prit plus profondément en bouche. Elle sentait qu'elle devenait humide. Jamais dans sa vie elle n'avait été aussi excitée en faisant une fellation. L'homme devant elle n'était pas un homme ordinaire, cependant.

La sueur perlait sur son glorieux torse et ses muscles se gonflaient. *Ça doit le tuer de ne pas bouger.*

Lorsqu'elle commença à faire monter et descendre sa bouche sur sa tige, le suçant dans une chorégraphie humide, tout son corps trembla violemment et ses mains se tendirent pour la toucher, mais il poussa un juron et passa la main derrière sa tête pour saisir la tête de lit à la place.

— Je peux sentir ton excitation, femme, grogna-t-il d'une voix cassée. Tu vas me faire jouir.

Elle accéléra les mouvements, le prenant en bouche aussi profondément qu'elle le pouvait. Sa grande tige palpitait dans sa main.

Il se figea, puis hurla en levant la tête vers le plafond, les nerfs de son cou se tendant. Son corps massif trembla et elle entendit le bois craquer alors qu'elle avalait son orgasme chaud.

Il la regarda avec de l'adoration dans les yeux et poussa un gémissement désespéré lorsqu'elle lécha langoureusement sa superbe queue sur toute sa longueur.

Il l'attira sur son corps massif et l'embrassa passionnément, la faisant se liquéfier sur lui.

— La plupart des gars n'aiment pas embrasser une fille après une pipe.

Il sourit.

— Je ne suis pas comme la plupart des gars.

Sa main s'approcha de son sexe et elle émit un petit gémissement.

— Prenons d'abord un bain. Tu n'es pas un petit gabarit et la nuit dernière n'a pas été très tendre.

Elle vit l'incertitude dans ses yeux et ajouta rapidement :

— C'était incroyable et je veux le refaire, mais il me faudra un peu de temps pour me remettre de notre première fois.

Il hocha la tête, semblant apaisé.

— Alors je vais t'emmener au bain. J'apporterai un petit-déjeuner que nous pourrons prendre dans le bain aussi.

— Ooh. Un petit-déjeuner dans le bain. J'adore !

Une demi-heure plus tard, Jade était au paradis. Elle avait toujours aimé les bains. Elle pouvait rester allongée dans l'eau chaude jusqu'à ce que chaque centimètre de son corps soit fripé et être comme un coq en pâte.

Elle était assise dans un bain chaud de la taille d'une petite piscine, mangeant un mets sucré et feuilleté qui lui rappelait un baklava sec, tandis qu'un Adonis couvert de tatouages lui massait les épaules.

C'était un euphémisme de dire que la nuit précédente s'était déroulée comme elle l'avait voulu. Non seulement il avait perdu le contrôle, mais à présent, il ne semblait plus du tout sur la retenue.

Il était entré dans la salle de bain à poil avec un plateau de mets délicieux. Ses cheveux étaient ébouriffés par le sommeil et le sexe, et le sourire purement masculin qu'il lui avait adressé l'avait fait défaillir.

Rien n'est plus sexy qu'un Théo comblé, se dit-elle.

Il était différent à présent. Affectueux. Il passait rarement une minute sans trouver un moyen de la toucher ou de l'embrasser, même si c'était juste pour écarter un cheveu de son visage. Lorsqu'il avait commencé à lui frotter les épaules et le dos, il avait dû l'attraper par la taille pour l'empêcher de sombrer dans l'eau chaude.

— Une autre note tout à fait méritée en massage, Théo.

Elle gémit, pleinement satisfaite.

En réponse, il déposa un baiser torride sur son épaule.

— Combien de temps te faut-il pour te remettre d'une relation sexuelle ? gronda-t-il en embrassant sa nuque.

— Hmm ?

Il lui fallut un moment pour que son cerveau rattrape son retard.

— Oh, je ne sais pas trop. Ça doit aller maintenant.

— Maintenant ? fit-il, incrédule, en la tournant pour la regarder dans les yeux.

Jade lui fit face et recula, nageant sur place.

— Oui, pourquoi es-tu surpris ?

Il lui lança un regard affamé et commença à s'approcher d'elle, mais elle leva une main, lui intimant de ne pas bouger. Il fronça les sourcils, mais se rassit.

— Les Clecaniennes ont besoin de 24 heures pour récupérer.

Curieuse, Jade demanda :

— Qu'est-ce que tu veux dire exactement par « récupérer » ? Elles ont mal ?

Théo parut perplexe.

— Non, leur corps ne leur permet tout simplement pas d'avoir des relations sexuelles pendant vingt-quatre heures. Je crois que ça donne à la graine une meilleure chance de prendre racine. Qu'est-ce que *tu* veux dire par « récupérer » ?

— Leur corps ne le permet pas ? Comment ça ? demanda-t-elle, ignorant sa question.

— Leur intimité se ferme hermétiquement et elles ne produisent aucune lubrification pendant vingt-quatre heures jusqu'à ce qu'elles se détendent à nouveau. Ça peut même durer plus longtemps. Il serait très douloureux pour elles d'avoir des rapports pendant cette période.

— C'est dingue, dit Jade plus à elle-même qu'à Théo.

— Jade, en quoi es-tu différente ? fit Théo d'un ton sévère.

— Rien de tout cela ne m'arrive.

Elle haussa les épaules, puis demanda :

— Alors, ça veut dire que les Clecaniennes ne peuvent faire l'amour qu'une fois par jour ?

— Elles n'ont besoin de temps pour récupérer que si elles ont eu un orgasme pendant un rapport sexuel. Techniquement, elles pourraient avoir des rapports sexuels plus d'une fois par jour si elles n'atteignaient pas l'orgasme, mais il est peu probable qu'une femelle reste avec quelqu'un qui n'est pas capable de l'amener à l'orgasme.

Théo s'empressa de fournir son explication, puis demanda :

— Jade, les humaines peuvent-elles avoir des rapports sexuels plus d'une fois par jour ?

Jade se moqua :

— Une fois. Dix fois. Ça n'a pas d'importance.

Le regard de Théo s'assombrit avec envie, mais un éclair d'inquiétude passa sur ses traits.

— Alors pourquoi as-tu besoin de récupérer ?

Sa mâchoire se contracta.

— Je t'ai fait mal ?

Une pointe d'affection traversa Jade quand elle vit à quel point il était inquiet. Elle vint se placer entre ses genoux. En enroulant ses bras autour de son cou, elle essaya de le rassurer.

— Je ne suis pas vraiment blessée, juste endolorie. Plus on fera l'amour, plus je m'habituerai à ta taille et ça passera mieux.

Il fit courir ses mains le long de sa taille et s'arrêta sur ses hanches. Les yeux rivés sur le haut de ses seins, il gémit.

— N'oublie pas de me faire savoir quand tu te sentiras mieux.

— Tu seras le premier à le savoir, gloussa Jade.

Théo lui adressa un sourire non dissimulé. Si son plan fonctionnait vraiment, alors peut-être commençait-il à l'apprécier malgré ses doutes antérieurs. La façon dont il l'avait traitée ce matin-là lui donnait l'espoir qu'il pourrait vouloir qu'elle reste avec lui.

— Théo, qu'est-ce qui a changé ? demanda-t-elle, cherchant une réponse dans ses yeux.

— Comment ça ?

— Tu me traites si différemment. Tu penses toujours que je suis une espionne ?

Elle pouvait presque le voir réfléchir à la question lui-même.

— Je ne sais pas si tu es une espionne, dit-il d'un ton hésitant. Je sais juste que je ne me soucie plus de savoir si tu l'es.

Jade rougit de plaisir. Si son aveu était vrai, elle avait peut-être une chance de le convaincre de la laisser rester plus longtemps.

Il passa ses doigts dans les cheveux de sa nuque.

— Tu pourrais me trahir cent fois, je crains de tomber quand même à tes pieds.

La sincérité brillait dans ses yeux. Elle avait l'impression que son cœur avait sauté un battement.

Un bon coup, et tu es prête à t'accrocher à lui pour toujours.

Elle était tombée amoureuse de lui. C'était tellement profond qu'elle savait qu'elle ne s'en remettrait jamais. Comment pourrait-elle le persuader de la garder ? Ses parents étaient restés ensemble. Peut-être qu'il le voudrait aussi.

Elle voyait bien que Théo l'appréciait ; sa déclaration laissait même entendre qu'il l'aimait peut-être beaucoup, mais cela ne signifiait pas nécessairement qu'il voulait qu'elle reste. Le sexe était incroyable entre eux, ça ne faisait aucun doute, mais c'était un alien. Elle ne pouvait pas être sûre de bien interpréter ses signaux. Si elle lui avouait ses sentiments, elle risquait qu'il se referme sur lui-même.

Asivva. Elle saurait. Le rassemblement avait lieu dans moins d'une semaine. Jade savait qu'Asivva serait là et elle ne pouvait qu'espérer que sa belle-sœur aurait des conseils à lui donner pour séduire définitivement son frère.

Elle se pencha pour lui donner un baiser rapide, mais il l'attrapa par la taille, approfondissant le baiser. L'élève avait surpassé le maître dans le domaine. Il savait comment la lécher et la chercher pour lui faire perdre la tête. Ses mamelons durcirent lorsqu'ils effleurèrent sa peau chaude et humide, et elle gémit.

— Jade, dit-il en embrassant sa mâchoire. Je peux faire ce que je veux sauf si tu me dis non ?

Jade était conquise et ne pouvait pas s'imaginer dire non à quoi que ce soit pour l'heure. Elle parvint tout juste à hocher la tête en silence alors que sa langue faisait le tour de son oreille.

La voix devenue rauque, il dit :

— Tant mieux. Parce que je suis affamé.

Il la souleva dans les airs pour la percher sur le rebord du bain. Son intention devint claire lorsqu'il fit passer ses jambes sur ses épaules et dévora son sexe du regard.

Sa tête tomba en arrière quand il commença à explorer ses lèvres humides avec ses doigts.

— Quand je t'ai vue ici pour la première fois, j'ai failli jouir sur-le-champ.

Il fit glisser un doigt épais en elle. Son dos se cambra en réponse et un gémissement s'échappa de sa gorge.

— Tu es si serrée, dit-il avec admiration. Je t'ai sentie jouir autour de moi la nuit dernière. Ta petite chatte s'est serrée autour de ma queue quand tu as atteint l'orgasme. C'était le paradis. Et quand je mets ma bouche sur toi…

Son pouce commença à décrire autour de son clitoris des cercles d'une lenteur exaspérante.

— Ça ne ressemble à rien que j'ai déjà goûté.

Elle leva les mains pour caresser ses seins. La tension montait en elle et elle était déjà si près de jouir. Elle pouvait sentir son souffle chaud sur son clitoris à présent.

— Je pourrais dévorer ta délicieuse chatte à chaque repas et mourir heureux.

Sa langue chaude lécha son bourgeon sensible et il glissa un deuxième doigt en elle.

— Théo, ça vient.

Il s'attaqua à son clitoris et son ronronnement recommença.

— J'aime t'entendre gémir mon nom comme ça.

La vibration sur son clitoris eut raison d'elle. Les jambes de Jade tremblèrent et tout son corps se tendit lorsque l'orgasme explosa en elle.

— Théo ! Oui ! s'écria-t-elle en lui agrippant les cheveux, faisant onduler ses hanches contre sa bouche.

Il retira ses doigts et les remplaça par sa langue chaude. Il grogna et elle serra douloureusement les cuisses tandis que sa langue la léchait, prolongeant son orgasme.

Tout le corps de Jade se liquéfia, fondant sur le carrelage frais.

Théo la souleva et la fit glisser dans l'eau avec lui en la tenant fermement.

— Tu es vraiment doué, tu sais, dit Jade entre deux respirations haletantes.

Il lui adressa un sourire carnassier, et elle s'étonna une fois de plus qu'il soit si beau quand il souriait.

— Le bourgeon à ton entrée, commença-t-il.

— Mon clitoris, ou clito pour faire court, corrigea Jade.

— Ton clito est si sensible. C'est très facile de te faire jouir.

Jade aboya un rire.

— Dis-le aux Terriens.

Il se renfrogna.

— Je ne veux pas entendre parler des autres mâles que tu as baisés.

— Non, non, l'apaisa-t-elle. Je veux juste dire que sur Terre, il y a une blague récurrente selon laquelle les hommes peuvent être ignares en la matière. Certains hommes ne savent pas quoi faire avec un clitoris à moins qu'on leur dise spécifiquement.

— Alors ils ne méritent pas de coucher avec une femelle, dit-il avec l'ombre d'une grimace toujours sur son visage. Je n'ai jamais donné de plaisir à une humaine auparavant, mais tes réactions sont assez claires pour que je sache ce que tu aimes.

Intelligent, l'alien.

Un fort gémissement retentit de l'autre côté de la porte de la salle de bain. Jade gloussa.

— On devrait probablement sortir. Je pense que Cebo se sent délaissé.

Théo grogna, mais hocha la tête, les faisant tous les deux sortir du bain. Il l'enveloppa dans une serviette douce et chaude avant de prendre la sienne.

Elle se mordit la lèvre en l'observant. Sa serviette arrivait au niveau de ses hanches étroites et des gouttes d'eau coulaient sur son corps ciselé. Il surprit son regard et baissa les yeux, se retournant pour voir ce qu'elle regardait.

— Tu as un corps incroyable, ronronna-t-elle.

Il se regarda à nouveau et le coin de sa bouche se souleva en un sourire incertain.

Elle pouvait voir qu'il se considérait toujours comme laid, mais qu'il appréciait ses compliments. Son cœur se serra dans sa poitrine et elle décida qu'elle devrait s'assurer de le complimenter quotidiennement pour réparer les décennies de dommages.

31

Le bonheur avait submergé Théo ces derniers jours. Il ne savait pas que les choses pouvaient être ainsi entre un mâle et une femelle. Même ses parents n'avaient pas connu une telle relation. Elle le laissait la toucher quand il le voulait et elle le touchait aussi.

Quand il s'asseyait sur le canapé, elle se blottissait contre lui. Quand il la croisait dans le couloir, elle déposait un doux baiser sur sa bouche. Elle était plus une compagne qu'une épouse typique et il constata qu'il ne se lassait jamais d'elle. Il voulait toujours être près d'elle. Le matin, ils parlaient et plaisantaient d'une chose ou d'une autre pendant qu'il lui enseignait l'histoire de Clecania.

Elle avait un merveilleux sens de l'humour et il avait découvert qu'il en avait aussi. Avant elle, il ne s'était jamais senti léger ; à présent, il plaisantait facilement et son cœur se réchauffait chaque fois qu'elle riait. Jade était si libre. Elle riait et souriait sans retenue et elle accueillait toutes ses avances sexuelles avec un désir équivalent au sien.

Un matin, il s'était réveillé avec sa langue divine qui léchait sa demi-érection. Tard dans la nuit, il lui avait audacieusement retourné la faveur. Elle s'était réveillée au bord de l'orgasme.

Au lieu de se mettre en colère et de mettre fin à leur mariage comme l'aurait fait une Clecanienne, elle avait doucement gémi son nom, l'avait tiré vers le haut de son corps et avait enroulé ses jambes autour de sa taille jusqu'à ce qu'il s'enfonce en elle. Il avait découvert qu'il aimait faire l'amour avec elle de cette façon, face à face. C'était nouveau pour lui, mais très excitant.

La deuxième fois qu'ils avaient fait l'amour avait été l'une des expériences les plus érotiques de sa vie. Elle l'avait enfourché sur le canapé devant le feu et s'était lentement abaissée sur sa tige douloureuse. Cette nuit-là, il avait vécu deux nouvelles expériences qui l'avaient transformé de manière irréversible. Théo n'avait jamais fait l'amour face à face et il n'avait jamais eu une femelle sur lui comme l'avait fait Jade.

Voir le plaisir sur son visage quand elle serrait son sexe l'avait rendu fou. Ses seins lourds et ses mamelons rose tendre étaient à portée de main et il pouvait saisir son cul pendant qu'elle se balançait contre lui.

Il s'était retenu de jouir, voulant que ça dure le plus longtemps possible. Finalement, une fois couverts de sueur, elle avait joui en gémissant dans son oreille, trois fois, il avait joui à son tour en l'embrassant.

Il y avait une autre raison pour laquelle il aimait se retrouver face à elle pendant le sexe. Avec cette nouvelle position, il pouvait voir ses yeux. Elle le regardait vraiment. Ses yeux le parcouraient avec plaisir et, pour la première fois de sa vie, il se sentait attirant.

En temps normal, il prenait les Clecaniennes par-derrière, car c'était la position la plus efficace pour déclencher un orgasme féminin clecanien. Ces femelles le regardaient généralement le moins possible et il supposait qu'elles fermaient hermétiquement les yeux, imaginant un autre mâle.

Jade semblait ne jamais se lasser de le regarder. Elle passait ses mains et sa bouche sur tout son corps, sur ses cicatrices. Il pouvait même sentir son excitation rien qu'en regardant son corps nu. Cela le ravissait de savoir qu'elle était aussi attirée par lui qu'il l'était par elle et que ses cicatrices ne la dégoûtaient pas. Elles étaient même sexy à ses yeux.

Il était toujours étonné qu'elle l'accepte complètement. Des ébats lents et érotiques s'alternaient avec des baises furieuses et agressives.

Comme elle n'avait pas besoin de période de récupération, il s'était amusé à laisser la « bête », comme elle l'appelait, sortir de sa cage chaque fois qu'elle prenait la contrôle. Quand ça arrivait, il arrachait ses vêtements et la baisait brutalement où qu'ils soient. Elle jouissait en criant son nom.

Il ne comprenait toujours pas pourquoi un tel sentiment de possession l'envahissait. Il devenait fou en l'espace d'un instant.

Au lieu de repousser ce sentiment, il avait commencé à l'accepter comme faisant partie de lui, tout comme elle. Il savait maintenant avec certitude qu'il ne pourrait jamais la laisser partir. Il avait même commencé à réfléchir à un plan pour l'enlever si elle décidait de le quitter dans deux mois. Il n'y avait aucun moyen pour lui de vivre sans elle après avoir expérimenté ce que sa vie pouvait être à ses côtés.

Elle serait peut-être en colère au début. Il sourit. Il ne fallait pas sous-estimer sa Jade, mais il voulait croire qu'avec le temps, elle se ferait à l'idée et qu'ils retrouveraient leur état de bonheur actuel.

Pour l'heure, il était allongé contre son corps doux, sa tête sur sa poitrine et les genoux de Jade de part et d'autre de ses hanches. Elle jouait avec ses cheveux et fredonnait pendant qu'il fixait le feu.

— Comment va se dérouler la fête de demain ? demanda-t-elle doucement.

Le rassemblement avait lieu au bout d'un mois. Théo le redoutait. S'il y avait eu un moyen d'éviter d'y aller, il l'aurait saisi.

— C'est ennuyeux.

— C'est pour quoi faire exactement ?

— C'est pour que les fouineurs qui n'ont rien de mieux à faire viennent reluquer les nouveaux couples. Ça leur donne de quoi alimenter les ragots. Quels couples s'entendent bien, lesquels se détestent, quelle femelle a la plus belle robe et…

— Et quoi ?

Il pouvait entendre le sourire dans sa voix. Elle trouvait que son aversion pour cet événement était drôle.

Il ne voulait pas lui révéler l'autre raison pour laquelle un Clecanien pouvait assister au rassemblement, il ne voulait pas qu'elle sache qu'elle serait courtisée et regardée toute la nuit, et qu'il devrait rester assis et les laisser faire. Son tempérament s'enflamma rien qu'en y pensant et il passa une main sur les cuisses de Jade pour se calmer.

Sa colère se calma quelque peu lorsqu'il entendit que la voix de Jade était devenue gutturale.

— Dis-moi ce que je dois savoir pour ne pas y aller à l'aveuglette.

— Des mâles vont essayer de te parler.

Sa mâchoire se contracta lorsqu'il réalisa qu'il y aurait beaucoup plus de spectateurs à ce rassemblement qu'aux autres. Ils viendraient en masse pour voir la belle femelle humaine qui avait choisi le monstre balafré. Les mâles penseraient probablement qu'il leur serait facile de la séduire pour l'éloigner de lui.

Ses mains s'arrêtèrent dans ses cheveux pendant un moment.

— Pourquoi ?

— Parce qu'ils voudront te convaincre de les choisir à la prochaine cérémonie.

Ils sont loin de savoir qu'elle n'assistera pas à d'autres cérémonies, pensa-t-il sombrement.

— Nous ne sommes ensemble que depuis un mois. N'est-ce pas… je ne sais pas… insensible ?

— C'est comme ça que ça se passe ici, dit-il, sentant son sang se glacer.

Et si elle aimait parler à un autre mâle ? Il imaginait déjà son visage quand elle comprendrait enfin à quel point il était indigne d'elle. Elle le verrait à côté de mâles qui avaient le charme et l'apparence qu'il avait toujours enviés, et elle le trouverait bien en deçà.

Semblant remarquer sa tension, elle releva le menton et le força à croiser son regard.

— Hé là, mon grand. Ne t'inquiète pas. Je ne suis pas le genre de fille à aller consulter le menu si j'ai déjà choisi.

Ses mots étaient à nouveau étranges et la traduction semblait lacunaire. Il comprit qu'elle voulait dire qu'elle n'aurait pas besoin de chercher un autre mâle parce qu'elle était heureuse avec lui. Un ronronnement gronda dans sa poitrine.

Il roula, la tirant sous lui. Elle enroula ses bras autour de son cou et l'attira pour l'embrasser. Il devait s'assurer de bien s'occuper d'elle ce soir-là. Tellement qu'elle n'aurait même pas l'énergie de regarder un autre mâle.

***

Quelques heures plus tard, il porta son corps épuisé jusqu'à leur chambre. Il avait commencé à y penser en employant le possessif. « Leur » chambre. « Leur » lit. La seule raison pour laquelle il se rendait dans son ancienne chambre solitaire était pour récupérer des vêtements ou vérifier ses messages du travail.

Il se réprimanda : il n'avait pas pensé à son travail depuis des jours. Il n'était pas inhabituel pour un jeune marié de s'absenter du travail pendant son mariage, mais les clients avec lesquels Théo travaillait avaient tendance à être un peu plus exigeants que la moyenne.

Cebo s'installa à sa place sur le lit lorsque Théo eut bordé Jade.

Avant de se rendre à son bureau, il chuchota à Cebo :

— Ne prends pas trop tes aises. Elle est à moi.

Pressant le pas, il se dirigea vers son bureau et examina son journal des communications. Cela ne faisait que quelques minutes, mais il avait déjà envie de retourner auprès d'elle.

En faisant défiler ses messages, il vit les demandes habituelles pour diverses missions. Il les refusa toutes. Théo avait l'intention de ne plus jamais travailler. Quitter Jade pour des durées indéterminées et partir pour des missions dangereuses en l'échange de grosses sommes d'argent dont il n'avait pas besoin était désormais inutile pour lui.

Il aurait été suspect d'annoncer sa retraite à présent, alors qu'il lui restait deux mois de mariage, alors il préféra envoyer des explications polies, mais fermes sur son absence temporaire. Quand il aurait Jade pour de bon, il informerait ses contacts de sa retraite.

Son rythme cardiaque s'accéléra lorsqu'il tomba sur un message concernant Jade. Le contact qu'il avait rencontré quelques semaines plus tôt avait fourni à Rhaego des informations sur ses ravisseurs. Rhaego n'avait pas attendu le feu vert de Théo et avait retrouvé et enfermé les deux mâles cae qui avaient transporté Jade. Il les gardait dans un endroit tenu secret près de Tremanta et attendait de nouvelles instructions.

La dernière information divulguée par Rhaego lui glaça le sang.

Il y a des traîtres dans ton entourage. Contacte-moi dès que tu auras ce message.

Ce n'est pas forcément elle, se dit-il, mais une pointe d'incertitude se glissa dans son esprit. S'il partait immédiatement, il pourrait rejoindre Rhaego et les Cae emprisonnés en moins d'une heure.

Il pourrait enfin découvrir ce qui l'avait amenée là. Soit elle disait la vérité et elle l'avait vraiment préféré à tous les autres, soit elle était une espionne.

La façon dont elle était entrée dans sa vie n'avait plus d'importance pour Théo, mais il s'inquiétait de la façon dont leur relation changerait s'il découvrait qu'elle avait en fait été envoyée par un ennemi.

Le lendemain. Il irait voir Rhaego le lendemain soir à leur retour du rassemblement. Il lui dirait ce qu'il ressentait, qu'il voulait qu'elle reste avec lui et qu'il avait capturé les deux Cae. Puis il les interrogerait et apprendrait la vérité.

Théo voulait désespérément que Jade décide de rester avec lui de son propre chef. Il ne voulait pas avoir à l'enlever contre son gré. Il savait qu'elle le détesterait, mais pour une raison quelconque, sa peau se hérissait et un vide se creusait dans son estomac chaque fois qu'il pensait à son départ.

Si seulement sa mère était en vie. Elle serait capable de lui dire pourquoi il se sentait ainsi et si cette possessivité extrême venait de son sang traxien.

Pourrait-il aller jusqu'au bout ? L'emmener vivre avec lui comme des hors la loi ? Il en doutait.

Il envoya un message codé à Rhaego pour organiser leur rencontre et retourna auprès de Jade, qui dormait paisiblement. Cebo gémit à moitié, mais sauta du lit quand Théo s'approcha.

Il attira Jade contre lui et sentit son cœur se serrer lorsqu'elle se blottit contre lui, même dans son sommeil.

Si elle ne voulait pas rester avec lui et qu'il ne pouvait pas l'enlever, que deviendrait-il ? Il chuchota, dans ses cheveux :

— Reste avec moi.

32

— Où est cette fichue robe ? maugréa Jade en fouillant dans son armoire.

Asivva lui avait acheté une robe pour le rassemblement lorsqu'elle lui avait livré tous ces vêtements quelques semaines plus tôt, mais Jade ne se souvenait pas où elle l'avait mise.

Ce n'était pas étonnant que Jade éprouve des difficultés à trouver quoi que ce soit : son armoire était pleine à craquer et elle avait à peine jeté un œil au gros des tenues, préférant porter les chemises confortables de Théo.

— Ah ha ! dit-elle d'un ton triomphal en tendant la main au fond d'une profonde alcôve.

Un frisson parcourut son dos. Théo allait l'adorer. C'était risqué dans tous les bons sens du terme. Elle voulait être sûre d'être à son avantage ce soir-là. Toute la matinée, il s'était comporté bizarrement, et elle s'était dit qu'il était nerveux à l'approche du rassemblement. Cela semblait être une bonne occasion de se mêler aux autres et de se faire de nouveaux amis, ce qui était le pire cauchemar de Théo.

Son but pour la nuit était d'ignorer consciencieusement tous les autres hommes, sauf lui. Elle voulait lui montrer à quel point elle était amoureuse et elle voulait qu'il soit fier et non honteux qu'ils soient là ensemble.

Après la nuit précédente, il le méritait. Il s'était clairement donné une mission. Ils avaient fait l'amour trois fois et il avait continué à la faire jouir avec ses mains et sa bouche, encore et encore, jusqu'à ce qu'elle doive finalement lui dire non.

Il n'avait pas accepté de réciprocité non plus, repoussant ses mains chaque fois qu'elle les tendait vers lui. C'était comme s'il avait voulu lui prouver qu'il pouvait maîtriser son corps. Il pouvait lui faire faire ce qu'il voulait. Il avait réussi.

Elle lui témoignerait sa reconnaissance ce soir-là. Si tout se passait bien, Asivva lui donnerait de bons conseils, elle le convaincrait de la laisser rester et ils vivraient heureux pour toujours.

Où était-il d'ailleurs ? Plus tôt dans la journée, il avait dit qu'il devait s'occuper de certaines affaires, puis il était parti, promettant d'être de retour à temps pour se préparer et l'accompagner au rassemblement.

Elle mourait d'envie de lui demander où il allait, mais son étrange comportement calculateur l'en avait empêchée. Il avait l'air préoccupé par quelque chose et elle voulait lui donner de l'espace pour faire ce qu'il devait.

— Qu'est-ce que tu en penses ? dit-elle en montrant sa robe à Cebo.

Il leva la tête et l'inclina sur le côté.

— Ça va faire son petit effet, je te le dis.

Jade prit du recul et admira la robe à nouveau. La matière soyeuse était d'un noir d'encre et scintillait faiblement. Asivva lui avait dit qu'il était inhabituel pour les femmes de porter du noir, mais elle avait quand même choisi cette couleur pour Jade.

La couleur obsidienne serait parfaite à côté de Théo, avec sa peau bronzée et ses cicatrices noires. Plutôt que de porter une robe aux couleurs vives qui aurait semblé incongrue à côté de Théo, elle le mettrait en valeur.

N'oublie pas de remercier Asivva.

La coupe de la robe était simple. Le col bénitier exposait juste assez de décolleté pour être sexy sans en dévoiler trop. Le dos, cependant, était plongeant, exposant une grande quantité de peau. Elle pouvait imaginer Théo passant sa paume chaude sur son dos nu.

Maintenant, que faire avec ses cheveux ? Elle savait que Théo aimait qu'elle ait les cheveux lâchés, mais elle pensait qu'une coiffure haute irait mieux avec une robe dos nu.

— Ce sera par-dessus l'épaule, dit-elle en commençant à attacher ses cheveux de façon désordonnée.

— J'approuve, dit une voix grave dans l'embrasure de la porte.

Jade poussa un cri et tomba à la renverse du tabouret sur lequel elle était assise.

Théo rit de bon cœur et elle ne put s'empêcher de sourire.

La main sur le cœur, elle gloussa.

— Ce n'était pas très gentil.

Elle retourna s'asseoir sur le tabouret.

— Je ne comprends pas comment quelqu'un de ta taille peut se déplacer si furtivement.

Il s'approcha d'elle, portant un sac d'un violet profond.

— C'est mon travail, tu te souviens ? Si mes cibles me voyaient arriver, je n'en aurais plus.

Théo avait toujours refusé de parler de son travail et elle avait appris à ne pas poser de questions. Pourquoi en parlait il maintenant ? Lui faisait-il finalement confiance ?

Il s'accroupit derrière elle, posant son menton sur son épaule et plaçant le petit sac sur ses genoux.

— J'ai un cadeau pour toi.

Elle sourit à son reflet dans le miroir et commença à fouiller dans le sac. Elle ouvrit une petite boîte et découvrit la plus belle paire de boucles d'oreilles qu'elle ait jamais vue.

— Elles sont magnifiques, dit-elle en en tenant une devant elle.

Les boucles d'oreilles étaient faites de gros bijoux verts scintillants, plus éclatants que des émeraudes. Elles étaient longues et lui arriveraient juste au-dessus des épaules. Un deuxième brin avec des bijoux plus petits s'incurvait vers le haut et s'enroulait autour du bord de son oreille, du lobe au cartilage.

Il n'y avait pas d'aiguille au bout des boucles d'oreilles, mais plutôt un très petit aimant. Tous les trous des piercings de Jade avaient cicatrisé dans le tube magique des semaines plus tôt. Les Clecaniens de Tremanta ne croyaient pas à ce genre de modifications corporelles, c'était ce que Zikas lui avait dit.

— Je suis content que tu les aimes, dit-il en lui serrant les bras.

— Je les *adore*. C'est ce que tu es allé faire aujourd'hui ? demanda-t-elle en en clipsant une à son oreille.

— Oui. J'ai dû les récupérer chez Asivva.

Elle lui lança un regard perplexe.

— Elles appartenaient à ma mère. C'était un cadeau de mon père. Je n'ai jamais pensé que j'aurais une épouse à qui les offrir, mais Asivva m'a convaincu de les lui remettre plutôt que de les vendre, juste au cas où.

Jade sentit les larmes lui monter aux yeux devant ce geste attentionné. Il ne lui avait pas seulement apporté un beau cadeau, mais un héritage familial. Tous ses biens les plus précieux à elle étaient encore sur Terre. Il n'avait aucune idée de ce que cela représentait pour elle d'avoir un lien avec une famille à présent, même si elle ne les avait jamais rencontrés.

Se tournant pour le regarder dans les yeux, la voix pleine d'émotion, elle dit :

— Merci.

Il observa son visage pendant un long moment avant de se lever.

— Il ne faut pas tarder ; je vais aller me changer.

Jade se tamponna les yeux et continua à s'occuper de ses cheveux.

— Très bien, je me dépêche.

Il arrive encore à m'impressionner, pensa Jade en finissant de se préparer et en enfilant sa robe.

Tout en sautant sur un pied puis sur l'autre, en enfilant ses sandales, elle lança :

— Je suis prête !

De l'autre côté de la porte, il dit :

— Il n'y a pas besoin de…

Ses mots moururent dans sa gorge quand il la vit.

Elle écarta les bras.

— Tu aimes ?

Il lui adressa un sourire prédateur.

— Tes efforts n'ont pas été vains, plaisanta-t-il.

— Et tu n'as pas vu le meilleur.

Elle se retourna, le regardant par-dessus son épaule, et lui montra le dos de sa robe.

Sa mâchoire se décrocha et il se frotta le visage avec une main.

Jade examina sa tenue de soirée. Elle ne savait pas pourquoi, mais elle s'attendait à un costume ou un smoking. Les vêtements sur Clecania étaient si normaux pour la plupart. Sa tenue actuelle lui rappelait qu'il n'était pas humain.

Son pantalon était noir. Le tissu ressemblait à du cuir souple. Sa chemise était faite de la même matière soyeuse que sa robe et était ouverte sur son torse. Des plaques de charbon dur recouvraient les côtés de ses jambes, ses bras et le haut de ses épaules. Il portait une lourde cape, semblable à celles des centurions romains, nouée à l'épaule. La tenue dans son ensemble était sexy, dangereuse et intensément extraterrestre.

— Tu es si beau, souffla-t-elle.

— Nous devrions y aller avant que tu ne te retournes à nouveau, dit-il en lui faisant un sourire.

— Ne nous attends pas, Cebo !

Jade tapota la tête du chien à l'air agacé et se dépêcha de rejoindre Théo.

— C'est loin d'ici ?

Théo la guida à l'extérieur vers un véhicule flottant en attente.

— Pas vraiment, répondit-il en lui faisant signe de monter.

Il était assis en face d'elle dans le taxi, lui rappelant le jour de leur rencontre. Il était tellement en colère et silencieux alors. À présent, il était en colère et stoïque. Il était assis avec raideur et semblait perdu dans ses pensées.

Lorsque le véhicule se mit en branle, elle vint s'asseoir à côté de lui. Prenant sa main, elle lui demanda :

— Tu vas bien ? Tu es nerveux ?

Il regarda autour de lui, sans croiser son regard.

Peut-être qu'il est inquiet que je parle à d'autres hommes.

— Je ne pourrai probablement même pas parler à la plupart d'entre eux, tu te souviens ?

Elle tapota l'oreille dans laquelle son traducteur était implanté.

Théo lui adressa un sourire crispé.

— Je suis sûr que la plupart, sinon tous les Tremantiens présents, auront fait mettre à jour leurs traducteurs spécialement pour te parler.

Il jeta un coup d'œil à leurs mains jointes et les serra.

— Les mâles ne diront peut-être pas du bien de moi ce soir.

— Que vont-ils me dire ?

Elle passa sa main sur sa mâchoire.

— Que tu es une brute ?

Avec un sourire enjoué, elle s'assit sur ses genoux et embrassa les coins de sa bouche.

— Que tu vas me pourchasser dans les bois comme un animal ?

Il commença à ronronner et elle sentit les coins de sa bouche se retrousser en un sourire.

— Vont-ils me parler de ton tempérament et du fait qu'à tout moment, tu pourrais m'arracher mes vêtements et t'en prendre à moi ?

Il inspira profondément lorsqu'elle se pencha pour le caresser.

Glissant le long de son corps pour s'agenouiller entre ses jambes, elle poursuivit sur un ton moqueur :

— Attention, Jade ! Il pourrait même te forcer à prendre un bain avec lui.

Sa tige rigide fut libérée quand elle défit l'étrange fermeture de son pantalon. Elle fit courir sa langue le long de son corps, puis le regarda dans les yeux.

— Y a-t-il vraiment quelque chose qu'ils puissent dire qui me ferait fuir ?

Elle le suça avec ferveur, ses joues se creusant. Sa tête bascula en arrière et il poussa des jurons.

Il ne fallut pas longtemps pour qu'elle le sente se raidir et commencer à frémir, rugissant en regardant le plafond.

Avec amour, elle lécha sa semence, puis referma son pantalon. Elle se rassit à côté de lui et prit son visage dans ses mains.

— Ne t'inquiète pas. Je peux penser par moi-même.

En haussant un sourcil, elle ajouta :

— Tu n'as pas compris ça depuis le temps ?

Il gloussa, toujours haletant.

— Je pourrais avoir besoin d'un autre rappel ce soir.

Théo passa son bras autour de ses épaules et la serra contre lui, posant son menton sur sa tête.

Le trajet s'écoula en silence, chacun appréciant la compagnie de l'autre jusqu'à ce que le véhicule s'arrête. Jade fronça les sourcils en voyant toute la tension qu'elle venait de chasser de Théo revenir en force.

Il expira, ses épaules s'affaissant, puis sortit et tendit une main pour l'aider.

Le bâtiment devant eux était parfaitement rond. Des vignes grimpantes recouvraient les hauts murs blancs. Jade eut un petit cri de stupeur en apercevant le toit, qui n'était pas tant un toit, mais un dôme entièrement construit en vitraux chatoyants. Elle ne pouvait en être certaine vu de là, mais elle estimait que le toit devait avoir la taille d'un terrain de football.

Théo prit sa main dans la sienne et l'attira vers la porte solitaire.

— Finissons-en avec ça.

Quand il la fit entrer, elle fut temporairement aveuglée. Chaque centimètre des murs et du sol était plaqué d'or. Des centaines de personnes sur leur trente-et-un s'agitaient à l'intérieur. Elle s'agita, mal à l'aise, lorsqu'elle remarqua que beaucoup la dévisageaient.

Un petit homme commença à se frayer un chemin à travers la foule vers eux, et elle sourit en reconnaissant Zikas.

— Zikas ! s'exclama-t-elle en lâchant Théo et en serrant le vieil homme dans ses bras.

Zikas rougit furieusement et Théo reprit la main de Jade en se renfrognant.

— Je dois t'annoncer, dit Zikas à Jade dans un souffle.

Il se tourna vers les spectateurs et d'une voix forte, que Jade n'avait pas réalisé qu'il était capable de produire, dit :

— Mari et femme depuis un mois… Théo et Jade !

Des applaudissements polis remplirent la salle, et elle sentit ses joues rougir. Elle se rapprocha de Théo.

Il serra sa main d'une façon qui se voulait rassurante, puis la lâcha. Il se pencha pour lui murmurer à l'oreille :

— Reviens me voir quand tu auras fini.

Avant qu'elle ait pu dire quoi que ce soit, il disparut dans la marée de convives et elle le perdit de vue.

— Où est-il allé ? demanda-t-elle à Zikas, agacée que Théo n'ait pas pris la peine de mentionner qu'ils ne seraient pas ensemble pendant cette fête.

— S'asseoir avec les autres maris pendant que vous vous mêlez à la foule, dit Zikas avec nonchalance.

Il commença à s'éloigner et lui fit signe de le suivre.

Elle tira sur sa manche et dit :

— Combien de temps dois-je me mêler à la foule ? Quand pourrai-je le retrouver ?

— Alors, vous vous entendez bien ? C'est merveilleux.

Il lui sourit.

— Vous devez parler à toute personne qui vous approchera, et une fois que plus personne ne le fera, vous pourrez retourner auprès de Théo.

Jetant un coup d'œil autour d'elle, Jade gémit. Elle pouvait compter au moins dix hommes qui la regardaient comme s'ils allaient s'approcher d'une minute à l'autre.

— Seront-ils capables de me comprendre ? demanda-t-elle, espérant que sa langue étrangère dissuaderait certains des hommes de tenter de lui parler.

— La plupart des invités ont été informés qu'ils devaient mettre à jour leurs traducteurs avec votre langue s'ils voulaient vous parler.

Zikas fit signe vers un endroit situé à quelques mètres et dit :

— Je serai juste là si vous avez besoin de moi.

Jade jeta un coup d'œil autour d'elle, essayant de localiser Théo à nouveau, en vain. Il y avait trop de gens qui lui bloquaient la vue.

Soudain, un homme s'avança dans son champ de vision. Elle leva les yeux vers le beau visage de Fejo, le pirate sexy qu'elle avait vu pendant l'observation. Sa tenue de ce soir-là, avec ses broderies extravagantes, était tout aussi ridicule qu'auparavant.

— Bonjour, dit-il d'une voix grave et grondante.

— Bonjour, hum, Fejo, c'est ça ?

Elle tendit la main, s'apprêtant à serrer la sienne. Comme il se contentait de la fixer d'un air ahuri, elle serra le poing, puis baissa la main.

— Oui, en effet. Je suis Fejo et toi, c'est Jade, c'est ça ?

Il lui adressa un sourire éblouissant.

— Oui, fut tout ce que Jade put dire.

— Tu es magnifique ce soir, même si je suis sûr que tu es magnifique toutes les nuits.

Comme elle se contentait de hocher la tête, il poursuivit :

— J'ai été assez déconcerté d'apprendre que tu m'avais choisi, mais que tu as négligé de me tester.

Ses yeux s'écarquillèrent de surprise et elle rougit.

— Tu n'étais pas censé savoir qui t'avait choisi. C'était censé être anonyme.

Il haussa les épaules et se pencha de façon conspiratrice :

— J'ai mes sources.

— Eh bien, quand je suis passée devant ta chambre, tu avais l'air plutôt occupé, et je ne voulais pas t'interrompre.

En fronçant les sourcils, elle lui demanda :

— Au fait, tu n'es pas marié ? Tu ne devrais pas être dans la zone des maris avec Théo en ce moment ?

Les yeux de Fejo brillèrent d'amusement.

— Tu es de nature fougueuse. Je suis vraiment navré que tu ne m'aies pas choisi.

Il soupira, regardant la salle bondée.

— Hélas, chaque année je viens chercher une épouse et chaque année je suis testé, mais finalement jamais choisi. Très peu de femelles veulent être mariées à un mâle qui voyage dans le cadre de son travail et encore moins veulent m'accompagner en voyage.

Son attitude était décontractée, mais elle pouvait voir que sous son air arrogant, il était déçu.

— Peut-être que la prochaine fois, tu pourrais me tester et me dire ce que je fais de mal.

Il agita ses sourcils noirs de façon suggestive, et elle dut réprimer un rire.

Fejo était définitivement un charmeur, mais quelque chose lui disait que son personnage de voyou insouciant était juste ça, un personnage. Une masse de longs cheveux noirs avait été nouée grossièrement sur sa nuque et les ombres sous ses yeux lui indiquaient qu'il n'avait pas très bien dormi. Il lui parlait de manière suggestive, mais il n'y avait pas de réelle intention derrière ses mots.

Ses yeux intelligents scrutaient la foule encore et encore.

Finalement, elle demanda :

— Pourquoi venir ici ?

Pendant un instant, son regard se reporta sur elle et se fit inquisiteur. Il laissa rapidement un sourire malicieux s'étendre sur son visage et la reluqua.

— Pour rencontrer de superbes femelles comme toi.

— Très bien, ne me dis rien, dit-elle en faisant un signe dédaigneux. Mais ne fais pas semblant de t'intéresser à moi, non plus.

Jade redressa le cou pour tenter de localiser Théo, mais la foule devant elle était encore trop dense.

Fejo inclina la tête et l'étudia.

— Tu es très perspicace, Jade. La plupart des femelles humaines sont-elles comme toi ?

— J'aime à penser que mon détecteur d'âneries est meilleur que la plupart.

— De quoi ? D'âneries ?

Il rit de bon cœur, ce qui lui valut des regards en coin de la part des convives.

— Théo est un mâle très chanceux.

Jade arqua un sourcil.

— C'est ce que je n'arrête pas de lui répéter.

***

Fejo, elle parlait à Fejo. Théo grinça des dents.

La seule chose qui l'empêchait de se précipiter vers elle pour l'interrompre était le fait qu'elle n'avait pas l'air très intéressée par leur conversation.

Par la Déesse, s'il se penche pour lui chuchoter quelque chose encore une fois...

— Théo ! lança une voix forte venant de sa gauche.

Détournant son regard de Jade, il vit trois mâles à qui il n'avait jamais parlé se diriger vers lui. Le chef des trois, qui avait prononcé son nom, était Helas.

Helas était en charge d'une étude destinée à trouver des espèces compatibles pour la reproduction. C'était logique qu'il veuille parler de Jade à Théo. Il ne connaissait pas les deux mâles qui l'accompagnaient.

Jetant un coup d'œil à Jade, il fut soulagé de voir que Fejo était parti. Son soulagement fut remplacé par de la colère quand il vit que deux autres mâles avaient pris sa place.

Helas tapa sur l'épaule de Théo.

— Théo, félicitations pour ta charmante épouse. Le mariage se passe bien jusqu'à présent ?

— Très bien, dit-il en regardant froidement les trois mâles.

— As-tu déjà rencontré Nedas et Yuvan ? dit Helas en faisant de grands gestes. Nedas a rencontré ton épouse.

Le regard de Théo, qui s'était tourné vers Jade, revint sur Nedas à cette information.

— C'est vrai ? grogna-t-il en regardant le mâle en question.

Helas gloussa et donna un coup de coude dans le bras de Théo.

— Il était chargé de la garder quand elle est arrivée.

Yuvan ricana. Nedas se renfrogna, mais ne dit rien.

Helas continua, sans être affecté :

— Elle l'a frappé au visage quand elle a essayé de s'échapper. Il a gardé un œil au beurre noir pendant une semaine avant qu'on le soigne.

Théo sourit.

— As-tu trouvé difficile de traiter avec elle ? demanda Helas avec curiosité.

Théo se retourna et l'aperçut en train de parler à d'autres mâles.

— Elle est… différente, pas difficile, dit-il distraitement.

— J'aimerais que vous veniez tous les deux pour une réunion. Tu sais que mes recherches portent sur les couples interespèces. Plus je peux rassembler de données, mieux c'est.

— Je préfère que mon mariage reste privé.

Le sourire d'Helas s'effaça. Il adressa un sourire cruel à Théo.

— Je comprends. J'attendrai donc son prochain mariage pour rassembler des données.

Nedas ricana.

Un muscle se contracta dans la mâchoire de Théo alors que les mâles s'éloignaient. Il croisa les bras sur son torse et jeta un regard dans la direction de Jade. L'un des mâles qui lui parlait tendit la main pour toucher son bras.

Théo gronda et commença à marcher vers elle, prêt à arracher les doigts du mâle. Asivva s'avança devant lui et avec un regard d'avertissement, elle le fit reculer.

— Bonjour, mon frère. Je vois que tu passes une bonne nuit, dit-elle.

La main du mâle n'était plus sur Jade et elle s'éloigna du groupe. Elle n'avait pas fait plus de quelques pas que son chemin fut à nouveau bloqué. Combien de temps encore devrait-il endurer cette torture ?

— Elle est très belle, Théo. Tu devais t'attendre à ce que de nombreux mâles souhaitent lui parler.

— Savoir et devoir regarder ce qui se passe sont deux choses très différentes.

Il adressa à Asivva un regard furieux.

— Tu n'aurais pas pu choisir une robe moins révélatrice pour elle ?

Elle gloussa, faisant monter sa colère.

— Elle pourrait porter un sac, et ils voudraient quand même tous lui parler.

Théo croisa à nouveau les bras. Elle avait raison, bien sûr. Peu importait ce qu'elle portait, Jade était magnifique. Il attendrait là toute la nuit.

— Comment ça se passe entre vous ?

Asivva le regarda avec méfiance.

— Tu sembles assez possessif.

— Je te l'ai déjà dit ce matin.

— Tu ne m'as rien dit ce matin, rétorqua-t-elle. Tu as dit « super », tu as pris les boucles d'oreilles et tu t'es enfui. Elles lui vont à merveille, d'ailleurs, ajouta Asivva.

Théo s'adoucit. Elles étaient magnifiques sur elle.

— Elle a eu les larmes aux yeux quand je lui ai dit d'où elles venaient.

— Théo, parle-moi, insista Asivva. Je suis ta sœur. Je peux t'aider. D'ailleurs, qu'est-ce que tu comptes faire ? Te torturer en déchirant mentalement tous les mâles qui l'approchent ?

Peut-être qu'elle pourrait l'aider, en effet. Asivva n'approuverait jamais ce qu'il avait prévu de faire, mais cela ne voulait pas dire qu'elle ne pouvait pas lui donner des conseils sur la façon d'aborder le sujet de la prolongation de leur mariage avec Jade.

— Je veux qu'elle reste avec moi. Je ne pense pas pouvoir vivre sans elle. Je n'ai jamais ressenti ça pour une femelle. Quand il est question d'elle, je n'ai aucun contrôle sur moi-même.

— L'as-tu revendiquée comme ta partenaire ? demanda-t-elle pensivement.

Théo y avait pensé. Si le concept de partenaire existait toujours et qu'il avait reconnu Jade comme telle, alors ses sentiments intenses auraient eu un sens. Il y avait de vieilles histoires de mâles qui devenaient fous quand ils étaient séparés de leurs partenaires. Mais ce type de relation avait disparu et, de toute façon, Théo n'avait montré aucun des signes typiques, mis à part une jalousie extrême.

— Cela expliquerait ta soudaine possessivité, insista Asivva.

Il lui lança un regard impatient.

— Le concept de partenaire n'existe plus, et non. Mes yeux n'ont pas changé.

— Vas-tu lui dire que tu souhaites qu'elle reste avec toi ?

— Tu crois que je devrais ? demanda-t-il en regardant longuement dans la direction de Jade.

— Je peux aller parler à Jade si tu veux. Je pourrais avoir une idée de ce qu'elle ressent à ton égard et de son ouverture à une extension de votre relation.

Il vit un autre mâle tendre la main pour toucher ses boucles d'oreilles, sans doute dans le but d'effleurer accidentellement sa peau. En serrant les dents, il dit :

— Va lui parler maintenant, Asivva, avant que je n'éloigne ce mâle d'elle.

Sans un mot, elle s'empressa de partir.

***

— Comment Théo te traite-t-il ? demanda une grande et belle femme aux cheveux turquoise à Jade.

Elle était vraiment fatiguée de cette question. Jade avait déjà parlé à au moins vingt personnes, et elles lui avaient toutes demandé la même chose.

Les hommes qu'elle avait rencontrés avaient tous essayé de l'amadouer et de la convaincre qu'elle pourrait trouver plus de plaisir avec eux dans son prochain mariage. Bien qu'ils soient beaux et charmants, ils étaient repoussants.

Sur Terre, elle se serait laissée flatter par ces hommes, mais Jade ne voulait plus d'un beau garçon facile à vivre qui la couvre de compliments. Elle voulait son alien sexy, brutal, au mauvais caractère, qui savait rarement ce qu'il fallait dire.

Quelques minutes plus tôt, elle s'était écartée de la foule pour rejoindre une partie de la grande pièce remplie de canapés confortables. Elle avait espéré que les Clecaniens comprendraient qu'elle avait besoin d'une pause. Pas de chance. Cinq minutes après s'être assise et avoir commandé un prosecco 2.0 à un homme âgé très gentil qui ne devait pas mesurer plus d'un mètre, la femme aux cheveux bleus était venue la rejoindre.

Les femmes, comme celle à qui elle parlait à présent, demandaient poliment des nouvelles de Théo, mais elle voyait bien qu'elles voulaient des ragots juteux. Elle s'était donné pour mission de les décevoir.

— Il me traite comme une reine, dit-elle à la femme avec un sourire crispé.

Quel était son nom déjà ? Hessy ? Hally ?

— Hmm.

La femme se pencha en arrière pour s'enfoncer dans le canapé.

— Et ses cicatrices ne te dérangent pas ?

Jade se hérissa et lui lança un regard noir.

— Elles ne ressemblent pas à des cicatrices pour moi. Je les aime bien.

— Comme c'est intéressant.

Elle étudia ses ongles avec désinvolture.

— Chaque fois que j'ai rendu visite à Théo, j'ai toujours fait en sorte de ne pas me concentrer sur elles

Un éclair de jalousie amère traversa Jade. *Hussy. C'est son nom.*

— C'est une bonne chose que tu n'aies plus à lui rendre visite alors. En fait, je te recommande de ne pas le regarder du tout.

Hussy s'étrangla.

Quelqu'un s'éclaircit la gorge à côté d'elle, et Jade jeta un coup d'œil pour trouver Asivva et le petit serveur qui les regardaient fixement. Asivva jetait un coup d'œil aux deux femmes avec une expression inquiète. Le petit serveur avait l'air amusé. Il lui adressa un signe de tête respectueux en lui servant son verre.

Hussy se leva, le menton dressé.

— Bonsoir, Asivva. Je me tiendrais à l'écart de cette humaine si j'étais toi.

Elle prononça le mot « humaine » avec dédain.

Jade lui fit un doigt d'honneur. Bien que le geste ne lui soit pas familier, elle sembla offensée et s'éloigna en sautillant. Le petit serveur ricana et suivit Hussy.

— Eh bien, Théo et toi faites une sacrée paire, dit Asivva en s'asseyant en face de Jade qui continuait à fusiller Hussy du regard. Il est d'un côté de la pièce, effrayant tous les mâles qui essaient de lui parler, et tu es de ce côté, effrayant les femelles.

— J'ai été parfaitement polie jusqu'à ce qu'elle se présente, dit Jade avec amertume. Qu'est-ce qu'il lui a trouvé, d'ailleurs ?

Était-elle belle, délicate et féminine ? Bien sûr. Mais elle était aussi beaucoup trop arrogante. Était-elle vraiment le type de Théo ?

Asivva pressa une main sur le genou de Jade pour attirer son attention.

— Je ne peux pas en être sûre, mais je pense qu'il a vu une partenaire sexuelle disponible et rien de plus.

Jade émit un grognement agacé.

— Je sais avec certitude qu'il t'aime bien plus qu'il n'a jamais aimé une autre femelle.

Jade ébouriffa ses cheveux, légèrement apaisée. *Remets-toi en selle, ma fille ! Tu voulais parler à Asivva, tu te souviens ?*

— Je suis contente que tu sois là, en fait. Je voulais te demander quelque chose, dit Jade en se penchant en avant.

Asivva hocha la tête, l'invitant à poursuivre.

— Eh bien, il s'avère que j'aime bien Théo. Beaucoup.

Les joues de Jade s'empourprèrent et Asivva lui offrit un sourire complice.

— Je me demandais comment je pourrais essayer de rester avec lui au lieu de partir dans deux mois.

— Combien de temps voudrais-tu rester ?

Jade haussa les épaules d'un air penaud.

— Aussi longtemps qu'il voudra de moi, je suppose.

Le sourire d'Asivva s'élargit, dévoilant ses dents blanches et régulières.

— Je suis si heureuse de l'entendre.

Se sentant vulnérable, Jade murmura :

— Penses-tu qu'il voudra que je reste ?

Sans aucune hésitation, elle répondit :

— Oui. Absolument.

Le cœur de Jade fit un bond dans sa poitrine et elle sentit le soulagement l'envahir. Théo l'aimait bien. Son comportement n'était pas dû à des différences extraterrestres, il l'aimait vraiment et voulait qu'elle reste avec lui. Soudain, elle avait besoin d'être à côté de lui.

— Asivva, tu penses que j'en ai fini ici ? J'aimerais aller retrouver Théo. Il était nerveux à l'idée de venir ici.

— Oui, je pense que tu as accompli ton devoir.

Jade se leva pour partir, mais Asivva l'arrêta.

— Je peux te poser une question avant que tu ne partes ?

Impatiente, Jade dit :

— Bien sûr. Qu'est-ce que c'est ?

— As-tu remarqué que les yeux de Théo changent de couleur quand il est avec toi ?

— Oui, c'est assez flippant, hein ?

Elle rit, regardant à travers la foule, jugeant de son meilleur itinéraire.

— La façon dont ils deviennent tout noirs comme ça.

Jade remarqua l'expression stupéfaite d'Asivva, mais n'eut pas le temps de l'analyser. Elle voulait rejoindre Théo, régler ça une fois pour toutes. Elle se fraya un chemin parmi la foule dense. Derrière elle, elle entendit Asivva appeler Zikas.

L'excitation à l'idée de ce que pourrait être leur vie ensemble lui donnait des ailes.

Elle passa au milieu d'un groupe de femmes à l'allure de statues et repéra Théo. Elle lui adressa un grand sourire en voyant son visage renfrogné. Il avait l'air si beau et comiquement malheureux dans la salle de bal scintillante.

Il tourna la tête dans sa direction comme s'il la sentait. Quand il la vit, ses épaules se détendirent et les coins de sa bouche se retroussèrent.

Jade commença à se diriger vers lui, mais fut bloquée par une imposante silhouette masculine. Xoris se tenait devant elle.

— Bonjour, Jade, dit-il en la regardant avec un froncement de sourcils.

Xoris était une sorte de fonctionnaire. Se souvenant des paroles de Zikas précédemment, elle décida qu'elle ferait mieux de le laisser poser ses questions ineptes.

Jade se plaça sur le côté de Xoris pour pouvoir garder Théo en vue. Théo était furieux, son regard fixé sur l'arrière de la tête de Xoris. *Si un regard pouvait tuer.*

— Comment allez-vous, Xoris ? demanda-t-elle poliment.

— Je vais bien, dit-il d'une voix inhabituellement rauque.

Curieuse de ce changement de ton, Jade jeta un coup d'œil à Xoris et remarqua qu'il scrutait son corps.

— Vous êtes très belle ce soir.

Il avait dit cela plus comme une déclaration pour lui-même que comme un compliment pour elle.

— Merci, dit-elle en croisant lentement les bras devant son corps.

Quelque chose dans son regard lui donnait la chair de poule.

— J'ai été assez surpris lorsque j'ai appris votre choix de mari, dit-il en la regardant à nouveau dans les yeux. Théo est plutôt… dérangeant.

— Pas pour moi, rétorqua-t-elle.

Comme si elle n'avait pas parlé, il continua :

— C'est son sang mélangé, voyez-vous. Sa mère était une Traxienne. Cela le rend peu fiable.

Xoris parla avec amertume du « sang mêlé » de Théo. Était-il raciste ? Ou intolérant ? Avait-il quelque chose contre Théo ?

Il se rapprocha d'elle et ses yeux s'échauffèrent.

— J'ai l'intention de vous faire la cour, Jade. Vous méritez un mari honorable. Pas un animal.

Il fit courir sa paume froide le long de son bras nu, et elle recula.

Elle entendit un grognement grave et dangereux derrière Xoris et sut immédiatement à qui il appartenait.

— Ce n'est pas un animal. C'est mon mari, et j'ai l'intention de rester avec lui pour de bon.

Elle se mit à rire.

— Vous pensiez pouvoir m'attirer loin de lui ?

Xoris parut enragé par son rire. Il l'attrapa douloureusement par la nuque, approchant sa bouche de son oreille.

— C'est une ordure de Traxien et bientôt tu réaliseras que tu seras mieux avec moi.

Elle fut débarrassée de Xoris en un instant. Elle vit son corps voler à travers la pièce. Théo se tenait devant elle, les yeux noirs et les poings serrés.

La pièce entière devint silencieuse. Tout le monde regardait Théo, les yeux écarquillés. Certains baissaient les yeux sur ses poings serrés, d'autres échangeaient des chuchotements étouffés.

Xoris eut du mal à se lever, ses cheveux normalement lissés en arrière ébouriffés.

— Tu vas me le payer !

Théo attrapa Jade par le bras et l'attira vers la sortie. Il savait qu'il la serrait trop fort, qu'il lui faisait probablement mal, mais il devait la faire sortir de là.

— Théo ! Arrête ! cria Asivva derrière lui.

Jade poussa un cri de douleur lorsqu'il accéléra le rythme, la traînant presque derrière lui.

Des cris d'indignation retentirent derrière lui, mais il ne savait pas à qui ils appartenaient. Ses oreilles bourdonnaient et son seul but était de soustraire sa femelle à la présence de ce mâle.

Xoris l'avait touchée ! Il l'avait serrée contre lui ! Ce qui l'avait poussé à bout, c'était son visage souriant et rieur.

Il la chargea dans un véhicule disponible, régla les commandes pour les transporter à la vitesse la plus rapide et s'assit, essayant de retrouver un peu de calme.

— Théo ? chuchota Jade.

Elle tendit la main pour le toucher.

— Tout va bien ?

Il grinça des dents.

— Ne me touche pas !

Elle fit un bond en arrière et l'odeur de sa peur l'envahit.

— Qu'est-ce qui ne va pas ? demanda-t-elle en tremblant.

— Qu'est-ce qui ne va pas ? hurla-t-il. Sérieusement ?

Elle s'enfonça davantage dans son siège. S'éloignant de lui.

— Tu souriais et tu riais avec Xoris ! Tu l'as laissé te toucher !

La compréhension passa sur son visage.

— Théo, non…

— Tu l'as fait sous mes yeux ! Ne me mens pas !

Elle ferma la bouche, mais il vit la colère monter en elle.

— Tu es à moi, Jade ! Tu ne parleras plus jamais à un autre mâle.

— Excuse-moi ? dit-elle d'un ton mortellement calme. Tu ne peux pas me dire à qui je peux ou ne peux pas parler.

Il se jeta en avant et tomba à genoux devant elle, l'encerclant de ses bras. En lui saisissant le menton et en la forçant à le regarder, il dit :

— Oh, si, je le peux. Tu vas rester avec moi, Jade, et je vais m'assurer que tu ne poses plus jamais les yeux sur un autre mâle. Je t'enfermerai s'il le faut.

Elle essaya de se libérer, mais il la tenait fermement.

— Hors de question ! Lâche-moi, Théo !

Elle essaya de se défaire de ses mains. Comme il ne bougeait pas, elle tenta de lui labourer le visage.

Il lui attrapa les mains et les prit dans les siennes.

Elle lui jeta un regard noir.

— Ce n'est pas toi.

Il avait l'impression d'avoir la tête dans le brouillard. Avait-elle raison ?

Théo essayait de faire le vide dans son esprit, mais la fureur et le désir grondaient en lui. Il écrasa sa bouche contre la sienne dans un baiser de punition. Au lieu de lui rendre son baiser, elle se tortilla sous lui et le mordit.

Il se retira, léchant le filet de sang qui suintait de sa lèvre blessée.

— Non, dit-elle d'un ton sévère.

Il se pencha vers elle et glissa son nez dans son cou plus doucement cette fois.

— J'ai besoin de te sentir, Jade, dit-il d'une voix désespérément rauque.

La respiration de Jade devint laborieuse et il savait qu'il lui faisait de l'effet.

— Non, répéta-t-elle. Pas tant que tu ne te seras pas repris.

Le véhicule s'arrêta. Jade tira sur ses mains pour s'extraire à sa prise.

— Je vais monter dans ma chambre. Seule, dit-elle lentement. Et tu vas aller courir ou faire ce que tu veux pour reprendre tes esprits.

Il avait besoin d'elle en ce moment. Il avait besoin d'entendre sa voix féminine gémir son nom. Il embrassa un endroit de son cou qu'il savait particulièrement sensible.

Il grogna contre sa peau quand il sentit son excitation. Pourtant, elle libéra ses mains.

Dans un souffle, elle dit :

— Théo, j'ai dit non.

En se retirant, il la regarda et vit la résolution dans ses yeux. Elle lui avait dit qu'il pouvait la toucher sauf si elle disait non. Elle lui disait non. S'il insistait, s'il la prenait contre son gré, même si elle était excitée, lui pardonnerait-elle un jour ? Il sentait que non.

Il relâcha ses mains et elle passa à côté de lui, le laissant seul.

Prenant sa tête entre ses mains, il s'efforça de se calmer. Pourquoi se sentait-il ainsi ? La rage qu'il ressentait était écrasante.

L'esprit de Jade était plus clair que le sien. Il décida de suivre son conseil. Il se déshabilla et resta en sous-vêtements, puis se mit à courir pieds nus dans la forêt. Tirant sur ses bras et ses jambes aussi vite qu'il le pouvait.

Il n'avait aucune idée de la distance qu'il pourrait parcourir avant que ses jambes ne le lâchent.

***

Qu'est-ce qui lui avait pris ? Après avoir quitté Théo, Jade s'était retirée dans sa chambre, s'assurant de ne pas courir au cas où il perdrait le contrôle.

Elle ne l'avait jamais vu comme ça avant, et ça lui faisait peur. Il était incontrôlable. Fou de rage. Pendant un moment, elle avait cru qu'il allait ignorer ses objections et la prendre juste devant la maison. Elle frissonna. Jade savait qu'il avait eu toutes les peines du monde à s'empêcher de le faire.

Elle pouvait comprendre qu'il soit en colère. Bon sang, elle était déjà énervée rien qu'en parlant à une femme qui avait couché avec lui par le passé, mais sa réaction était extrême.

Cebo était assis à ses pieds, en alerte. Il sentait que quelque chose n'allait pas. Le molosse ne s'était pas calmé depuis qu'elle avait franchi la porte.

Il ne pouvait pas penser les choses qu'il avait dites. Il ne l'enfermerait pas vraiment. Si ? Son cœur se brisa, car elle savait que s'il essayait, elle devrait le quitter.

Quelque chose lui était arrivé ce soir-là, mais c'était un incident isolé. Elle se dit que sa réaction avait été aggravée par sa mauvaise humeur avant le rassemblement et le comportement inapproprié de ce connard de Xoris.

Elle s'approcha de la fenêtre, scrutant la nuit noire, à sa recherche. Il était parti courir près d'une heure plus tôt, et elle n'avait aucune idée de quand il rentrerait.

Jade était sûre que lorsqu'il reviendrait enfin, son esprit serait clair et qu'il la supplierait de lui pardonner. Mais pourrait-elle lui pardonner cet accès de colère ? Sa raison lui disait que sa colère de ce soir-là était censée activer tous ses signaux, et elle se sentait pathétique de vouloir rester avec lui quand même. La vérité, c'était qu'elle l'aimait.

Elle entendit la porte d'entrée s'ouvrir et se fermer. Jetant un coup d'œil à la porte de la chambre, Jade attendit que Théo entre, la tête basse.

Son corps se tendit quand Cebo commença à grogner sauvagement. Elle s'éloigna de quelques pas. La porte s'ouvrit et devant elle, arborant un sourire cruel, se tenait Nedas, le garde costaud qui l'avait surveillée les premiers jours.

Cebo grogna méchamment contre Nedas et s'élança vers lui. Le cri de Jade resta bloqué dans sa gorge lorsque Nedas attrapa Cebo par la peau du cou et le projeta contre le mur.

Elle regarda avec horreur le corps mou de Cebo. Nedas gloussa et se jeta sur elle. Elle l'esquiva, cria et se précipita vers la porte. En quelques secondes, sa main était sur sa bouche et son bras était enroulé autour de ses bras et de sa taille comme une bande métallique. Il la souleva et commença à la porter hors de la maison.

Elle lui donnait des coups de pied et s'agitait dans ses bras, mais il restait de marbre, soulevant facilement son corps.

Jade hurla sous sa main et il serra ses côtes avec force, lui arrachant l'air de ses poumons. Quand elle vit un véhicule flottant sombre juste devant, elle commença à se débattre. S'il la faisait entrer là-dedans et l'emmenait, Théo ne la retrouverait jamais.

Nedas la poussa brutalement dans la cabine du véhicule, et elle poussa un cri à vous glacer le sang au moment où la porte se referma.

Il la gifla.

— Tais-toi ! Les parois sont insonorisées et je ne veux pas entendre tes cris pendant tout le trajet.

Sa vision devint noire pendant un moment et elle faillit s'évanouir. Elle lutta pour se redresser sur son siège.

— Pourquoi faites-vous ça ?

Nedas s'enfonça contre le dossier et la regarda lutter pour rester à la verticale, en vain.

— J'ai des ordres.

— De qui ? Pour faire quoi ?

Le côté de son visage palpitait et elle serrait sa mâchoire.

— Tu le sauras bien assez tôt.

Parvenant à le regarder avec ses deux yeux, elle supplia :

— Laissez-moi partir. Vous n'avez pas à faire ça.

Il lui adressa un sourire sournois.

— Tu vas me demander de te laisser partir gentiment cette fois ?

Elle pouvait presque sentir son regard lubrique se promener sur elle. Elle le regarda d'un air renfrogné.

— C'est ce que je pensais, gloussa-t-il. Ça ne me ferait pas changer d'avis de toute façon. Le patron m'a dit qu'il me laisserait m'amuser avec toi quand il aura fini.

Jade cracha :

— Vous êtes dégoûtant.

Le sourire de Nedas s'effaça et, d'un ton dégoulinant de venin, il dit :

— Si j'étais toi, je serais un peu plus gentille avec moi. La façon dont tu me traites maintenant conditionnera directement la façon dont je te traiterai plus tard.

Son sourire revint.

— Tu penses que je suis mauvais ? Ce n'est rien comparé à Xoris.

34

Le temps que Théo retrouve le chemin de sa maison, il était rongé par la culpabilité. Toute la colère qu'il avait ressentie plus tôt était encore présente, mais alors qu'il s'épuisait à courir, d'autres détails de la nuit lui étaient revenus. Quand Xoris avait voulu l'attraper, elle avait reculé.

Faisant les cent pas devant sa porte, Théo essayait de trouver comment il allait s'excuser auprès de Jade. Il avait l'impression que sa poitrine allait se déchirer, mais il savait ce qu'il avait à faire.

Il jura bruyamment lorsqu'un véhicule manqua de le percuter. Zikas et Asivva se précipitèrent hors du véhicule sans le remarquer et se dirigeaient vers sa porte lorsqu'il cria :

— Vous devriez être plus prudents avec ces choses. Vous avez failli me renverser !

Lorsqu'ils se retournèrent pour le regarder, leurs visages s'éclairèrent et ils échangèrent des regards surexcités.

— Nous devons te parler immédiatement, dit Zikas.

— Ça peut attendre ? J'ai eu une nuit difficile, marmonna Théo en jetant un coup d'œil à la fenêtre éclairée de Jade.

Je ferais mieux d'y aller et d'en finir avec ça. Ce soir-là, il était allé trop loin. Il avait menacé de l'enfermer, et sur le moment, il l'avait pensé. Quelque chose lui arrivait, et Jade ne méritait pas d'être victime de ses sautes d'humeur inexplicables. Il devait la quitter. Il ne savait pas comment il parviendrait à rester à l'écart, mais d'une manière ou d'une autre, il le ferait.

— Asivva, regarde ! dit Zikas en montrant Théo. Ils ont changé de couleur.

Asivva se plaça devant lui, lui bloquant le passage.

— Théo, c'est ta partenaire !

Il gémit.

— Tu ne vas pas remettre ça. Asivva, je t'ai dit…

— Tes yeux sont noirs, Théo ! Et j'ai vu tes marques d'accouplement apparaître et disparaître de tes mains quand tu as attaqué Xoris.

Il jeta un coup d'œil à Zikas qui sautillait de joie.

— Le premier vrai couple depuis plus de cent ans ! Sais-tu ce que cela signifie ?

C'était impossible. Théo les dépassa en trombe, se rua dans la maison et se regarda dans le miroir de l'entrée. Ses yeux étaient noirs. Il regarda ses mains, mais aucune marque, à part ses cicatrices noires, ne les recouvrait.

— C'est logique, Théo. J'en ai parlé à Zikas et nous nous sommes précipités à la bibliothèque pour faire des recherches sur le sujet, et tous tes symptômes sont cohérents.

— Quels symptômes ?

— Redis-nous ce qui s'est passé quand tu l'as rencontrée ? dit Zikas.

— J'étais en colère. Je ne comprenais pas pourquoi elle m'avait choisi.

Zikas lui fit un signe de la main dédaigneux.

— Non, avant ça. Pendant le test.

Théo réfléchit.

— Je me souviens d'avoir trouvé ça étrange, commença Zikas. Jade est sortie et m'a dit que tu l'avais attrapée et léchée.

Théo se hérissa en se rappelant sa réaction inhabituelle à son odeur.

— Mais tout ça a du sens maintenant, dit Asivva en soulevant un livre ancien. Ce livre dit que de nombreux partenaires s'identifient d'abord par l'odeur. Ta réaction est logique, et il n'est pas étonnant que personne n'ait remarqué le changement de couleur de tes yeux. Tu avais un bandeau dessus. Jade n'aurait pas compris de toute façon.

Asivva poursuivit rapidement :

— Ton comportement a été si étrange ces derniers temps, et je soupçonne depuis un certain temps qu'elle pourrait être ta partenaire. Ce soir, je lui ai demandé si tes yeux avaient déjà changé de couleur, et elle a dit qu'ils devenaient parfois noirs. Elle n'a manifestement pas compris ce que ça signifiait.

Théo les regardait sans mot dire. Pourrait-elle être sa partenaire ? Il secoua la tête.

— J'ai pu la reconnaître comme une partenaire possible, mais ça ne veut pas dire qu'elle est à moi. Aucun mâle ne traiterait jamais sa partenaire de la façon dont je l'ai traitée ce soir, termina-t-il de façon lugubre.

Les sourires d'Asivva et de Zikas s'élargirent.

— Même ça, ça a du sens.

— Comment ça ?

— D'après ce livre, la reconnaissance de son véritable partenaire peut grandement affecter l'état mental. Tu as passé les dernières semaines à t'interroger sur ses motivations. Tu as été dans le déni.

Zikas ajouta :

— C'est déjà arrivé auparavant. Plus on reste sans accepter le lien, plus on devient fou. À ce stade, le simple fait de sentir un autre mâle près de Jade pourrait te pousser au meurtre. Une fois que tes marques d'accouplement apparaîtront, tu devrais avoir plus de contrôle sur toi-même.

— Réfléchis-y, Théo, dit doucement Asivva en lui touchant le bras. Tu trouves qu'elle est parfaite pour toi, n'est-ce pas ? Tu t'es efforcé malgré toi de la rendre heureuse. Tu ne l'as jamais blessée, même quand tu étais très en colère. Tu ne supportes pas d'être loin d'elle pendant de longues périodes.

Théo essaya de digérer tout ce qu'ils disaient. Tout était vrai. C'était logique. Dès leur rencontre, il l'avait considérée comme sienne.

Une étincelle d'espoir s'alluma dans sa poitrine. Il n'avait pas besoin d'être séparé d'elle. Il n'avait pas besoin de l'enlever. La seule chose qui se tenait sur le chemin de Théo, c'était Théo lui-même.

— Jade est ma partenaire, dit-il dans un souffle, s'efforçant de croire ses paroles.

Il imagina son beau visage souriant et avec plus de conviction, répéta :

— Jade est ma partenaire.

De la chaleur se répandit en lui à cette déclaration et lorsqu'il baissa les yeux sur ses mains, il ne fut pas surpris de voir de fines bandes bleu cristal commencer à entourer ses poignets et ses doigts.

Asivva et Zikas poussèrent des cris de surprise et une larme roula sur la joue d'Asivva.

— Je dois lui dire. Lui expliquer, dit Théo en jetant un coup d'œil à sa chambre.

Sans attendre de réponse, il se précipita vers la pièce, mais il courait si vite qu'il dépassa sa porte.

Depuis la cuisine, Zikas lança :

— Ton corps va être modifié maintenant. Tu devrais être plus rapide, plus fort, plus apte à protéger ta partenaire. Fais attention quand même, Théo. Nous n'avons aucune idée de la façon dont ta moitié traxienne affectera ton accouplement.

Théo acquiesça et secoua la tête, incrédule devant cette nouveauté.

Il retourna sa chambre, mais quand il entra, son cœur s'arrêta. Un fauteuil était renversé, et Cebo était écrasé contre un mur. Se précipitant vers lui, il trouva le chien qui respirait encore, mais gémissait de douleur. Le sang de Théo se glaça quand il réalisa que sa partenaire avait été enlevée.

Il se releva, un calme mortel l'envahissant. Le résultat d'années de travail en tant que mercenaire. Sa partenaire lui avait été enlevée et aucun mâle dans l'univers n'était plus à même de la récupérer.

C'était son métier.

Rassembler des informations. Localiser la cible. Accomplir la mission.

Non, pensa-t-il sauvagement. *Rassembler des informations. Localiser la cible. Abattre tous ceux qui se trouvent sur mon chemin.*

Il devait retrouver Rhaego. Immédiatement.

En courant vers la porte d'entrée et en passant devant Zikas et Asivva, il dit :

— Jade a été enlevée.

Pour couvrir leurs cris hébétés, il ajouta d'une voix forte :

— Asivva, j'ai besoin que tu ailles guérir Cebo. Il est grièvement blessé.

Théo savait qu'ils n'avaient pas besoin de plus d'explications pour le moment. Il franchit la porte en courant et sauta dans le véhicule dans lequel Asivva et Zikas étaient arrivés, mettant le cap sur la planque de Rhaego.

Théo

Rassembler. Localiser. Abattre. Rassembler. Localiser. Abattre,
scanda-t-il silencieusement tandis que le véhicule démarrait.

Jade était confuse et terrifiée d'avoir été traînée dans les bois malgré ses coups de pied et ses cris. Avaient-ils prévu de la violer sur place et de se débarrasser de son corps dans la forêt ?

Sa peur s'était transformée en effroi lorsque Nedas avait ouvert une trappe secrète dans le sol et l'avait conduite dans une installation souterraine.

Des mecs tarés et excités dans les bois, c'était craignos. Des mecs tarés et excités dans un repaire souterrain secret, c'était encore pire.

Un escalator en spirale les conduisit à un long couloir blanc. L'estomac de Jade se retourna. Le couloir blanc et immaculé était froid et semblait stérile. Il lui rappelait un hôpital.

Il y avait quatre portes de chaque côté du couloir et une porte double au bout. Nedas se dirigea vers la double porte, et Jade était trop effrayée pour lever le petit doigt en signe de protestation.

Les grandes portes s'ouvrirent lorsqu'ils s'approchèrent et Xoris lui sourit depuis l'intérieur de la pièce. Jade planta ses talons dans le sol quand elle vit un grand fauteuil inclinable fixé au sol à côté de lui. Il ressemblait à un fauteuil de dentiste, sauf qu'à sa grande horreur, il était équipé de sangles.

— Elle s'est débattue tout ce temps ? demanda Xoris d'un ton ennuyé.

— Sans arrêt.

Nedas grogna. Il la souleva et la plaqua sur le fauteuil, maintenant ses bras tandis que Xoris l'attachait.

— Quel est cet endroit ?

Elle regarda autour d'elle, s'efforçant de voir derrière elle.

— Beau travail, Nedas. Tu peux partir maintenant. Je te rappellerai quand j'aurai besoin de toi.

Nedas hocha la tête et sortit par une porte quelque part derrière elle.

Xoris fit un geste vers la pièce.

— C'est ici que nous sauverons notre espèce.

Il sourit joyeusement et se tourna ensuite pour fouiller dans quelques tiroirs à l'abri des regards.

La voix de Jade trembla quand elle demanda :

— Que voulez-vous dire ?

— Je vois que tu es plus qu'heureuse de me parler maintenant.

Il vint se placer en face d'elle, un fin appareil cylindrique à la main.

L'audace de cet enfoiré ! Sa rage balaya sa peur.

— J'aimerais savoir ce qui se passe avant de mourir. Envoyez-moi dans ma tombe bien informée !

Il gloussa et plaça la base du cylindre sur son bras.

— Je ne vais pas te tuer, Jade. Je prends juste un échantillon.

Elle sentit une douleur dans son bras lorsqu'il retira le dispositif.

— Je suis vraiment désolé que nous ayons dû passer par tout ça pour t'amener ici. Si ces satanés Cac avaient bien fait leur travail, tu ne m'aurais jamais assommé. Je t'aurais emmenée directement ici et t'aurais évité des semaines d'avilissement aux mains de ce Traxien.

— Vous m'avez kidnappée ? dit-elle en écarquillant les yeux, assimilant ses paroles.

— Oui et non, dit-il en se déplaçant pour placer son « échantillon » dans une machine qui vibrait doucement. J'ai donné aux Cae certains paramètres concernant le type de femelle à enlever, mais ce sont eux qui t'ont choisie, pas moi.

La colère l'envahit, mais elle la refoula. Il valait mieux qu'il continue à lui parler plutôt que de le mettre en colère.

Il se tourna vers elle en joignant ses mains derrière son dos.

— Comme tu le sais, notre espèce est en voie d'extinction. *Certains* Clecaniens… fit-il en se renfrognant, se sont mis à se croiser avec d'autres espèces comme la putain de mère traxienne de Théo.

Jade grinça des dents, mais s'abstint de tout commentaire.

— Un groupe de fidèles Clecaniens, qui voulaient assurer la survie de *notre* espèce, se sont réunis et ont formé cette société, dit-il avec une grande fierté. Nous faisons ce qui doit être fait pour trouver un remède pour notre population.

— Même si c'est contraire à la loi ? demanda Jade en essayant de garder un ton égal.

Le visage de Xoris se crispa.

— Nos dirigeants sont des lâches qui ne veulent pas considérer toutes les possibilités. Ces lois nous ont empêchés de trouver un vrai remède.

— Je ne comprends pas ce que vous attendez de moi. Vous détestez les autres espèces et c'est exactement ce que je suis, une autre espèce.

Jade tira discrètement sur ses liens pour les tester. Ils étaient fermement serrés.

Xoris la regarda d'un air triomphant.

— Mais l'es-tu vraiment ? Tu ne t'es jamais demandé pourquoi nous nous ressemblions tant ? Comment les caractéristiques d'une espèce extraterrestre peuvent-elles être si semblables aux tiennes ? Penses-tu être la première humaine que nous avons examinée ?

Le visage de Jade pâlit.

— Des installations comme celle-ci ont été construites dans le monde entier il y a des dizaines d'années par des membres de notre organisation.

Xoris commença à faire les cent pas devant elle comme un professeur d'histoire dérangé qui se préparerait pour un cours.

— Tous les Clecaniens n'ont pas migré ici, vois-tu. La façon dont ils l'enseignent maintenant donne l'impression que nous avons décidé de quitter notre vieux monde dans un exode massif, mais en réalité, la surpopulation et les ressources limitées avaient poussé des foules de Clecaniens à quitter leur monde natal à la recherche d'un nouvel endroit des centaines de milliers d'années avant que nous n'abandonnions définitivement notre planète. Mes astucieux ancêtres se sont mis à la recherche de ces endroits où ils s'étaient installés. On se disait que si notre espèce avait survécu et prospéré sur une autre planète, elle était peut-être la clé pour éviter notre extinction. Pendant des siècles, nous avons amené ici des extraterrestres ayant des liens potentiels avec Clecania, sans succès.

Jade sentit son estomac se retourner. C'était une prison. Un centre d'essai où des malades faisaient des expérimentations sur des espèces enlevées. Combien de captifs étaient détenus dans des endroits comme celui-ci, à cet instant ? Combien d'endroits comme celui-ci existait-il ?

Xoris posa sa main sur un accoudoir du fauteuil, se penchant sur elle.

— Il y a environ cinquante ans, l'un de nos membres a repéré une humaine sur un vaisseau d'esclaves. Il savait qu'elle devait être une descendante de Clecania. Ses traits étaient trop semblables aux nôtres. Il l'a amenée ici et a trouvé assez de similitudes dans notre ADN pour confirmer sa théorie.

Était-il en train de dire que les humains étaient les descendants d'une ancienne espèce extraterrestre ? Jade regarda Xoris dans les yeux, incapable de contenir sa colère.

— Il y a cinquante ans ? Que lui est-il arrivé ? Combien de femmes avez-vous enlevées sur Terre depuis ?

Ses yeux pétillaient de malice.

— Des centaines. Quant à la femelle, elle est morte il y a longtemps.

— Pourquoi nous garder ici ? Si vous savez déjà que nous sommes une ramification de votre espèce, alors pourquoi ne pas dire au monde ce que vous avez trouvé ?

— Nous n'avons pas encore trouvé de remède. Les unions humaines et clecaniennes n'ont pas encore produit de grossesse viable. Si nous exposons nos recherches maintenant, nous serons arrêtés comme traîtres, mais si nous nous révélons après avoir trouvé un remède, ils devront nous remercier.

Xoris était diabolique. Il pensait agir pour le bien. Dans son esprit, enlever des humains et leur faire subir des tests jusqu'à leur mort était en quelque sorte un impératif moral. Si elle voulait revoir la lumière du jour, elle devrait trouver un moyen de s'échapper de là. Xoris ne la laisserait jamais partir.

En supposant que tout ce qu'il avait dit sur cette organisation de cinglés était vrai, alors elle savait qu'on ne la retrouverait jamais. Ils opéraient apparemment en secret depuis des siècles. Pour y parvenir, des milliers de membres loyaux de l'organisation devaient être postés partout.

Que va-t-il arriver à Théo ? pensa-t-elle misérablement. Il rentrerait à la maison, et découvrirait que Cebo était mort et qu'elle n'était plus là. Penserait-il qu'elle l'avait quitté ?

Elle remarqua que les yeux de Xoris s'étaient fixés sur sa poitrine. Elle baissa les yeux et vit que l'air froid avait fait durcir ses tétons. Leur silhouette était visible à travers le tissu fin de sa robe.

Elle pourrait peut-être manipuler Xoris. Il croyait de tout cœur à cette mission, mais elle savait aussi qu'il était attiré par elle. Ce n'était pas un homme stupide, mais il était arrogant. Elle devrait gagner sa confiance au fil du temps et attendre de trouver une occasion de s'échapper.

— Je suis désolée, dit-elle d'une voix timide. Il fait froid ici.

Il leva les yeux vers elle et déglutit.

— Je vais te chercher une couverture.

Il partit, mais revint rapidement avec une petite couverture. Sa main effleura ses seins tandis qu'il remontait la couverture jusqu'à son menton.

Elle sentit la bile monter dans sa gorge, mais elle le remercia quand même gentiment. Il lui sourit, semblant satisfait de sa gratitude.

— Que va-t-il m'arriver ? Je veux juste être préparée.

— Je vais t'inséminer artificiellement dans l'espoir que le donneur et toi soyez compatibles.

— Qui est le donneur ? Nedas ?

Il eut l'air décontenancé.

— Pourquoi ça ?

Les monter les uns contre les autres.

— Il m'a dit que vous alliez me donner à lui quand vous en auriez fini avec moi. Puisque vous êtes un scientifique, j'ai supposé que vous ne voudriez pas mélanger les donneurs.

— C'est vrai, je ne veux pas que tu aies plusieurs donneurs. Cet échantillon est le mien.

Il posa sa main sur la sienne, et elle dut se mordre l'intérieur de la joue pour ne pas tressaillir.

— Personne d'autre que moi ne te touchera ici.

Jade savait que cette information était censée l'apaiser. Il ne se rendait pas compte à quel point elle le trouvait repoussant. Elle laissa échapper un soupir de soulagement feint.

— Oh, tant mieux.

Essayant de chasser toute émotion de sa voix, elle demanda :

— Que ferez-vous au sujet de Théo ?

Sa main s'éloigna d'elle et il ricana.

— Rien. Qu'est-ce que ça peut te faire ?

— Eh bien, il va être furieux quand il découvrira que je suis partie. Il a très mauvais caractère.

Elle détourna le regard, comme si elle était gênée.

— Vous êtes le dernier homme à avoir démontré de l'intérêt pour moi. Ça l'a mis très en colère. Il pourrait en conclure que vous m'avez enlevée.

Xoris se détendit et lui fit un signe de la main.

— Même s'il le fait, il ne pourra jamais le prouver ou trouver cet endroit. Je suis un membre très respecté de la société. S'il s'en prend à moi, on le jettera en prison.

***

Des gouttes de sang violet huileux recouvraient les mains de Théo alors qu'il passait en revue ce qu'il avait appris.

— Xoris est derrière tout ça, dit Rhaego à côté de lui.

Théo regarda par-dessus son épaule les deux Cae, ou plutôt, ce qu'il en restait. Il ne leur avait pas fallu longtemps pour divulguer tout ce qu'ils savaient à Théo. Sa torture avait été particulièrement féroce. À tel point que même Rhaego s'était détourné.

Lorsque Théo s'était présenté à la planque, Rhaego lui avait expliqué que les deux Cae voulaient conclure un marché : fournir des informations sur la présence d'un traître à Tremanta en échange de leur libération. Théo avait éclaté d'un rire dément et avait expliqué aux deux Cae terrifiés que leurs informations leur vaudraient une mort rapide, mais douloureuse plutôt qu'une mort longue et douloureuse et rien de plus.

Rhaego avait regardé Théo déchiqueter les ravisseurs cae. Son ami avait compris son besoin de violence à ce moment-là. Le peuple de Rhaego, les Tuvasta, considérait l'accouplement comme sacré, alors même que les marques d'accouplement n'avaient pas été vues depuis si longtemps. Il avait été émerveillé par les marques de Théo et avait compris instantanément la gravité de la situation.

En étudiant les marques d'accouplement sur ses mains, Théo se dit que ce qu'il avait fait aux Cae ne serait rien comparé à ce qu'il ferait à Xoris.

Avant de rendre leur dernier soupir, les Cae avaient révélé à Théo que Xoris les avait payés pour trouver et enlever Jade. À la grande déception de Théo, ils ne savaient pas grand-chose d'autre. Seulement qu'il avait l'intention de la retenir quelque part dans les bois, loin des regards indiscrets.

Il devait réfléchir à la suite. Elle avait dit que sa capsule avait atterri quelque part dans les bois. Il avait besoin de plus d'informations sur l'endroit d'où elle s'était enfuie.

— Comment est-ce possible ? C'est une extraterrestre, dit Rhaego, interrompant ses pensées.

Théo s'était posé la même question pendant le trajet, dans un effort pour rester calme et concentré.

— Elle est assez semblable à nous pour que nous ayons des ancêtres en commun.

— Ou peut-être que la Déesse a finalement décidé de nous bénir à nouveau avec le cadeau de l'accouplement, pensa Rhaego, l'espoir brillant dans ses yeux gris. Nous avons traité notre nouveau monde bien mieux que l'ancien. Nous avons appris de nos erreurs. C'est peut-être notre récompense.

Il adressa un sourire crispé à son ami. Rhaego était légèrement plus grand que Théo et ses cornes et crocs acérés lui donnaient un air intimidant. Son apparence pouvait faire reculer même le plus courageux des mâles. Dans sa ville, Rhaego était considéré comme un mâle séduisant ; ici, à Tremanta, les femelles avaient tendance à le fuir. Théo et lui s'étaient liés d'amitié immédiatement.

Ce que personne d'autre ne savait à propos de ce mâle, c'était qu'il était un romantique désespéré. Depuis leur rencontre en tant que jeunes mâles, Rhaego avait toujours parlé de trouver une vraie partenaire. Il revenait dans sa ville natale pour chasser une mariée chaque année.

— Je dois la trouver, Rhaego, dit Théo, laissant ses émotions le submerger un instant. Je ne survivrai pas sans elle.

— Je t'aiderai de toutes les manières possibles, mon vieil ami.

Retrouvant son calme, Théo utilisa son communicateur pour appeler Zikas.

Le vieil homme répondit rapidement.

— L'as-tu retrouvée ? demanda-t-il.

L'inquiétude perçait dans sa voix.

— Je sais qui l'a enlevée et je sais qu'elle est retenue quelque part dans la forêt de Manta. J'ai besoin de savoir tout ce que tu peux me dire sur l'arrivée de Jade. Je pense qu'elle a été emmenée dans un endroit proche de celui où elle a atterri. Si je peux remonter le fil de son voyage jusqu'à Tremanta, je pourrais la retrouver.

— On l'a retrouvée près de la route interurbaine Sauven-Tremanta, dit rapidement Zikas. Du côté est de la forêt.

— Je sais que lorsqu'elle a été amenée à Meya, elle n'avait pas mangé depuis deux jours, ajouta Asivva en arrière-plan.

— Oui ! renchérit Zikas. Elle a dit qu'elle avait couru dans le désert, mais qu'elle avait eu trop peur pour manger quoi que ce soit.

Jade était plus petite et n'aurait pas pu couvrir autant de terrain qu'une Clecanienne. Elle devait avoir eu peur, et il n'y avait aucun moyen de savoir combien d'énergie elle avait encore quand elle avait commencé à courir. Il fit signe à Rhaego de le suivre jusqu'au véhicule qu'il avait laissé dehors. Il mit cap sur l'ancienne route interurbaine.

— Autre chose ?

Il y eut un moment de silence.

— Peut-être, fit Asivva. Elle a dit à Meya qu'elle avait vu le véhicule d'en haut. Elle a dû courir dans la vallée pour le héler.

— Ça peut être utile en effet. Rhaego et moi y allons. Je vous appellerai si j'ai d'autres questions.

— Attends, Théo ! intervint Zikas.

— Quoi ?

— Je ne suis pas certain de la véracité de cette affirmation, mais tu pourras peut-être la sentir si tu t'approches suffisamment de son emplacement.

— La sentir ? demanda Théo.

— Ton âme est liée à elle. C'est ta partenaire. Certaines histoires suggèrent que les partenaires parviennent toujours à se retrouver parce qu'ils sentent instinctivement où qu'ils soient, expliqua Asivva.

— Comme Jade est humaine et qu'elle ne peut pas expérimenter le lien d'accouplement, nous ne pouvons pas être sûrs que ta détection fonctionnera, mais si tu commences à ressentir l'envie d'aller dans une direction ou une autre, fais-toi confiance, ajouta précipitamment Zikas.

— Merci à vous deux, dit-il avant de mettre fin à l'appel.

Il jeta un coup d'œil à Rhaego, sachant que son excellente ouïe lui avait permis d'entendre facilement sa conversation.

Rhaego hocha la tête avec enthousiasme.

— Notre peuple a des histoires similaires. Tu pourras peut-être la trouver grâce à ton instinct.

Théo espérait de tout son être que ce qu'ils disaient était vrai.

36

L'estomac de Jade se retourna une fois de plus. Elle avait une idée pour que Xoris lui enlève ses liens, mais elle ne pouvait pas se résoudre à aller jusqu'au bout.

Il l'avait informée qu'il se préparait pour l'insémination artificielle. Si elle pouvait le convaincre que des rapports sexuels normaux pourraient donner de meilleurs résultats, elle pourrait obtenir qu'il la laisse sortir de ce fauteuil. L'accusation constante qu'elle était une espionne déguisée en femme fatale avait dû lui monter à la tête.

Et si ça ne marche pas ?

Il serait difficile, mais pas impossible pour lui de la prendre alors qu'elle serait toujours attachée à ce fauteuil. Et si elle lui donnait cette idée, mais qu'il lui laissait ses liens ? Elle aurait orchestré son propre viol pour rien, et pour avoir une autre chance de s'en sortir, elle devrait prétendre qu'elle aimait ça.

Mais si elle le persuadait de la libérer, elle pourrait le surprendre et, avec un peu de chance, l'assommer avant qu'il ne se passe quoi que ce soit. Était-ce un risque qu'elle pouvait prendre ?

— Je peux vous demander quelque chose, Xoris ?

Il lui jeta un regard par-dessus son épaule, puis retourna à son travail.

— Oui. Quoi ?

— Avez-vous toujours utilisé l'insémination artificielle sur les femelles humaines ?

— Pas toujours, dit-il distraitement.

— Intéressant, fit-elle en réfléchissant.

Il la scruta finalement, puis se tourna pleinement vers elle.

— En quoi est-ce intéressant ?

— Eh bien, comme vous le savez, les femmes humaines sont différentes des Clecaniennes sur quelques points, mais si nous sommes vraiment des descendantes de Clecaniennes, il pourrait y avoir des similitudes dans la façon dont nous sommes capables de tomber enceintes.

Il pencha la tête vers elle.

— Comme quoi ?

— J'ai appris que les Clecaniennes ont une phase de récupération qui les aide à tomber enceintes. J'ai aussi appris que pour que cette phase de récupération se déclenche, elles ont besoin d'avoir un orgasme. C'est logique. J'ai entendu ça sur Terre aussi. On dit que si une femme a un orgasme pendant un rapport sexuel, ça peut augmenter la probabilité d'une grossesse.

— Que suggères-tu ?

Sa voix était devenue rauque.

Xoris était attiré par elle. Il n'y avait aucun doute. Il semblait également réceptif au raisonnement scientifique de la jeune femme. Elle devait le convaincre que c'était le plan le plus logique.

— Cette copulation a plus de chances d'aboutir à une grossesse que ne le ferait l'insémination artificielle. Puisque vous allez utiliser votre propre sperme de toute façon, ça a plus de chances de marcher si nous faisons l'amour.

Xoris la regarda d'un air soupçonneux.

— Et pourquoi permettrais-tu cela ?

Jade s'y attendait. Elle soupira et jeta un coup d'œil au plafond.

— Il n'y a aucun moyen pour moi de sortir d'ici. Je l'ai accepté. Si je veux être libre à nouveau, alors ma meilleure chance est de vous aider à résoudre ce problème.

Elle remarqua son expression spéculative. Il commençait à y croire.

— Vous avez dit que lorsque vous serez en mesure de produire des grossesses viables chez les humains, vous révélerez votre travail au monde entier. Si vous faites ça, alors vous n'aurez plus besoin de me garder ici. En toute logique, tomber enceinte serait ma meilleure chance de revoir le jour.

Elle détailla son corps de haut en bas.

— Si on fait ça comme ça, je pourrais même m'amuser un peu.

Xoris réfléchissait à ses mots. Elle savait que ses arguments avaient du sens. Elle savait qu'il se forcerait à la croire parce qu'il avait envie d'elle.

Jade décida d'ajouter un argument pour le convaincre de l'intérêt de leur arrangement.

— Mais j'aimerais vous demander une chose en retour.

— Laquelle ?

— Je veux seulement que ça arrive avec vous. Vous devez me promettre que vous ne me donnerez pas à Nedas.

Xoris lui adressa un sourire. D'un seul coup, elle flattait son ego et le convainquait qu'elle allait aller jusqu'au bout.

— Tu as ma parole, dit-il en joignant les mains.

Il s'approcha d'elle rapidement et écarta sa couverture. Il tendit les mains vers sa ceinture, et elle eut un hoquet de stupeur.

— Ici ? fit-elle, essayant de paraître incrédule.

Ses mains s'arrêtèrent et il leva les yeux vers elle.

Elle fit mine d'être embarrassée.

— On ne peut pas aller dans un lit ou autre ? Pour avoir les meilleures chances, je devrais probablement être à l'aise.

Elle essaya de regarder par-dessus son épaule.

— N'importe qui pourrait entrer.

Un muscle se contracta dans la mâchoire de Xoris alors qu'il réfléchissait à sa demande. Elle retint son souffle. Ses mains remontèrent le long de ses cuisses et ses yeux se plantèrent dans les siens.

C'est un test. Elle devait faire comme si elle ne détestait pas son contact.

Lorsque ses mains disparurent sous sa robe et se posèrent sur ses hanches, elle ferma les yeux, laissant sa tête retomber en arrière.

Imagine Théo. Imagine Théo. Elle repensa à la nuit où elle l'avait chevauché sur le canapé.

La main de Xoris s'approcha de son sexe et elle imagina que c'était celle de Théo à la place. Elle parvint à faire monter légèrement l'excitation en se rappelant sa bouche sur son sexe.

Elle sut à quel moment Xoris sentit son excitation. Ses mains n'étaient plus sur elle et il détachait ses liens, la libérant.

***

Théo regardait autour de lui du haut de la colline qu'il venait de gravir. Devant lui, à gauche, se trouvait un champ éclairé par le clair de lune. Au loin, il pouvait voir les arbres de la forêt. Le terrain à sa droite était rempli d'affleurements rocheux et de feuillage.

— Tu penses qu'elle venait de quelle direction ? dit Rhaego, apparaissant finalement derrière lui.

Zikas ne s'était pas trompé. Théo était beaucoup plus rapide à présent.

Sa Jade était intelligente. Le champ pouvait sembler plus facile à parcourir, mais si elle fuyait quelqu'un, son instinct lui disait qu'elle avait dû chercher à se cacher. Si elle était venue de la droite, les rochers et les buissons lui auraient offert cette possibilité.

Il désigna solennellement cette direction.

— Je vais courir devant. Pourras-tu suivre ma trace si tu te laisses distancer ?

Rhaego gloussa.

— *Quand* je serai distancé, corrigea-t-il. Tu as une partenaire maintenant. Tu es bien trop rapide pour que je puisse te suivre.

Théo hocha la tête et se mit en route.

Localiser la cible.

Théo courait plus vite qu'il ne l'avait jamais fait, sautant par-dessus d'imposants rochers avec facilité. Il pouvait voir la lisière de la forêt devant lui.

Soudain, il se sentit mal. Il s'arrêta, se serrant le ventre. Il fit un pas de plus, mais hésita quand une douleur aiguë le traversa. Il fit un pas en arrière, et la douleur s'atténua quelque peu.

Ce lien d'accouplement lui disait-il qu'il allait dans la mauvaise direction ? Il tourna sur place lentement, jusqu'à ce que la sensation dans ses tripes disparaisse. Il tenta un pas dans une nouvelle direction. Pas de douleur. Il continua à avancer en trottinant. Toujours pas de douleur.

Il grimaça et s'élança à toute vitesse, changeant de cap ici et là quand il se sentait mal.

Il beugla vers le ciel. Il pourrait la retrouver ! Il allait pouvoir rejoindre sa partenaire !

Une pensée terrible s'insinua en lui. *Et si j'arrivais trop tard ? Et si elle ne me pardonne pas de ne pas être arrivé à temps ?*

Il chassa ces pensées.

Localiser la cible. Localiser la cible. Localiser la cible.

37

Lorsque Jade fut libérée du fauteuil, Xoris attrapa son bras, l'entraînant vers la porte arrière. Ils entrèrent dans une grande salle avec de longues tables. Il y avait des plateaux éparpillés ici et là, et elle réalisa que ce devait être une sorte de cafétéria.

C'est totalement dingue, pensa-t-elle en regardant la cafétéria d'apparence banale. *Enlever, violer et féconder des femmes de tout l'univers, puis venir déjeuner. Vraiment tordu.*

Nedas était assis à une table à quelques mètres de là, et il sursauta en les voyant.

— Que fais-tu avec elle ?

— Ce ne sont pas tes affaires, dit Xoris à Nedas d'un ton condescendant.

Nedas se hérissa et s'approcha d'eux lentement.

— Tu as dit que je pourrais l'avoir quand tu aurais fini. Tu n'en as jamais sorti une comme ça avant.

Il la regarda d'un air renfrogné, et Jade se mit derrière Xoris, faisant semblant de lui faire confiance pour la protéger.

Xoris relâcha son bras. Sa poitrine se gonfla de fierté.

Quel idiot, pensa-t-elle. Les deux mâles continuaient à se disputer et Jade en profita pour regarder autour d'elle à la recherche de tout ce qui pourrait lui servir d'arme. Elle ne trouva rien.

— Tu vas obéir à mes ordres, Nedas ! aboya Xoris.

D'une voix plus calme, il ajouta :

— Si tu le fais, alors je m'assurerai que la prochaine humaine amenée ici soit tout à toi.

Nedas croisa les bras, mais ne dit rien de plus. Prenant son silence pour un accord, il attrapa le bras de Jade et se fraya un chemin à travers la cafétéria.

Un couteau ! Sur une table juste en face d'elle, il y avait un plateau avec une assiette vide, une fourchette et un couteau.

Comment y accéder ?

Jade entendit un grognement derrière elle. Elle se retourna pour voir Nedas courir à toute vitesse vers eux. Il fonça sur Xoris au moment où il se retournait pour faire face à Nedas. Xoris n'avait pas lâché Jade quand il fut projeté par terre. Elle sentit un craquement terrible dans son épaule et sa vision se brouilla avant qu'il ne la relâche enfin. La douleur remonta le long de son bras quand elle essaya de le bouger, et elle réalisa que son épaule était disloquée.

Jade recula, horrifiée en regardant les deux mâles se battre. Nedas était sur Xoris. Il lui écrasait la tête sur le carrelage blanc.

Jade reprit ses esprits quand elle vit le sang. Elle bondit, attrapa le couteau, puis repartit à vive allure en direction de l'escalator en spirale.

Elle atteignit la porte qui menait à la salle d'examen et jeta un coup d'œil en arrière. La peur lui retourna l'estomac quand elle vit Nedas courir vers elle, le regard sombre.

Elle força ses pieds à avancer dans la salle d'examen et dans le couloir. La douleur lui transperçait l'épaule à chaque pas.

Elle sentit Nedas dans son dos avant même qu'il ne s'élance vers elle. Elle hurla de douleur quand son corps lourd atterrit sur le sien. Il la fit rouler et elle en profita pour enfoncer son couteau dans ses tripes et le tordre.

En hurlant de colère, il s'agrippa à l'épaule blessée de Jade. Cette dernière cria, à l'agonie, relâchant le couteau.

Nedas arracha la lame de son estomac et la jeta par-dessus son épaule.

— Stupide humaine ! Tu ne partiras jamais d'ici !

Elle essaya d'utiliser son bras valide pour lui crever les yeux. Il lui mit son poing en pleine face. Elle sentit les os de sa mâchoire craquer. Sa tête dodelina et elle faillit perdre connaissance. Elle lutta pour rester consciente, pour continuer à se battre, mais elle n'arrivait pas à faire en sorte que son corps lui réponde.

Les larmes avaient tracé des sillons sur ses joues. Jade nota distraitement que sa tempe était chaude et collante.

Un rugissement assourdissant retentit, et l'instant d'après, le poids de Nedas avait disparu. Elle entendit des grognements vicieux et des cris de douleur à vous glacer le sang. Un cri particulièrement horrible s'arrêta brusquement et fut remplacé par un gargouillis étouffé.

Jade devait continuer à avancer. Elle leva son bras valide et put se traîner sur quelques mètres de plus vers l'escalier.

À travers le sang qui coulait sur son visage, elle vit un démon massif se tenant devant elle. Elle gémit et s'effondra à cette vue.

Des mains chaudes lui agrippèrent le visage, et elle glapit de douleur.

— Jade ?

Théo ? Était-ce sa voix ? Elle essaya de forcer ses yeux à se concentrer sur la personne accroupie au-dessus d'elle. Enfin, son visage apparut.

Elle se mit à sangloter, la douleur éclatant dans son torse en raison du mouvement.

— Tu m'as retrouvée.

Ses mots se brouillaient.

Le beau visage de Théo était éclaboussé de sang et ses yeux étaient noirs. Quand il lissa doucement ses cheveux, sa main tremblait.

— Je te retrouverai toujours, Jade.

Théo leva les yeux vers l'endroit où se tenait le démon.

— J'ai besoin que tu la mettes en sécurité. Je dois retrouver Xoris. Il ne peut pas s'en tirer comme ça.

Une voix forte répondit :

— Je la protégerai au péril de ma vie.

Il la regarda à nouveau.

— Rhaego va t'emmener dans un endroit sûr. Je lui fais confiance.

Le sol trembla lorsque le démon massif s'approcha d'elle. Il la souleva dans ses bras avec une infinie douceur, mais le mouvement lui arracha tout de même un cri de douleur.

— Je suis désolé, petite humaine, dit-il d'une voix rauque.

— Théo, appela-t-elle faiblement.

En un instant, il était à ses côtés.

— Je suis là, ma belle.

— Il y a d'autres prisonnières ici. Des humaines.

Les yeux du démon s'agrandirent et il échangea un regard tendu avec Théo.

— Promets-moi que tu ne partiras pas sans les avoir toutes trouvées.

Le visage de Théo était dur. Indéchiffrable. La vision de Jade vira au noir, mais juste avant de perdre conscience, elle l'entendit murmurer :

— Je te le promets.

Une sensation de chaleur et d'apesanteur envahit Jade alors qu'elle revenait à elle. Ses paupières étaient lourdes, mais elle se força à ouvrir les yeux.

Elle était allongée dans un petit lit. La chambre n'était pas familière, mais pas désagréable.

— Tu es réveillée !

Elle jeta un coup d'œil et aperçut Asivva assise sur un canapé. Le démon qui l'avait transportée était également assis là, la regardant avec curiosité. Elle sourit quand elle vit que Zikas était appuyé sur lui en train de ronfler.

Ce doit être un gros dur au cœur tendre pour laisser Zikas l'utiliser comme oreiller.

Asivva se précipita vers elle.

— Comment te sens-tu ?

Jade y réfléchit un moment, puis gloussa.

— Je me sens défoncée.

Les sourcils d'Asivva se rapprochèrent en signe de confusion.

— Je plane comme un cerf-volant.

Jade continua à ricaner de façon incontrôlable.

— Vous m'avez droguée ?

— Oh, j'ai oublié, dit-elle et elle s'approcha rapidement d'une machine située derrière la tête de Jade. Oui, c'est exact.

Le sentiment d'étourdissement commença à s'estomper. Asivva la regarda avec appréhension.

— Nous avons guéri ton corps, mais nous ne savions pas quel serait ton état mental à ton réveil. Après tout ce que tu as traversé, nous pensions que tu risquais de te réveiller en hurlant ou autre.

Jade se massa les tempes pour essayer de dissiper le brouillard dans son esprit.

— Pendant combien de temps ai-je été inconsciente ?

— Quelques jours, répondit Asivva en la regardant toujours attentivement.

Jade se redressa dans le lit et fouilla à nouveau la pièce du regard. Elle sentit la déception la gagner.

— Où est Théo ?

Le démon répondit de sa voix puissante, ce qui réveilla Zikas en sursaut :

— Il est resté aider les autres captives comme vous l'avez demandé.

Elle s'adoucit. Il avait tenu sa promesse.

— Je suis désolée. J'ai oublié votre nom. Savez-vous ce qui s'est passé ?

Zikas bondit du canapé, courant vers elle. Elle lui adressa un sourire, puis reporta son attention sur le démon.

— Je m'appelle Rhaego. Je crois que toutes les prisonnières ont été localisées et qu'il transfère l'enquête à l'Alliance intergalactique.

— Combien d'humaines ont été retrouvées ?

— Une douzaine de femelles humaines et une vingtaine d'autres femelles de différentes espèces.

— Est-ce qu'ils ont réussi à mettre la main sur l'un des connards qui les ont kidnappées ?

Jade remarqua que les doigts de Rhaego se resserraient sur l'accoudoir du canapé.

Dans un grognement, il répondit :

— Certains ont été capturés, d'autres se sont échappés.

Asivva fit face aux deux mâles.

— Voulez-vous bien nous excuser ? J'aimerais parler à Jade en privé.

Zikas lui serra la main.

— Je suis content que vous alliez bien, Jade.

— Je vais prévenir Théo que vous êtes réveillée, dit Rhaego en s'inclinant.

— Rhaego, dit Jade, le stoppant dans son élan. Merci.

— Ce n'est rien, dit-il avec une rapide inclinaison de la tête.

— Non, je veux dire merci de m'avoir aidée. Vous êtes un brave type.

Rhaego ouvrit et ferma la bouche sans mot dire. Il fit un brusque signe de tête avant de partir.

Quand elles furent seules, Asivva gloussa.

— Ce type n'est pas doué pour recevoir des compliments.

Asivva haussa les épaules.

— Je suppose qu'il n'en a pas reçu beaucoup dans sa vie. Les Tuvasta sont un peuple dur, et à Tremanta, on le traite avec crainte et méfiance.

Son regard devint sérieux.

— Jade, peux-tu me dire ce qu'on t'a fait ? Nous avons trouvé des preuves d'agression physique, mais pas sexuelle. Y a-t-il quelque chose qui s'est passé et dont tu voudrais me parler ?

— Non, je vais bien, dit-elle en tapotant la main d'Asivva de manière rassurante. Théo est arrivé à temps. Ce connard de Nedas a sauté sur Xoris et m'a attaquée.

Asivva avait toujours l'air préoccupée.

— Maintenant que je suis en sécurité et que tout va bien, je suis presque contente que ça soit arrivé.

Asivva tourna la tête comme si elle avait été giflée.

— Si ça n'avait pas été le cas, alors personne n'aurait su ce qu'ils fabriquaient en bas. Toutes ces femmes seraient toujours piégées. Si une infime douleur signifie que nous avons découvert une organisation clandestine de têtes de nœuds prêtes à kidnapper et à féconder des femmes, alors je pense que ça en valait la peine.

— *Têtes de nœuds* ? répéta Asivva en gloussant. Je suis d'accord. C'est une bonne chose que nous ayons démasqué ces « têtes de nœuds ».

Elle toucha le bras de Jade.

— C'était plus qu'une infime douleur, mais j'admire ton courage.

Asivva lui adressa un sourire amer.

— Je dois te dire certaines choses et j'espère que tu les prendras bien.

Jade se crispa. *Quoi encore ?*

— D'abord, je veux t'expliquer qu'il y avait une raison pour le comportement de Théo au rassemblement.

Jade leva une main.

— Pas besoin de parler de ça. Il s'est juste comporté en alien possessif. Je suis sûr qu'il s'en est remis maintenant et moi aussi.

— En effet, il s'en est remis.

Asivva sourit.

— Alors, tu veux toujours rester avec lui ?

— Oui, soupira Jade. Je n'ai pas encore eu l'occasion de lui dire, mais je suis tombée amoureuse de cet alien possessif.

— Je suis ravie de l'entendre, car une chose extraordinaire s'est produite, déclara Asivva en serrant la main de Jade. Ses marques d'accouplement sont apparues. Tu es sa véritable partenaire.

— Sa partenaire ?

Jade sourit.

— Je pensais que c'était juste un conte de fées.

Asivva secoua la tête en silence.

— Les véritables partenaires existent, mais cela faisait des années que nous n'en avions pas eu. Les derniers sont morts il y a au moins cent ans, mais Théo a ses marques. Le changement de couleur de ses yeux a été le premier signe, mais tu ne savais pas ce que ça signifiait. Ses accès de colère et sa possessivité incontrôlable étaient autant de symptômes qui se sont aggravés parce qu'il n'a pas reconnu le lien tout de suite.

Le sourire de Jade s'effaça lentement alors qu'elle prenait conscience de la signification de ce qu'Asivva lui disait. Zikas n'avait-il pas dit que les véritables partenaires restaient ensemble pour la vie ?

Jade savait qu'elle devait avoir un air niais, mais elle ne savait pas comment prendre cette nouvelle.

— Alors, qu'est-ce que ça veut dire ? Il ne veut pas de moi et ne m'a pas acceptée au début, mais maintenant il doit le faire ? Est-ce qu'il est piégé dans une relation avec moi maintenant ?

Asivva éclata de rire.

— Pas du tout. Il ne t'a pas acceptée parce que c'est un idiot et que ses profondes insécurités lui ont fait penser qu'il ne méritait pas quelqu'un comme toi. Maintenant qu'il a finalement accepté que tu sois sa partenaire, il ne voudra plus être séparé de toi.

Elle leva ses délicats sourcils d'un air sardonique.

— Je suis surprise qu'il soit resté éloigné aussi longtemps, pour être honnête. Promesse ou pas.

Le coin de la bouche de Jade se retroussa en un sourire.

— Donc, il est coincé avec moi ?

— Coincé ?

Jade clarifia ses propos :

— Il veut rester avec moi. Il ne voudra plus jamais partir.

— Oh, en effet. Il est très attaché à toi. Ton bonheur sera sa seule priorité.

Les sourcils d'Asivva se rapprochèrent.

— Enfin, presque sa seule priorité.

— Comment ça ?

Asivva se déplaça nerveusement d'un côté à l'autre.

— Quand le médecin t'a soignée, il a découvert que tu étais enceinte.

— C'est impossible, répondit immédiatement Jade. Je prends la pilule. Je ne peux pas être enceinte. J'ai eu ma piqûre – c'est censé durer des mois.

— Soit ta contraception a échoué, soit elle n'est pas efficace sur les Clecaniens, car tu es enceinte.

Elle lui adressa un sourire nerveux.

— Xoris a fait des tests sur moi. Il m'aurait dit quelque chose.

Asivva secoua la tête.

— Je n'en suis pas certaine, mais d'après ce que je sais de Xoris, l'idée que tu puisses avoir couché avec Théo ne lui a probablement jamais traversé l'esprit. Il avait extrêmement de préjugés envers les Traxiens.

Jade repensa au test sanguin que Xoris avait effectué. D'après les informations qu'il lui avait transmises, tout ce que le test avait montré, c'était qu'elle avait des traces d'ADN clecanien. Aurait-il vraiment été assez arrogant pour ne pas faire de test pour voir si elle était déjà enceinte ?

Enceinte ? Je suis enceinte. Jade ne savait pas comment réagir. Elle ne savait même pas si elle voulait des enfants ou non. Elle frotta son ventre distraitement. L'image d'un petit garçon tatoué surgit dans son esprit et elle sourit.

Jade hocha lentement la tête, toujours en souriant.

— Je suppose que ça me va.

Asivva laissa échapper un soupir, clairement soulagée par la réponse de Jade.

— Nous sommes les deux seules à le savoir, avec le médecin, ajouta-t-elle en souriant. Je voulais que tu puisses l'annoncer à Théo en temps voulu.

Théo et elle n'avaient jamais parlé d'avoir des enfants. Leurs discussions sur leur relation avaient toujours été limitées à trois mois. Nerveusement, Jade demanda :

— Comment penses-tu qu'il va réagir ?

Asivva ouvrit la bouche pour répondre, mais soudain la porte s'ouvrit en claquant, faisant sursauter les deux femmes.

Quand on parle du loup.

Théo se tenait dans l'embrasure de la porte. Il semblait essoufflé. Ses cheveux étaient ébouriffés et des cernes se détachaient sur sa peau trop pâle et ses yeux noirs. Il jeta un coup d'œil à Asivva, puis, sans prévenir, la souleva et la porta à l'extérieur de la pièce, ignorant ses protestations bruyantes. Il lui ferma la porte au nez et poussa le canapé devant la porte aussi facilement que s'il était gonflable.

Il se retourna pour fixer à nouveau Jade, puis jeta un regard gêné sur son corps. Sa chemise et son pantalon étaient maculés de sang séché. Il enleva son haut et le jeta plus loin.

Jade ne savait pas quoi dire. Tant de choses étaient arrivées au cours de ce dernier jour. Des larmes se mirent à couler sur son visage.

— Je suis vraiment désolée pour Cebo.

— Non, Jade.

Il se précipita vers elle et s'agenouilla à son chevet, l'air abattu. Il tendit la main vers elle, puis la retira.

— Cebo va bien. Nous avons pu le guérir.

Elle sentit le soulagement l'envahir. Jade culpabilisait tellement à l'idée que ce chien loyal et maladroit soit mort à cause d'elle.

— Jade… Je… Je suis désolé pour mes paroles et mes réactions. Je comprends si tu préfères que nous mettions fin à notre mariage maintenant.

Chaque mot semblait avoir la plus grande peine à sortir.

Jade sourit. Si ce que disait Asivva était vrai, Théo était prêt à renoncer à son propre bonheur.

— Alors, tu comptes m'enfermer ? Tabasser tous les hommes à qui je parlerai ? demanda-t-elle, sachant déjà qu'elle lui avait pardonné.

Théo grimaça.

— Non. Je regrette ce que j'ai dit. Le lien d'accouplement m'a fait agir bizarrement.

Il tendit à nouveau les mains et les posa sur le bord du lit, sans la toucher. Il avait l'air si incertain.

Elle lui prit la main, examinant les nouvelles bandes sur ses poignets. Le ronronnement résultant fut instantané.

— Ce sont tes nouvelles marques d'accouplement ?

Deux bandes épaisses entouraient ses poignets et quatre bandes plus petites entouraient chaque doigt de la base au bout du doigt.

Il acquiesça fermement, mais ne dit rien pendant un long moment.

— Est-ce que… croassa-t-il avant de se racler la gorge. Ces marques t'offensent ?

Jade se sentit fondre. Il avait peur qu'elle ne l'accepte pas à présent.

Elle se pencha et déposa un doux baiser sur ses lèvres.

— J'aimerais en avoir, moi aussi, dit-elle en souriant devant son expression choquée.

L'inquiétude sur son visage s'estompa, ses yeux redevinrent vert pâle. Il l'écrasa contre lui. Théo l'embrassa désespérément, faisant courir ses mains le long de chaque centimètre de son corps. Elle passa ses mains autour de son cou et l'attira sur le lit jusqu'à ce qu'il soit allongé sur elle, soutenant son poids sur ses coudes.

Il prit sa tête entre ses mains et la regarda.

— Je suis vraiment désolé de ne pas être arrivé plus tôt.

— Je ne pensais pas que tu me retrouverais un jour. Comment as-tu fait ?

Avec un grand sourire, il répondit :

— Les marques. Elles m'ont conduit à toi. Je te retrouverai toujours.

Ses yeux se firent sérieux.

— Jade, je veux être avec toi. Plus de mariages. Tu seras à moi et je ne serai qu'à toi. Tu es mon cœur. Penses-tu que tu pourrais être heureuse en restant à mes côtés pour toujours ?

Jade sentit qu'il retenait son souffle.

— Théo, je voulais te le dire après le rassemblement. Je t'aime.

Son corps s'affaissa de soulagement et il se pencha pour l'embrasser doucement.

— Je t'aime aussi. Plus que tu ne l'imagines.

Jade le repoussa.

— Mais je ne peux pas accepter d'être la seule à être à toi.

Il se crispa et ouvrit la bouche pour argumenter.

— Je ne peux pas accepter, commença Jade, parce que nous aurons tous les deux besoin d'être là pour quelqu'un d'autre.

Ses yeux perplexes scrutaient son visage.

Jade haussa les sourcils et posa une main sur son ventre.

Théo jeta un coup d'œil à sa main, puis se figea, l'air abasourdi. En un éclair, il se mit à genoux, retirant son poids d'elle.

Se redressant sur ses coudes, elle gloussa.

— Tu ne peux pas le blesser en t'allongeant sur moi.

Fixant toujours son ventre, il murmura :

— Tu attends un enfant ?

Sa voix se brisa.

— Mon enfant ?

— Eh bien, c'est un peu offensant, dit Jade d'un ton amusé et de reproche. Bien sûr que c'est ton enfant.

Il cligna des yeux avant de reporter son regard sur son ventre et sourit d'un air penaud.

— Je le sais. C'est juste que…

Il posa sa large paume contre son ventre.

— Je n'ai jamais pensé que j'aurais la chance d'avoir un enfant.

En se baissant pour l'embrasser, il murmura :

— J'ai une partenaire et un enfant ? Comment est-ce possible d'être aussi chanceux ?

Il se mit à rire de bon cœur.

— Quoi ?

— Je déteste mes cicatrices depuis aussi longtemps que je m'en souvienne, mais je crois que je dois les remercier de t'avoir attirée vers moi.

— Je suppose que tu as raison.

Jade lui sourit.

— Maintenant, ramène-moi à la maison pour que je puisse finir de les lécher.

Épilogue

Cinq mois plus tard

— Tu es sûr qu'on doit faire ça ? gémit Jade, se sentant, pour l'heure, plus comme une baleine que comme une femme.

La gestation chez les Clecaniens ne durait que six mois, ce qui signifiait qu'à ce stade de la grossesse, elle se sentait très mal.

Théo leva son menton vers lui pour un baiser doux et prolongé.

— Oui, petite femme. C'est la tradition.

— Mais j'ai l'air d'un Bibendum, dit-elle d'un ton irascible en se regardant dans le miroir de leur chambre.

Jade se tourna vers Théo en le regardant d'un air soupçonneux.

— C'est une vraie tradition ou une tradition comme le « bain en couple » ?

Théo rejeta la tête en arrière et rit de bon cœur.

— C'est une tradition bien réelle et très ancienne, mon amour.

Il se tenait derrière elle pendant qu'elle étudiait son reflet.

— Tu es plus belle que jamais.

Il plaça ses mains sur son gros ventre.

— Tu ne veux pas connaître le sexe de notre enfant ?

Jade leva les yeux au ciel.

— Bien sûr que si, mais je ne comprends pas pourquoi il faut le révéler devant toute la famille.

Elle regarda Théo dans le miroir et couvrit ses mains avec les siennes. L'humeur de Jade était incontrôlable depuis quelques mois, et pourtant il avait toujours l'air ravi d'être en sa présence.

Jade appuya sa tête contre son bras et soupira.

— D'accord. Rappelle-moi qui je vais rencontrer.

— Rhaego, Zikas et Asivva, tu les connais déjà.

Il lui donna un rapide baiser dans le cou avant de continuer.

— Il y aura quelques fonctionnaires du gouvernement et des parents éloignés en qui Asivva a confiance également. Les seules autres personnes importantes que tu dois connaître sont mes frères. Du plus jeune au plus âgé, ils s'appellent Izor, Maxu, Luka et Auzed.

Jade se tordit dans les bras de Théo et lui adressa un signe de tête sarcastique.

— Ça fait beaucoup trop de noms d'aliens avec des consonances bizarres pour que je m'en souvienne.

Théo gloussa légèrement.

— Izor, le plus jeune, s'entraîne sous la direction de mon autre frère Auzed pour devenir gardien du Temple de la Perle. Auzed est le gardien principal du Temple depuis un certain temps maintenant.

— Donc, il est chargé de protéger toutes les dames ? demanda-t-elle en haussant les sourcils de manière suggestive.

Théo eut un sourire en coin et admit :

— Je crois que la facilité d'accès aux femelles célibataires est l'une des raisons pour lesquelles mes deux frères ont rejoint la garde du temple.

— Typique, le taquina-t-elle. Que font tes autres frères ?

— Maxu était un mercenaire comme moi, mais il a pris sa retraite il y a longtemps. Luka est plus discret sur son travail. Je crois qu'il travaille dans le domaine de la recherche médicale avec Helas.

— Était-il au courant pour les Insurgés ? demanda-t-elle, tendue, ne voulant pas offenser Théo.

Au cours des derniers mois, Théo, la Reine et un groupe d'amis mercenaires de confiance de Théo avaient enquêté sur le groupe clandestin dont Xoris avait parlé à Jade.

— Je ne pense pas. C'est quelqu'un de bien.

Jade hocha la tête, apaisée.

— Très bien, alors, allons-y. On ne peut pas faire attendre nos invités.

Théo lui prit la main et l'accompagna dans le couloir jusqu'à la salle de séjour où un groupe de personnes discutait. Les convives levèrent tous les yeux à l'approche de Jade et Théo, et le silence se fit dans la pièce.

Trois grands et beaux hommes dispersés dans la pièce attirèrent son attention. Ce devaient être les frères de Théo. Les similitudes étaient trop nombreuses pour qu'il s'agisse d'une coïncidence.

Le plus grand des trois ressemblait à un jumeau blond de Théo. Il était grand et très bien bâti, mais au lieu des cheveux et de la peau foncés de Théo, il avait des cheveux blond clair et une peau pâle.

Un autre des frères de Théo les salua avec enthousiasme depuis l'autre côté de la pièce. À ses manières juvéniles, elle devina que c'était le plus jeune frère de Théo, Izor.

Théo se pencha et désigna du doigt le jeune homme surexcité.

— Izor.

Il désigna ensuite son frère aux cheveux blonds près de la cuisine.

— Auzed.

Enfin, il indiqua le dernier homme brun et bien bâti.

— Maxu.

Jade avait pensé que *Théo* semblait difficile à déchiffrer lorsqu'elle l'avait rencontré pour la première fois, mais il n'avait rien à voir avec son frère Maxu. L'homme grand et bien bâti portait un masque d'indifférence. Il ne semblait ni heureux ni malheureux d'être là où il était. Son expression indéchiffrable et son immobilité parfaite l'entouraient d'une aura de danger et de mystère qui aurait attiré l'attention de nombreuses Terriennes.

Théo fit avancer Jade jusqu'à ce qu'ils soient bien visibles de la foule.

Elle remarqua que quelques individus commençaient à se diriger vers eux. Zikas se frayait poliment un chemin à travers le groupe de personnes, essayant de rejoindre Jade et Théo.

Izor, quant à lui, poussait maladroitement les invités pour se rendre à l'avant de la foule. Il avait l'air pataud et s'excusa abondamment auprès d'un homme plus âgé qu'il avait renversé.

Théo se pencha avec un large sourire pour murmurer :

— Nous pensions qu'il était l'avorton du groupe parce qu'il a été si petit pendant si longtemps, puis l'année dernière il a poussé d'un coup et a commencé à prendre des tonnes de muscles. Il ne sait pas encore très bien gérer son nouveau corps.

Jade gloussa en regardant le colosse s'approcher d'eux, les joues rouges.

Lorsqu'il les rejoignit, il salua maladroitement Jade et dit d'une voix grondante qui ne correspondait pas à sa personnalité :

— Bonjour, ma sœur. C'est un plaisir de te rencontrer.

Jade sourit, appréciant déjà l'homme ressemblant à un bébé dogue allemand.

— Le plaisir est partagé, Izor.

Il lui adressa un sourire contagieux et se pencha vers elle.

— Tu peux m'appeler Izzo si tu veux.

Elle lui fit un signe de tête, ne pouvant s'empêcher de sourire. *Il va être un bourreau des cœurs s'il apprend un jour à contrôler son corps.*

Théo se pencha vers Izzo et murmura :

— Sais-tu où est Luka ?

Le large sourire d'Izzo faiblit à ce moment-là.

— Nous devrons en discuter plus tard. Personne n'a pu le joindre. Il n'était pas chez lui, et son communicateur ne fonctionne pas.

Il haussa les épaules et afficha un sourire rassurant.

— Il aime beaucoup sortir tout seul. Il voulait sûrement être seul et n'a pas réalisé que vous étiez officiellement accouplés.

Jade hocha la tête, mais vit l'inquiétude dans ses yeux bleu pâle.

Zikas s'approcha enfin et les regarda avec des larmes dans les yeux. Il se retourna et, d'une voix forte et claire, dit :

— Nous sommes ici pour célébrer ce couple et pour révéler le sexe de leur premier enfant.

Tous les participants à la fête applaudirent poliment, à l'exception d'Izzo qui siffla et applaudit.

Zikas lui lança un regard agacé et lui tendit une petite feuille de papier pliée.

Faisant un geste à Izzo, il poursuivit :

— Le plus jeune membre de la famille va maintenant révéler le sexe de l'enfant.

Les gros doigts d'Izzo tâtonnèrent un moment le papier avant de le déplier. Rayonnant, il leva le poing en l'air et hurla :

— C'est une fille !

Jade leva les yeux vers Théo et le trouva en train de sourire à son ventre, une expression rêveuse sur son visage.

— Es-tu heureux ? lui chuchota-t-elle.

Un fort ronronnement jaillit de sa poitrine. Il déposa un doux baiser sur ses lèvres, puis la regarda droit dans les yeux. Le reste des invités passa au second plan et elle vit l'émotion sur son visage.

— Tu m'as tant donné. De la compagnie, de l'amour et maintenant même une petite fille. Je suis à nouveau entier grâce à toi, Jade.

La sincérité brillait dans ses yeux et elle sentit sa gorge se serrer. Ils avaient tous les deux perdu tellement de choses dans la vie, mais ils s'étaient trouvés. Théo avait raison. Jade se sentait à nouveau entière.

— Je suis le mâle le plus heureux de la planète. Je t'aime plus profondément que je ne l'aurais cru possible, et pourtant je sens mon amour pour toi et notre enfant grandir chaque jour qui passe.

Jade passa ses bras autour de Théo et l'embrassa. Elle ne pouvait pas croire à la chance qu'elle avait. Toute la douleur et la solitude qu'elle avait connues au cours de sa vie semblaient s'effacer, reléguées à un lointain souvenir. Elle avait à présent une vraie famille et un magnifique mari extraterrestre qui l'adorait. Tout ce qu'elle avait dû faire pour mériter sa nouvelle vie avait été d'être kidnappée, forcée à se marier, malmenée à plusieurs reprises, kidnappée à nouveau et enfin battue.

Cela en valait-il la peine ?

Jade observa le beau visage souriant de Théo et sentit sa petite fille lui donner des coups de pied dans son ventre.

Absolument.

Leur environnement se clarifia lorsque Izzo se pencha vers eux, la curiosité et l'humour se lisant sur son visage.

— Qu'est-ce que vous faites avec vos bouches ?

En regardant les convives qu'elle avait oubliés, Jade réalisa que la plupart d'entre eux étaient bouche bée devant leur démonstration d'affection.

Théo lui adressa un sourire en coin.

— C'est une coutume humaine appelée un baiser. Je ne peux qu'espérer qu'un jour tu auras la chance d'en faire l'expérience.

Izzo croisa les bras sur son torse.

— Je doute sincèrement que ça me plaise. On dirait que vous essayez de vous manger mutuellement.

Théo se pencha et chuchota à l'oreille de Jade :

— Se manger ? Mmm, peut-être plus tard.

Jade donna une petite tape sur l'épaule de Théo et se pencha pour embrasser une fois de plus son grand alien balafré.

À propos de l'autrice

Victoria Aveline a toujours aimé les romances. Les mâles alpha sont son point faible, mais si les héros dominateurs et possessifs l'ont toujours émoustillée, elle a eu envie de plus. Elle a donc décidé de créer un monde dans lequel des hommes au charme ravageur pourraient être agressifs et dominateurs tout en s'inclinant devant le matriarcat.

Victoria vit avec son mari, son chien et environ soixante mille abeilles qui travaillent dur pour produire du miel. Lorsqu'elle n'écrit pas ou ne fantasme pas sur de futurs personnages, elle aime voyager, lire et siroter des cocktails hipster hors de prix.

www.victoriaaveline.com